谨以此书献给中国人民解放军建军80周年！

军魂永驻

◎ 周新民 著

华夏出版社

图书在版编目(CIP)数据

军魂永驻/周新民著.—北京：华夏出版社，2007.7
ISBN 978-7-5080-4306-7

Ⅰ.军… Ⅱ.周… Ⅲ.①新闻-作品集-中国-当代
②散文-作品集-中国-当代 Ⅳ.I217.2

中国版本图书馆CIP数据核字（2007）第120476号

军魂永驻

周新民 著

责任编辑：唐永平
出版发行：华夏出版社
　　　　　（北京市东直门外香河园北里4号 邮编：100028）
印　　刷：北京新丰印刷厂
版　　次：2007年8月北京第一版
　　　　　2007年8月北京第一次印刷
开　　本：787×1092 1/16开
印　　张：21
字　　数：300千字
插　　页：8
定　　价：38.00元

本版图书凡印刷装订错误可及时向我社发行部调换

▶ 十八岁十八岁，参军到部队，红红的领章映照着，开花的年岁，生命里有了当兵的历史，一辈子不会感到后悔……。作者新兵下连时的留影。

▶ 今天是桃李芬芳，明天是祖国的栋梁，我们意气风发、豪情万丈，神圣使命担肩上。作者第一次军校毕业时的留影。

▶ 带着缤纷梦想，走进知识殿堂，汲取玉液琼浆，插上奋飞翅膀，让我们拥抱未来和希望。作者第二次考入军校时的留影。

▶ 绿色的军营，绿色的方阵，绿色的梦想，汇成绿色风景，谱就绿色华章，塑造绿色栋梁。作者被授予上尉军衔时的留影。

▶ 铁打的营盘，流水的兵。脱下绿色军装，挥手告别战友，大步奔向远方。作者转业时的留影。

目　录

军魂永驻

二

军魂永驻

军魂永驻

目
录

军魂永驻

军魂永驻

（代序）

脱下绿色军装，告别军营生活，转眼已经10年。但是，15年军旅生涯的难忘片断总是挥之不去。军旅15年，是我激情燃烧的青春岁月；军旅15年，是我无怨无悔的奋斗历程。

怎能忘记，1981年冬天，我从江南鱼米之乡来到风沙弥漫的京郊参军的情景。部队驻地在昌平县南口镇一个叫葛村的小地方，第一天晚上，因睡地铺受凉，我突发肠胃痉挛，疼得在地上打滚，新兵班长带着几个新战友，把我抬到了附近野战医院。"兵的生活刚开头，往后日子怎么过？"正当我愁云密布的时候，在旁陪护的老班长一下洞穿了我的心思。他一句安慰话没讲，上来就是一番教训：一名合格的战士必须首先学会适应环境，只有适应环境，才能自我生存，才能战胜敌人。军人是用特殊材料做成的，什么样的苦都得承受，什么样的房子都得住下，什么样的饭菜都得咽下。老班长的训导犹如当头棒喝，驱散了我内心的茫然和彷徨，对军人的理解也骤然实在起来：直面艰苦是军人的本色，惧怕吃苦不能成为合格军人。

怎能忘记，在部队医院门诊部参与救死扶伤的那一幕。卫生员培训结业后，我被分到了师医院门诊部工作。卫生员的工作苦、累、脏不说，还得与死神打交道。记得刚到门诊部不久，就碰上了一名重伤病人的抢救。面对血肉模糊的伤口，想到随时可能发生的生离死别，我的心不停地颤抖，双腿像筛糠一样不能自持。这一切，全被主持抢救工作的老所长尽收眼底。抢救结束后，老所长把我叫到办公室，冷静严肃地对我说，不能面对鲜血，不能直面生死，怎能救死扶伤？怎能一往无前？怎能成为真正的军人？老所长一连串铿锵有力的发问，赶跑了我心底的胆怯和软弱，也更加丰富了对军人的认识：勇敢无畏是军人的本色。

怎能忘记，第一次跨入军校大门的情形。1984年秋，经过全军统考，我幸运地开始了军校生活。军校坐落在北京与河北交界一个叫做七道河的地方，四周都是山岭沟壑。军校生活条件之艰苦，超出了所有学员的想象：简陋的营房，破旧的火坑，冬天室内室外全是冰霜，耳朵冻伤也是家常便饭。由于地处山沟，交通极为不便，弯曲陡峭的盘山公路时常发生翻车事故。一次，我奉命乘坐长途公共汽车到北京执行公务，可能是超载的原因，汽车爬过一个高坡进入大拐弯时，突然失去了重心。眼看车子就要冲下盘山公路，一车人都紧张得尖叫起来。幸好司机眼疾手快，猛打一把方向盘，汽车撞上一颗大树后，艰难地刹住了，但三分之一的右轮胎已经悬在了岩石上。这次历险让我更加深切地理解了军人：军人的奉献和牺牲无处不在。

怎能忘记，走出军校担任司务长第一天发生的故事。当天晚上，正欲铺床就寝，门缝里突然塞进一张纸条。上面写道：新司务长，你有勇气治治咱连餐桌上只见肥肉不见瘦肉、只有鸡头没有鸡腿的怪事吗？还有这等怪事！血气方刚的我暗自发誓要摆平这事。经明查暗访，我很快发现了其中的原因。原来汽车连里100多号人，全是有技术的驾驶员，光志愿兵就有几十个，这些志愿兵大多来自农村，老婆孩子长年住在部队，一些自我要求不严的志愿兵，吃拿连队的米面如同家常便饭，几任司务长都只好睁一只眼闭一只眼。情况摸清后，我找到连领导，汇报了自己的想法，谁知他不咸不淡来了一句：这些志愿兵都是有功之臣，有的兵龄比你的年龄还大，你看着办吧。新官刚上任就吃了一闷棍，心里实在不是滋味。但想想司务长肩上的职责，我决心试一试。经过广泛征求意见，我迅速制定了连队主副食管理规定。然后从身边人开刀，当场严厉批评了炊事班长不花分文拿连队的米、面、猪肉的错误行为，当场追缴了炊事班副班长从食堂"拿"走送给连领导家的两只鸡钱。这两件事在连队上下引起了强烈震动。我的敢于较真起到了弑一儆百作用，食堂管理的漏洞堵住了，怪事不见了。任司务长两年，我们连队的伙食水平一直名列全师前茅。清楚地记得，当我第二次上军校离开连队时，全连一百多号人早早地列队在连队门外，个个都用深情的眼神目送我离开。那一刻，我的内心受到了极大的震撼：作为基层干部，只要忠实履行职责，就能受到部属的真诚理解和真心拥戴。

怎能忘记，1989年春夏之交那些不寻常的日子。一场政治风波突如其来。当时我正在石家庄陆军学院学习。当地方大学生游说并鼓动军校学员参加串联的时候，当许多人思想混乱、没了方向的时候，作为学员干部的我，始终保持了清醒的头脑。我毅然制止一些有好奇心的学员收听美国之音的行为，用大量的无可辩驳的事实说明学生行为过激可能对国家和社会造成危害，深刻揭露西方反华仇华势力的险恶用心。至今还清楚地记得，在阶梯教室我向院领导和教职员工作《东西方两大阵营永不相容》研究心得报告的场景。因为我深深知道，人民军队在任何时候都要和党中央保持高度一致，革命军人在任何时候都要坚定理想信念不动摇。

怎能忘记，第二次上军校毕业演练的日日夜夜。45天全副武装累计行军500公里，演练强度最大的一天日行军50公里。记得那天先是16公里负重奔袭，接着是一个小时的反空降实弹演习，然后翻越一座绵延5公里、海拔1200米的大山，最后在天黑前到达宿营地。16公里奔袭下来，几个身体肥胖的战友倒下了；艰难地翻过大山时，山脚下又倒下了十几个战友。此时的我双脚已经起了9个血泡，每走一步都钻心地疼痛。翻过大山走出不到1公里，我突然眼前一黑，人像面条一样瘫软在路边。我感到体力已经全部耗尽，一心等着收容车早点到来。就在这时，年过半百的校领导喘着粗气从我身边跑过。望着校领导渐渐远去的背影，我的内心受到一种从未有过的刺激，一股神奇的力量支撑着我坚强地站了起来，咬牙向前方追去，终于在规定时间内完成了演练任务。当晚，我在行军日记上端端正正地写下了"军人就是要敢于狭路相逢，只要坚持就会胜利，胜利就在最后的坚持之中"勉励自己。

怎能忘记，在基层带兵与战士们同甘共苦的美好时光。第二次军校毕业后，我主动放弃了去大城市、大机关工作的机会，毅然选择到部队基层锻炼。在和战士们朝夕相处、摸爬滚打的日子里，我真正体会到了一个基层指挥员的价值。1990年夏天，北京持续高温，最高温度超过40度。一天下午，我带着战士们在野外操练，课目进行到一半，我突然大汗淋漓虚脱在训练场上。战士们把我抬到了团卫生队。一瓶盐水还没输完，我担心训练任务完不成，就不顾医生劝阻，自己拔下针头，溜回训练场。战士们停下操练，集体喊着"排长回去"的整齐口号，强行将我推出操场，坐在一旁观战。这时，我惊喜地看到，战士们训练的热情更加高涨了。这一切令我感慨万千：喊破嗓子，不如做出样子，行动是最有效的命令！

怎能忘记，新闻生涯里的点点滴滴。从事兼职新闻报道和专职新闻工作7年间，我在省级以上报刊发表各类作品60余万字，其中不少作品被多家媒体转载，有的还受到了中央军委领导的高度重视。尽管在新闻领域取得了较大成功，但我还是想走出军营，到更广阔的天地实现人生价值。1996年底，部队党委终于批准了我转业的申请。然而，差不多在同一时间，我偶然得知蒙古族烧伤青年陆海林因付不起高昂的手术费用，不愿意让接收治疗的解放军292医院为难，准备回家等死的消息。尽管我很快就要脱下军装，但军队新闻工作者的使命感和做人的良知告诉我，决不能袖手旁观。于是我白天采访，晚上赶稿，很快一篇篇消息、通讯陆续见诸各大媒体。出乎意料的是，这些报道在社会上产生了巨大反响，社会各界纷纷伸出援助之手，短短十来天，捐助陆海林的手术治疗款项就高达百万元之巨。陆海林成功得救了。他的家人和家乡领导多次找到我，感谢我以爱心之笔挽救了陆海林的年轻生命。那一刻，我为自己以这种独特的方式告别奋斗了15年的军营，感到无比骄傲和欣慰。我一直把它作为馈赠自己军旅生涯的最珍贵的一件礼物。

15年军旅生涯已经渐行渐远，但一种无形的东西一直令我魂牵梦萦。那就是军魂。军魂是什么？军魂是坚定的信念、顽强的意志和执著的追求；军魂是非凡的气度、崇高的境界和优秀的品质；军魂是融于血液中、刻在骨子里的赤胆和忠诚；军魂是千年不死、千年不倒、千年不朽的胡杨精神。如今，我虽然离开了军营，但军魂将永驻我心，永远是激励我战胜困难和挑战的巨大力量。

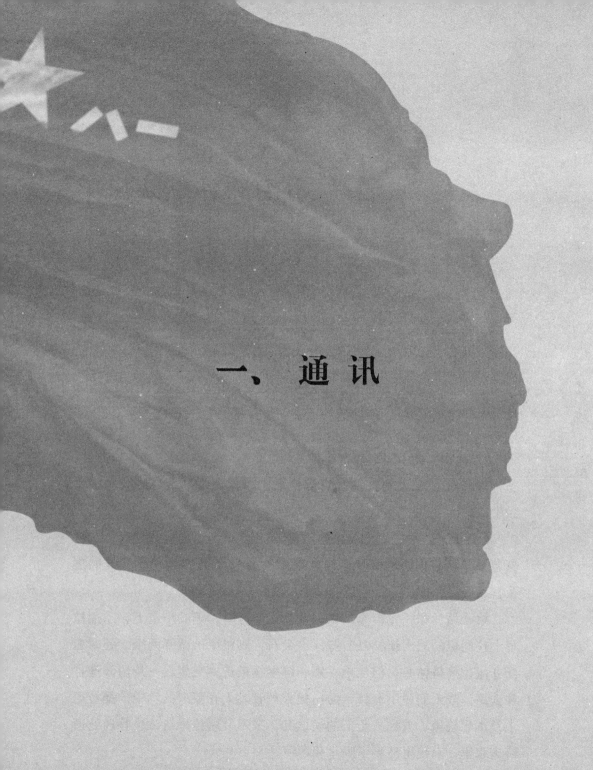

一、通讯

中国迎外部队风采

1974年12月底，周恩来总理亲笔批示，赋予北京卫戍区某师迎外表演任务。18年来，该师接待来自五大洲86个国家和地区的朋友8576人次。前不久出版的《温伯格回忆录》中，这位前美国国防部长对他们的军事素质非常赞赏："中国步兵是世界一流的。"

"洋武官"在中国军营当兵

1985年，意大利驻华武官福拉尼上校提出，要亲自体验中国士兵生活。

8月15日，福拉尼上校来到四连，被编入七班。他肩背雨衣、水壶、挎包、子弹袋、防毒面具、伪装帽，负重18公斤，和全副武装的连队官兵一模一样。

第一站，摩托化行军结束，改为徒步行军。羊肠小道上，与福拉尼上校同班的战士崔学磊右脚碰上尖石，脚趾甲被掀开两个，顿时血汗并流，痛得钻心，但他用手绢一缠继续前进。突然，一片沼泽地拦住去路。战士们脱下鞋袜，纷纷提起裤管跳入齐膝深的水中。福拉尼上校本想绕道，看到战士们的勇敢劲，来不及脱掉马靴，也扑通扑通跨进水里，马靴里灌满了脏水和污泥。

翻山越岭，20公里强行军终于到达终点。这位"洋武官"满头大汗，气喘吁吁。领教了中国士兵的身体素质和吃苦精神，在换上笔挺礼服

16

离开营地时动了感情：今天过得很有意义，我会骄傲地对人说，我曾当过一天中国士兵。

神射手"出国"

在日本一家电视台黄金时间，播放过中国士兵王伟的专题节目。王伟是一名普通的班长。他"出国"，是日本防卫厅长官栗原右幸观看军事表演后提议的。

"嘭嘭——"两颗绿色信号弹腾空而起。坐在观礼台上的栗原右幸眯着眼睛，注视着中国士兵王伟的表演。先是8声枪响，"热烈欢迎日本贵宾"8个大字，依次翻出靶下。接着射手分别在不同位置，用不同姿势、同一标尺，对不等距离上的不同目标射击。一个个刚刚冒出地面的半身靶、胸环靶、全身靶、侧身靶、肩头靶被射手一一击中，个个开花。栗原右幸看看戴在手腕上的表，惊讶了：消灭5个目标，只用了25秒。他激动得站起来，举拳跺脚。"最后一个项目，快速射！"解说员话音刚落，王伟的子弹几乎同时发射完毕。靶子扛到栗原右幸面前，5发子弹全部穿过靶心，他再次赞叹："中国士兵的枪法，绝了！"

栗原右幸当即下令，让随行记者为这位"神射手"拍摄专题片带回国内。于是，王伟这个普通中国士兵的名字在东瀛国土名声大噪。

"中国女兵也了不起"

"下面看到的是通信兵野外架线表演"。广播里话音未落，只见4名战士身着作训服箭一般奔向一排6米高的线杆，放线、固定、撤收、滑杆，全套动作眨眼功夫完成。

线杆下，独联体军事记者代表团的记者们连忙按动相机快门，摄下这精彩的瞬间。端坐在观礼台上的《红星报》总编辑邱帕欣一边鼓掌，一边自言自语道："小伙子们太利索了！"陪同参观的部队首长连忙解释："总编阁下，这不是小伙子，是大姑娘。"

"啊——"邱帕欣疑惑不解，因为在他的高倍望远镜里看到的分明是4个黑小伙。当4个女战士摘下作训帽，露出齐耳短发时，他振奋了，走下观礼台，握着姑娘们粗壮有力的手说："中国女兵也了不起！"

一场可不进行的表演

1985年9月27日，意大利军队副总参谋长一行按时到达迎外表演场。贵宾们刚刚落座，顿时狂风大作，下起了倾盆暴雨。我外事部门的同志为难了：表演如果取消，就会令外宾失望；如果进行，这样的能见度演砸了怎么收场？经过双方商定，表演改日进行。决定还未公布，表演部队领导站了出来：表演照常进行，保证万无一失。

狂风暴雨中，一排肩背冲锋枪的战士，跑步冲上满地积水的靶台，迅速趴入水里举枪射击。尽管高20厘米、宽15厘米的小人头靶在风雨中来回晃动，但射手们功夫不凡，照样枪响靶落。

意大利客人举起高倍望远镜，眼睛紧盯着前方。当他模糊地看见射出的子弹全部中靶，简直不相信自己的眼睛。因为表演前，他曾对随行人员作出预言，这种能见度，要想击中目标，除非子弹能跟踪靶子。然而，中国士兵的子弹就像长了眼睛，一颗颗穿过靶子。他连连叹服："中国士兵真是全天候的！"

"紧急出征"石家庄

1986年10月份，美国军事代表团在石家庄陆军学院参观访问，代表团临时点"菜谱"：看中国士兵的硬气功表演。

正在训练场上"呀呀"运气的战士们受领任务后，紧急出征，连夜奔赴石家庄。

经过12个小时的摩托化行军，战士们到达目的地已是体力疲乏，饥肠辘辘。观礼台上的美国人个个眨巴着蓝眼睛，不相信中国士兵身怀如此绝技。气功班的战士们强忍晕车反应，仓促上阵。于是，"掌切卵石"、"头顶开瓶"、"头撞石碑"、"钉床开石"、"小腿碎石"、"钢板扣头"、"颈缠钢筋"等项目交替进行，"呀呀"运气声，"哐当"断石声，"噼啪"撞击声顿时响成一片。表演结束，美国客人走下观礼台，仔细地摸摸变型的钢板，踢踢地上的碎石，提提笨重的铁锤，再看看战士的躯体。他们看到一切确信无疑，顿时翘起大拇指，主动拉着战士们一起合影留念。

（原载《解放军报》1994 年 10 月 9 日）

中国迎外部队风采

表演场上的故事

——人民解放军"红四连"军事表演纪事

燕山脚下，京密引水渠畔。

山包、沟壑、坎壕交织在一起的训练场上，风沙弥漫，树枝摇晃，大地昏暗。

随着"砰砰"的枪响，两颗绿色信号弹腾空而起，八名射手在连长王玉带领下，跑步进入阵地。

"卧倒，准备——射击！"八发子弹呼啸而出，揭开了正前方的标语靶："热烈欢迎瑞典贵宾！"

接着，射手们以不同姿势——立姿、跪姿、卧姿，对不同目标——胸环靶、侧身靶、活动靶射击，动作敏捷，出枪利索，枪响靶落。

之后，手枪、机枪、冲锋枪，障碍、木马、单双杠，投弹、刺杀、攀峭壁交替进行；班攻击、排合练、连对抗依次摆开，结果十八般武艺样样精湛。

此时，端坐在观礼台上的瑞典三军总司令列纳特荣上将，通过高倍望远镜，清楚地看到，从射手们的枪口中呼啸而出的每颗子弹，准确无误穿过靶中央，他不停地伸出大拇指赞叹："了不起的中国士兵，样样都行，真神了！"担负这场表演任务的正是人民解放军某部"红四连"的官兵们。

四连经历数百次军事表演万无一失，精湛的技艺倾倒几多中外宾客。当我们问连长马庆海有什么秘诀时,这位文武双全的精干小伙子诙谐地说:我们用的是"场外功",靠的是慢功夫,细功夫,苦功夫。

意大利驻华武官福拉尼上校,为体验"当一天中国士兵"的生活,曾经与四连官兵冒雨进行过一次强行拉练。

三十厘米宽的山间小道,丛生的酸枣刺,绊脚的拉拉秧,大大小小的碎石和一汪汪泥水,成了行军的障碍。上百号人的小队伍像一条绿色的飘带蜿蜒在深山峡谷的山石间。突然,战士崔学磊的脚碰在路边的一块石尖上,脚指甲被掀开两个,顿时鲜血淋漓。但他没吭一声,简单包扎一下,咬着牙一瘸一拐地继续前进。返回营地时,福拉尼上校见此情景不由"噢"的一声,连连说:"中国士兵的吃苦精神,在世界上堪称一流。"

事隔不久,四连为美国国防部长温伯格将军表演打坦克。由于天气骤变和火箭弹的质量问题,战士张文朝刚刚抠动扳机,火箭弹就在出膛不到三米的地方自爆了,喷射的火焰烧伤了他的面部,燃着了他的衣服。"挺住,一定挺住!"小张暗暗告诫自己,以惊人的毅力,成功地发射了第二发火箭弹。隆隆铁甲,顷刻间变成了哑巴。接着,他忍着剧痛和战友一起展开了机枪、冲锋枪的射击表演,尽管靶子被风吹得来回晃动,枪的缺口和准星被雨水打得模糊不清,照样枪响靶落。此情此景,这位将军感慨地说:"我走了大半个地球,还没看到像你们这样技术、纪律、作风全面过硬的部队,中国陆军是一流的。"

当西哈努克亲王旧地重游,提出要看百米障碍表演时,郑兵等六名战士承担了任务。随着两颗绿色信号弹腾空而起,观礼台上数十双眼睛不约而同地射向障碍场。

不好!战士郑兵在通过第六个障碍物——钻洞孔时,发现洞内不知从哪里跑进一只刺猬。他来不及细想,支撑双臂向刺猬压去。刺猬展开的利刺扎进他的肉体。他全然不顾,继续往前冲刺。用三十四秒通过九道封锁线。亲王发出惊叹："表演太成功了，又一次让我和宋双总理、乔森潘副主席开了眼界。"然而此时的小郑，胸、腹部及腿部已被刺猬扎伤了多处，冒出道道血迹。

　　一茬又一茬的四连人，走过了冰霜寒风的冬天，走过了沙尘弥漫的春天，走过了酷暑暴雨的夏天，转眼到了收获的秋天。展望光辉灿烂的明天，全连官兵像上足了劲的发条，正高速地运转，面向亚洲，面向世界，再展新一代中国军人的勃勃英姿！

（原载《人民日报》海外版 1991 年 11 月 6 日）

军魂永驻

军威进行曲
——某团"红四连"迎外军事表演侧记

某团"红四连"自1975年担负迎外军事表演任务至今，共接待五大洲100多个国家和地区的来宾55批853人次，场场表演精彩圆满。该连曾被上级评为"建设社会主义精神文明标兵"，授予"卫国先锋连"等荣誉称号，荣立集体一等功1次、二等功4次、三等功10次。连队那许多传奇式的故事，奏出了一部高亢的军威进行曲。

"红四连"干部的脚下没有休止符

山包、沟壑、坎壕交织的训练场上，风卷着沙，吹得天色昏黄。"砰砰"两颗绿色信号弹腾空而起。紧接着，8发子弹呼啸而起，揭开正前方热烈欢迎外宾的标语靶。

迎外表演开始。射手们以不同姿势——立姿、卧姿、跑姿，对不同目标——胸环靶、侧身靶、活动靶射击，枪响靶落，赢得外宾阵阵掌声。之后，跨障碍、跃木马、投弹、刺杀、攀峭壁交替进行；班进攻、排合练、连对抗依次摆开。18般武艺样样精彩。

担负表演任务的正是该团"红四连"的官兵们。四连的干部组织训练有何高招？我们带着这个问题采访了该部队的官兵。谈到训练的"领头雁"，四连战士的话像启开了闸门的流水，滔滔不绝。

"李连长的'过关升级法'，张排长表演的'爬'（战术训练中的匍匐动作）和'压'（装填子弹）。"尽管这两位干部早已离开了四连，但他们的"绝招"被战士编成"顺口溜"传诵至今。后来，随着连队干部变更，"顺口溜"也滚起雪球："王连长的'细抠'（抠每个动作）加'分步'（分步训练法），史连长的绝活——瞄准、击发和战术……"

在四连干部的足下没有休止符。部队政委马占业讲述了这样一个故事：四连的前任连长王玉，是连队迎外表演以来的第七任连长，人很瘦也很矮。为了"战时"的一枪一弹，为了扬我国威、扬我军威，他带领战士苦练"三功"：每天熄灯前和战士们一起苦练单杠引体向上100次，俯卧撑200次，打沙袋100拳，左右手托砖2至4块，一次练15至20分钟，以增强臂力；和战士一样迎风瞪眼瞄瓶子，以练眼力；每天一次长跑1万米，到了终点立即卧倒练屏气、瞄准、击发，以强化内功。王连长说："进行这样的训练，能提高屏气能力，使射击时不因喘气过多而影响枪身的稳定性，从而加快射击速度。"仅为了练好"眼力"，王玉贴眼用过的胶布就有2尺多。在他任连长的18个月中，全连先后有21人考上"特等射手"；进行军事表演22场，发射子弹19800发，无一脱靶。

教导员马占亮回忆说，现任连长马庆海的脸庞黑又亮，他勤于动脑，善于琢磨，在组织训练上很有些招数。他当排长时就被编入"顺口溜"，诸如"马排长有高招，瞄准击发精度高，左右开弓单臂射，飞墙走壁为一绝"。这些凝聚着他的心血和汗水的高招，曾使他的战友们为之倾倒。今年7月，马庆海由指导员改任连长，他总结出"表演十忌，训练八法"。马教导员说着，道出一段"顺口溜"：马连长施训特色浓，严、挤、细、抠法子灵，表演场上有"十忌"，"八法"练成过硬功。

"红四连"战士个个是铿锵的音符

四连经历数百次军事表演万无一失，精湛的技艺长盛不衰，曾倾倒几多中外宾客。当我们问连长马庆海有什么秘诀时，这位文武双全的精干小伙子诙谐的说："我们靠的是滴水穿石的慢功夫，一丝不苟的细功夫，脱皮伤体的苦功夫。"

为了练就超人绝技，他们常常是行进迎风走，乘车迎风站，不失时机练眼力；手掌托砖，俯卧撑体，抓举杠铃练臂力；翻山越岭，攀登峭壁，负重长跑练耐力。夏天骄阳肆虐，蚊虫叮咬，干部战士在靶台一趴就是一整天；冬天，寒风刺骨，雪花飞舞，指战员迎风而卧，任凭雪花在脸颊上疯狂吹打，纹丝不动。苦练出精兵。四连的战士个个是军威进行曲中闪光的音符，人人都有动人的旋律。

有位外国驻华武官为体验"中国士兵的一日生活"，与四连官兵冒雨进行强行拉练。30厘米宽的山间小道，丛生的酸枣刺，绊脚的拉拉秧，大大小小的碎石和一汪汪泥水，成了行军的障碍。上百号人的队伍像一条绿色的飘带蜿蜒在深山峡谷的山石间。突然，战士崔学磊的脚碰在路边的一块尖石上，脚趾甲被掀开两个。十指连心，顿时鲜血和汗水并流，痛得钻心，但他没吭一声。返回营地时，他的那两个脚趾头肿得像红香肠。那位驻华武官见此情景，感慨地说："中国士兵的吃苦精神，在世界上堪称一流。"

山脚下，杂草丛生，牛虻、蚊虫嗡嗡乱叫。准备接受某国元首检阅的官兵刚刚列队，一只牛虻叮在了战士张文朝的脸上，一时疼痛难忍。这时，只要轻轻一动，牛虻就会立即飞开。可小张咬着牙，纹丝不动，直到受阅完毕。小张的半边脸肿得像发面馒头，整整一个星期才消下去。

时隔不久，他在为另一个国家的国防部长表演打坦克时，由于天气骤变和火箭弹故障，刚刚抠动扳机，火箭弹就在出膛不到3米的地方自爆了，喷射的火焰烧伤了他的面部，燃着了他的衣服。"挺住，一定挺住！"小张暗暗告诫自己，以惊人的毅力，迅即成功地发射了

25

第二发火箭弹，隆隆"铁甲"顷刻间变成了哑巴。接着，他忍着剧痛和战友一起进行了机枪、冲锋枪的射击表演，尽管靶子被风刮得来回晃动，枪的缺口和准星被雨水打得模糊不清，照样枪响靶落。见到此情此景，那位部长感慨地说："我走了大半个地球，还没看到像你们这样的技术、纪律、作风全面过硬的部队。中国陆军是一流的。"

一次，战士郑兵进行障碍表演，当通过钻洞孔时，洞内不知从哪里跑进一只刺猬。他毫不犹豫，支撑双臂向刺猬压去。刺猬展开利刺穿透了他的衣服扎进肉体。他忍着钻心的疼痛，继续往前冲刺，仅用34秒就通过了9道"封锁线"。望着小郑胸、腹及腿部的道道血迹，外宾惊叹不已。

军威永振——心灵与情怀的奏鸣

在四连，"内事"服从"外事"，家事服从国事，成为大家的自觉行动。为了祖国的荣誉，他们作出了比别人多得多的牺牲。16年来，官兵们为了练就过硬的军事技术，搞好每一场表演，他们有假休不了，有事回不去。报考军校、司机训练也无法正常参加。但是他们无悔。每年有数十名超期服役的老战士，有的家中好不容易为他们找好了工作，因推迟退伍，失去良机。有些正谈对象，因为不能回去及时解除误会而吹了"灯"。16个春秋的日日夜夜，留下多少感人的故事，而哪一个故事不是一首奉献的颂歌？

被誉为"神枪手"的志愿兵、班长王伟，荣立过二等功，1987年6月被评为"全军优秀班长"。有人劝他："你是连队的有功之臣，可上学没希望，提干没指望，还这么干下去，图个啥？"他说："唯有枪作伴，才使我充实，才是我最理想的选择。"

孙健能用半自动步枪进行"左右开弓"的射击表演，常受到满场喝彩。当他功夫练成之日，正是调动手续办成之时。父亲几经周折，疏通了方方面面的关系，要调他到"家门口"当兵。调动手续都办齐了，可他想眼下新手还接不上茬，连队迎外表演离不开他，便悄悄地把手续装进了衣袋，又一头扎进了训练场。

罗会元入伍前是出租汽车司机。有人说，别看他现在热情蛮高，等到他"觉醒"时非后悔不可。然而，连队干部介绍说，罗会元在对抗射击班的1000多个日日夜夜里，经常是雨天一身泥，晴天一身汗。他在训练实践中总结出的"满负荷训练法"还被上级推广。3年过去了，入伍前的同行们相继成了"冒尖户"，有的来信劝他退伍回去挣大钱，奔"小康"；家里也给他联系好到一家合资企业开车的美差，月工资500元，还能解决一套住房。然而，罗会元却说："做人不能只为钱，我虽然经济上吃点亏，但能为国争光，这是千金难买的。"

这，就是"红四连"的兵。

（原载《战友报》1991年11月12日）

军威进行曲

长安街上的文明哨兵

——北京卫戍区某团十二连文明执勤纪事

每天清晨，随着鲜艳的五星红旗从天安门前升起，人们便会在十里长安街上看到一组组流动的哨兵。这就是北京卫戍区某团十二连的纠察分队。他们身穿特制军服，佩戴特殊标志，巡视在天安门、北京站、王府井、前门等一处处京华名胜。那特有的举手投足，特有的军容仪表，吸引着中外游人的目光，给首都精神文明"窗口"凭添一道亮丽的风景。在北京人眼里，这个连队就是精神文明建设的一面旗帜！

十二连在长安街执勤5年，3次荣立集体三等功，两次被北京市评为"首都精神文明建设先进单位"。他们是靠什么赢得这些荣誉的呢？

金钱面前显情操

十二连执勤的主要任务是对军容风纪和过往军车进行纠察。在纠察军车方面，他们常常会遇到比维护军容风纪难度更大的挑战。开车送我们采访的北京卫戍区司机焦华，就遇到过这样一件事。

那还是他在十二连当司机班长的时候。在西单路口，一辆奔驰牌轿车疾速驶过纠察点，焦华一眼就瞧见车牌有假。可当他发出停车指令后，那辆车一溜而过。焦华只好开车抄近路赶到那辆车的前面。下车后，他礼貌地举手敬礼，要求查看行车证件。那个司机却蛮横地说：

28

"这是中外合资企业的车，你管得着吗？""我不管是谁的车，你的军车牌照是假的！"焦华的口气毫不含糊。

那个司机一看耍横行不通，马上换了一副面孔，从兜里掏出一叠百元面值的钞票，笑嘻嘻地说："你们当兵的也不容易，这是点小意思，请关照。"焦华二话不说，要他去卫戍区接受处理。那司机还不死心，又从手提包里拿出一张支票，说："这是两万元的支票，你如果放行，就是你的了！"小焦冷冷地摇摇头。那司机近于绝望地喊："今天真是邪门，你到底要什么！"焦华义正辞严："我要的是军人的尊严！"类似的事例在十二连还有许多。5年来，十二连共查获假冒军车120多起，抓获假冒军人240多人，遇到各种行贿56次，却没有一个人给军人的荣誉抹过黑。

十二连官兵还常常捡到路人遗失的钱物，近几年有据可查的就达8.3万元。去年7月30日，战士萧宝楼在王府井捡到一个手提包，里面有一张万事达信用卡和数百元现款。他想失主一定很着急，就在原地等候。一直等了两个多小时，才找到失主，连八一节会餐都耽误了。

"举手之劳"见精神

"好八连，天下传 …… 为人民，几十年。"十二连官兵牢记毛泽东同志对好八连的赞语，在中华第一街上高扬为人民服务的旗帜。

苟小平和向杰在西单商场遇一老人心脏病发作，当即用车将老人送往医院，又用电话通知了他的家人，当被救者家属寻找他们时，他俩已悄悄离开；王府井大街上，常常有人把烟头摁灭在树皮里，执勤哨兵觉得很不雅观，一看到就抠出来，扔进垃圾箱；一辆平板卡车上掉下一个装有几十双皮鞋的纸箱，战士汤庆祝和战友看到后，一人就地看守，一人追着汽车跑了五六公里，终于找到失主；几位战士在执勤中捡到一个学生证，里面夹着第二天的车票，为了及时送还失主，他们从王府井找到了魏公村……

采访中，我们曾在天安门广场、北京火车站和西单南大街，分别暗中观察执勤哨兵一个半小时，发现他们遇到最多的事就是行人问路。在天安门广场，一位老大爷向执勤哨兵打听买火车票的地方。哨兵先从浓重的乡音中辨清大爷是到山西还是陕西，再告诉他去陕西要到北京西站买票，广场西北角有公共汽车开往西站。送别大爷，他想了想，返身又追上去嘱咐，去陕西的火车下午1点多开。我们算了算，在执勤的一个半小时内，向哨兵问路的就有37人次。执勤哨兵始终表现得非常热情，非常细心。难道他们就不感到烦吗？

四班战士徐焕荣说起他当新兵时因为一个"不知道"挨批评的事。当时一个游人询问"去劳务市场怎么走"，他回答了一句"我不知道"。班长听到后，问他："你怎么能说不知道呢？人家专找军人问路，是信任解放军呀！不要把这件事看小了。"

执勤时，他们人人都带着北京市地图，有的战士还专门备个小本子，随时记下新开的汽车线路和商场。四川一位老大爷进京要上刘街胡同看亲戚，胡同名字是新起的，问了好多人都不知道。老人找到执勤哨兵，一报地名，两位哨兵立即把他送到了亲戚家门口。十二连的战士就是这样天天从"举手之劳"做起，用默默的行动为社会献一份爱心。看到残疾人上车艰难，他们迅速上前搀扶一把；遇到儿童离家出走，他们反复劝说送其回家；看到有人恃强欺弱，他们上前伸张正义……战士们说得好："光唱'只要人人都献出一点爱'，那是不够的，我们要先说'请让我来关心你'，这世界就会变得更美丽。"

长安街上读"大学"

十二连官兵在长安街为什么能高扬社会主义精神文明的旗帜，领唱净化社会风气的正气歌？连队指导员回答："关键是在提高人的素质上下功夫。"新战士入伍首先观看的电影是《雷锋》和《霓虹灯下的哨兵》，听的第一场录音报告是"南京路上好八连"艰苦奋斗的事迹……5年来，十二连党支部坚持不懈地用革命理论教育人，用英雄榜样塑造人，帮助官兵树立坚定的政治信念和人生追求。

一次，战士刘连顺在天安门金水桥畔执勤，发现一个外国人用摄像机跟在他后面拍摄。平时，这种情况并不鲜见。但这个外国人却很奇怪，他从不到正面来拍，而只是在哨兵纠察违章现象时才偷拍。刘连顺想了想，返过身，迎面朝着那个外国人走去，并用英语说："请允许我看看你拍摄的画面好吗？"

那个外国人没想到哨兵会向他走来，更没想到哨兵会说英语，张皇之间，摄像机上的观察孔已被刘连顺打了开来。

画面上，用大特写拍摄的只有哨兵的钢盔和枪套，其意图不言而喻。刘连顺对那个外国人说："难道你不认为你拍得很拙劣吗？"

在刘连顺的明确要求下，那个外国人只好尴尬地把画面洗掉，并连说"对不起"。

如果刘连顺不是自学了点英语，碰到这事，可能就无法表达自己的意思，还可能招来不必要的围观。对此，战士于永雷佩服地说："这件事上显示的不光是尊严，还有人的素质。"小于一入伍就跟着收音机学《许国璋英语》，后来成了连队的英语教员。连队跟他学会常用英语100句的有20多人。目前，十二连四分之一的战士在自修法律、经济管理等大学课程。

当然，学习不仅在书本上，长安街也是个大课堂。通过参加王府井大街的"无假冒一条街评选活动"，战士们学了很多商品知识。战士高先和从农村入伍，刚到部队时，只知道干活，平时少言寡语。可是两年后，他的母亲到连队看儿子，发现儿子说话彬彬有礼，性格也变了，说起布料质地、服装款式来也是一套一套的。

在十二连，像高先和这样变化的战士很多。经过长安街的洗礼，大家的眼界开阔了，思想升华了。良好的素质赢得了社会各方青睐。

去年老兵退伍时，上海一家国有大商场的总经理专门到十二连要求招收20名退伍战士。前年退伍到海南一家武术学校当教练的谭金龙，专程回连队看望大家。小谭怀着激动的心情，重新走上长安街，又沿着当年执勤的路线走了一圈。他激动地对战友们说："在长安街上执勤3年，最大的收获是让我懂得了怎样认识社会，怎样把握人生。长安街就是我的社会大学……"

（原载《解放军报》1996 年 10 月 16 日）

军魂永驻

辉煌背后是平凡

——长安街头暗访十二连哨兵

9 月 19 日，一个阳光灿烂的日子。

地处北京闹市中心，素以首都商业"金街"之称而驰名中外的王府井大街，今天披上了节日盛装。街道两旁，彩旗招展；商店门前，鲜花吐香；庞大的乐队奏着欢快的乐曲……

上午 10 时 30 分，北京市东城区委、区政府在王府井百货大楼广场上举行隆重仪式，将一面写有"王府井大街好十二连"的锦旗授予长年在这里执勤的北京卫戍区某团十二连。鲜红的大旗，将官兵们映照得满面红光。

在此之前，十二连曾先后被北京市评为"首都文明单位"和"首都精神文明先进单位"，被首都驻军军容风纪交通安全委员会树为"军容风纪模范检查站"和"先进军车检查站"……此刻，我们站在王府井街头，目睹这幕壮观的授旗仪式，不由生出这样的感想：长安街上的哨兵真够辉煌的。

为实地追寻十二连官兵在长安街上的风采，我们于当天下午换上便装，分头走进长安街的几个主要繁华地段。

下午 3 点—5 点　　天安门广场

天安门广场游人如织，看国旗的，放风筝的，还有为迎接国庆47 周年搭花坛的，热闹而又祥和。

在衣着五颜六色的人群中，我们一眼就寻找到了正在巡逻的十二连哨兵。他们身着笔挺的绿色军装，手戴雪白的手套，以一种极为标准的军人步伐穿行在人流中，格外引人注目。

我们悄悄跟在一对哨兵后面，绕着人民英雄纪念碑转了两大圈。后一圈正赶上刮起了大风，吹得人睁不开眼睛，但巧合的是，两圈所走的时间不多不少，都是 13 分钟。

当我们跟着哨兵转第三圈时，一位哨兵突然停下来，摘掉白手套，弯下腰从地上拾到一个小东西。我们以为捡到了项链、戒指什么的，赶紧跟上去。原来，他拾起的是一个易拉罐拉环。

这时，离果皮箱不远的另一幕情景同时映入我们的眼帘：

一群操着四川口音的男女青年在一起拍照，拿照相机的小伙子被脚下的一个空矿泉水瓶子绊了一下，他飞起一脚，将瓶子踢向远处。正等着拍照的一个女青年无意中瞧见了哨兵拾易拉罐拉环的举动，于是她喊了声"等一下再照"，跑过去把瓶子捡起扔到了果皮箱里。

我们继续跟在哨兵后面观察，可走着走着，两腿有些吃不住劲了，只觉得腰酸腿痛，汗水直流，真想像有的游客那样，挤坐在华灯下的水泥台上歇歇脚。

回过头来再看看夕阳下的哨兵，仍然在昂首阔步。他们偶尔在规定的站立点上作短暂停留，但也是一丝不动地挺胸立正，两手紧贴裤缝，如同一尊绿色塑像。

"长年累月都绷着这股劲儿，可真是不易。"一位长年在天安门广场执勤、名叫梁栋的警察，充满激情地告诉我们，每次在广场上与哨兵擦肩而过时，他总是情不自禁地回过头久久注视着哨兵的身影。

下午 3 点 15 分—5 点　　北京站

我们来到北京站，正赶上大批旅客拥出站口，站前人山人海，熙来攘往。

两位执勤的哨兵正被一名背着行李包的姑娘叫住："解放军同志，到中关村咋走？"

哨兵当即答道："请先乘 103 路电车或公共汽车，到动物园再换乘 332 路公共汽车就可到中关村。"

这时，一位老人气喘吁吁地走上前来："我是从山西来的，要到陕西去看儿子，不知在哪儿买票。"

当费了很大劲才弄明白老人所说的山西和陕西的区别后，哨兵对着老人的耳朵仔细交待道："到西安的车要到北京西站去乘，不过您老别着急，从这里到西站有直达公共汽车。"

正说着，又挤进一个十来岁的小男孩："叔叔，我找不到厕所。"

俩哨兵相视一笑。一哨兵弯下腰对小男孩说："顺着我手指的方向一直走，走到顶头就有一个公厕。"小男孩转身就跑了，另一位哨兵想起了什么，追上去补充道："那是个收费厕所，你有零钱吗？"

……

就这样，我们在哨兵旁边刚站了 5 分钟，他们竟接连解答了 4 个人的咨询问题。

于是，我们做了专项统计，到下午 5 点钟离开北京站时，看到两位哨兵在不到两个小时的时间内，共解答了 32 次群众询问。尽管询问的内容五花八门，但结果都是一样的：每个询问者都是带着满意的笑容留下一句"谢谢"离去的。

此时与我们一起留心观察哨兵的还有一位名叫沈志鑫的车站客运员。他说他对十二连的哨兵已密切关注了3年。

3年前，刚满20岁的沈志鑫被分配到出站口检票，面对川流不息的旅客和没完没了的询问，他心里烦躁，态度冷漠。一次，一位找他问路受到冷落的外地旅客，从大门外返回来对他说："小伙子，你去看看门外的解放军吧！"从此，他每天默默地站在出站口注视着哨兵的一举一动，渐渐地也学着哨兵的样子对待旅客。去年他被北京铁路局评为优秀团干部，最近又受到站里的记功奖励。

"别以为给人指个路、答个话没什么了不得的，可天天如此，能温暖多少人的心！"沈志鑫对我们说完这句话，也忙着给人指路去了。

下午3点30分—5点　　　西单北大街

西单购物中心门前，围聚着一群人，两个小青年不知为啥闹起了纠纷，先是大声争吵，接着大打出手。这时，十二连的两个哨兵走了过来，只听一围观者高喊一声："解放军纠察兵来啦！"正厮打在一起的两个小青年立刻松开了手，围观的人们也随即散开了……

当我们赶到西单购物中心门前时，街面上已恢复了平静，我们是从一位姓肖的看车大嫂口述中了解这一幕情景的。

为了再次捕捉类似的动人场面，我们一路小跑，追上了正在街道上巡逻的两位哨兵，紧紧跟在他们的身后。

然而，从大街的北头走到南头，再从南头走到北头，一个来回一刻钟，整整往返了4个来回，什么事情也没发生，看到的只是两个哨兵不停向前移动的背影，听到的只是他们铿锵有力的脚步声，似乎在告诉我们："今日西单无新闻！"

尽管如此，他们仍在极为认真地行走着。或许，明天、后天他们还是这么重复地走着……

我们略带失望地返回存车处，看车的肖大嫂笑眯眯地说："只要解放军在街上这么一走，我这心里就格外踏实。"这话让我们好一番思量。

其实，我们无须去刻意寻找什么。

自打 5 年前十二连的官兵作为我军第一支专业纠察分队走上长安街以来，尽管也有过多次拾到巨款归还失主的感人场面，有过危急关头见义勇为的英雄壮举，但是他们每天做得最多的、群众感受最深的，也就是我们所看到的这些内容。十二连的官兵正是以这种不拒其小、严格自律的精神，在长安街上播洒文明新风、展示文明形象，赢得了一串串殊荣；也正是这种日复一日、年复一年的平凡之举，铸就了一幕幕辉煌。

（原载《战友报》1996 年 10 月 10 日）

辉煌背后是平凡

文明的礼赞与呼唤

——老百姓眼中的十二连哨兵

连日来，记者在长安街上采访北京卫戍区某团十二连官兵的事迹时，直接访问了许多地方干部群众。他们从不同的视角对长安街上的文明哨兵给予了高度的赞誉，同进也引发出对精神文明建设的诸多思考。

长安街需要这样的"擦窗人"

"北京是全国政治、文化、经济的中心，而十里长街又是北京最繁华、最著名的闹市区。如果把长安街比作中华民族精神文明的窗口，那么，十二连的哨兵就是这个窗口最忠实的'擦窗人'。"

一提起十二连的哨兵，王府井商管会副主任赵国隆就打了这个形象的比喻。赵副主任介绍说，王府井大街具有700多年悠久的历史，这里新老字号云集，五行八业齐全，每天客流达几十万人。自打5年前十二连官兵走上街头值勤，就以高度的"窗口"意识和过硬的文明形象，在这里播洒文明新风。官兵们的模范行动不仅净化了购物环境和市场秩序，更重要的是极大地增强了人们争当文明市民、文明商人、文明顾客的文明意识。仅1994年和1995年，王府井大街就获得8个市、区级先进称号。古老的王府井在改革开放中焕发了青春，十二连官兵功不可没。

连续 5 年创同行业利润全国第一的明星企业——王府井百货大楼，与十二连官兵有着不解之缘。党委副书记吕玉才在接受记者采访时，如数家珍般列举了官兵们为大楼义务搬运货柜、培训职工等大量的感人事迹。他激动地说："这些年来，我们一直把十二连的好思想、好作风作为精神文明建设的好教材，在干部职工中广泛开展宣传教育，有效地激发了大家爱岗敬业、无私奉献的热情。在当前加强精神文明建设中，宣传十二连这样的典型，我举双手赞成！"

北京市东城区委副书记席文启称赞十二连官兵是精神文明的传播者，社会治安的保卫者，商业秩序的维护者，人民群众的贴心人。他说，加强精神文明建设，首都北京应该成为"首善之区"。十二连官兵在长安街这个重要的"窗口"上，以实际行动树起了一个标杆，必将在更大范围产生辐射和影响作用。

人民群众需要这样的"示范者"

北京市公交一公司运营一场服务质量监督员阎银，经常穿行于长安街，对十二连哨兵的文明举止留下了深刻的印象。在与记者讨论如何提高文明素质、增强公德意识这个问题时，他深有感触地说：

"社会公德标志着一个国家、一个民族的文明程度。你看长安街上的哨兵，走有走相，站有站相，无论是言谈举止还是为人处事，都体现出较高的思想修养和公德意识。"

阎银继而谈到，在现实生活中，一些人的公德意识却比较欠缺。举个小例子，有人爱吃泡泡糖，可他嚼着嚼着，"噗"一下随口吐在大街上或公共汽车的座位上。这玩艺儿一旦沾在鞋底下和衣服上，弄都不好弄掉，多让人腻味。这些人表面上看缺乏教养，实际上缺乏的是一种社会责任感。没有责任感，就没有自我约束意识，没有自我约束就没有社会公德。所以，当前在加强精神文明建设中，要倡导大家像十二连官兵那样，坚持把祖国、人民的利益放在第一位，满腔热忱地向社会、向他人奉献爱心，形成一种积极向上的社会心态。

　　长年在天安门广场上执勤的年轻民警梁栋，经常与十二连的哨兵相伴而行，自然对他们的事迹相当熟悉了，他说他感受最深的是哨兵们那种严于律己、不拒其小的精神。

　　只要看到地上有脏物，哪怕是一个不起眼的小瓶盖，他们也要随手捡起来扔到垃圾箱去；看到有人需要帮助，哪怕只是需要一针一线，他们也以极大的热情去帮助。而这些事情我们每个人都能遇到，但有些人却麻木不仁，或不屑一顾。有的人谈起社会上的不良现象，也是慷慨激昂，痛心疾首，但回到现实中却不愿意从我做起，从小事做起。坐着言不如立起来行。要想营造良好的社会生活环境，提高整个社会的文明水平，必须增强从我做起的主人翁意识和从举手之劳做起的"小节"意识，严于律己，推己及人，以自己的一举一动、一言一行去感染别人，影响社会。

精神文明建设需要这样的"排头兵"

　　记者在北京站采访时，见到一位外地旅客站在两名十二连哨兵旁边，既不问路，也不购票，而是用一种赞许的目光静静地看着哨兵。

　　这位旅客名叫王知勇，是齐齐哈尔一家机械厂的业务员。他今年先后4次来北京，每次到北京站，都看到哨兵在热情地为旅客服务，哨兵的身旁都是一张张笑脸。这位走南闯北的老业务员一次次被这感人的情景所打动。

　　他说："这些年我经常出差在外，看到不少社会上的不良现象，也曾有过'世风日下、人心不古'的忧虑和感叹。然而，当我一次次在北京站看到解放军哨兵助人为乐的情景，又一次次从广播里、报纸上听到读到李国安、徐虎这样的先进典型事迹，我深受感动和鼓舞。我从内心里感到在我们社会主义社会里，好人还是多。"

　　谈到十二连官兵的模范行为在社会上所产生的影响，北京市军民共建指导小组常务副组长宋巨川说，在改革开放的新时期，我们宣传了一大批在社会主义精神文明建设中作出突出贡献的模范人物和群体。这些先进典型反映了我们社会的主流，反映了时代的主旋律。广大人民群众从他们的事迹中，看到了我国新形势下大力加强精神文明建设的巨大成果，从而进一步坚定了社会主义不仅要建设高度的物质文明，而且也要建设高度的精神文明的信念。十二连官兵在长安街上传播精神文明的事迹同时还说明，部队广大干部战士正在以实际行动落实江泽民主席关于军队应在精神文明建设方面走在社会前列的指示精神，努力成为社会主义精神文明的排头兵。

……

这是对文明的礼赞，更是对文明的呼唤。

面对人民的礼赞与呼唤，不仅仅是十二连的官兵，每一个干部战士都应以更高的标准、更自觉的行动，走在精神文明建设的前列，回报人民的厚爱。

（原载《战友报》1996 年 10 月 10 日）

为首都播绿添彩

——北京卫戍区支援首都重点绿化工程建设侧记

军魂永驻

　　阳春三月，乍暖还寒，北京卫戍区 1000 多名官兵奋战在北京首都重点绿化工程第一线，为美化首都北京播绿添彩。截止到 3 月 30 日，他们担负的公主坟、安贞桥、三元桥一线绿化带绿化和木樨地到甘家口国宾绿化带调整改造工程已胜利告捷。他们勇于吃苦，善打硬仗的精神，受到了首都人民的称赞，北京市领导称他们是"首都人民最可爱的人"。

"这是造福首都人民的大事，我们全力以赴"

　　军区赋予卫戍区担负北京市道路绿化重点工程任务后，卫戍区领导当即表示"这是造福首都人民的大事，我们全力以赴"。当晚，卫戍区立即召开常委会，专题研究和部署，并利用星期天的时间，会同北京市绿化委、市园林局的负责同志，深入现场勘察地形，确定了具体的施工方案。

　　卫戍区所属各部队都召开了动员大会，干部战士纷纷表示了挑战应战的决心。警卫某师地处远郊，为圆满完成工程任务，他们克服了路途远吃饭不便的困难，提前两个多小时起床，每天劳动超过 12 个小时。官兵们说，我们住在首都，首都是我们的第二故乡，美化首都、建设首都是我们义不容辞的责任和义务。能为首都建设做贡献，是我们一生的光荣。

"今后首都绿化以此为标准"

木樨地到甘家口国宾绿化带调整的重担压在了"老虎团"官兵的肩上。这不同于一般意义的植树劳动，官兵们深感它的分量。

他们在清理绿篱树墙中的死苗时细心备至，不让一棵漏掉；栽种新树一丝不苟，不让一棵树受损；培植树苗更是精益求精，像射击瞄准一样瞄了又瞄……

不到两天时间，就使长 2000 米、宽 3 米的绿化带换了新颜；近万株枯萎和老化的树木被充满生机的新树所"顶替"；4000 多米长的绿篱整修一新；1200 多棵松树基修整得如同一个模子印出来的。北京市园林局的同志看后惊叹不已：真没想到部队官兵的栽植标准比我们专业队伍还高！他们立即调来录像人员摄下这块样板，并当众宣布："今后首都绿化以此为标准。"

"石头硬，硬不过军营男子汉"

北京市的三元立交桥是八十年代我国最大的立交桥。大桥建成后，市里虽然专门组织力量清理施工留下的垃圾，但由于难度大，没能清理彻底，时间一长，这里成了北京东大门最大的垃圾场之一。

某部一营采取"分割围歼，各个击破"的战术，把一块块乱砖、一层层混凝土、一件件杂物清理得干干净净。施工中，一块两米见方、重达几吨的水泥板成了官兵面前的"拦路虎"。负责技术把关的市绿化大队的师傅说："这个大家伙上次就没能拿掉它，我看这次也就算了。"在一线指挥的连长胡丛茂坚决地说："这块'硬骨头'啃不下，就会使这里几平方米长不出草来，到时，5000 多平方米的草坪上有这么一块'斑秃'多难看,这家伙留不得！"胡连长带头抡起重磅铁锤,向大水泥板砸去。一个人举不起锤了,另一个接着上。经过 3 个多小时的苦战,这块"硬骨头"终于被一块一块地敲碎了。

公主坟立交桥是去年年底才竣工的,这里的绿化带大部分在桥身下,施工十分不便。战士们就用肩扛手扒等最原始的作业方法,将施工时留下的水泥、石块、土渣、钢筋等杂物一一清走,换上了从郊外拉来的新土。20 多个铁筛子成了"残废",30 多把铁锹卷了刃,9 把铁镐"折断了腰"。3 月 27 日,北京市领导在慰问时见到此情此景,激动地高呼:"解放军万岁！"

"你们是首都人民最可爱的人"

绿化植树自然无法同硝烟弥漫的战场相比,但是,官兵们在这里的奉献一样令人感动。

战士张超正清理碎砖瓦时手被锋利的碎玻璃划了一道 4 公分长的口子,顿时血流不止。他吭都没吭一声,抓一把土撒在伤口上,继续埋头苦干。鲜血浸透了泥巴,流到了地上,他又抓一把土抹了上去,好像什么也没发生似的。这一切都被北京电影制片厂的摄影机记录了下来。对此,小张不好意思地说:"这点小伤算什么,值不得这样。"

某团副团长白会义,在部队开进施工现场的当天,突然收到了河南老家的加急电报,哥哥在广州出差时意外遇难,让他速去处理后事。白副团长强忍悲痛,将电报揣在兜里,带领部队投入到重点绿化工程的战斗中。

北京籍的某部一营教导员赵世平上绿化工地之前,就得到了外甥女患白血病病危的消息。尽管劳动工地与外甥女住院的医院相距只有 10 多分钟的路,但为了赶工程进度,他一直也没有腾出时间去看望一下，结果在工地上，他从 BP 机上看到外甥女离开人间的噩耗。

……

感人的劳动场面，动人的奉献之歌，感动了南来北往的北京市民。有的单位拿来了汽水，有的商店送来了饼干，居委会的老大妈办起了茶水供应站，中小学校的学生送来了慰问演出。

白云路小学近百名师生带着几十箱苹果和鸭梨，敲锣打鼓送到工地。这些水果大部分是学生们你四个我五个凑起来的，学生们在苹果上端端正正地贴着纸条："解放军叔叔，你们辛苦了！""献给首都人民最可爱的人！"

（原载《战友报》1995 年 4 月 18 日）

为首都播绿添彩

春天的使者

——北京卫戍区支援首都重点绿化工程侧记

阳春三月，乍寒还暖。北京卫戍区3000余名官兵奔赴首都重点绿化工程第一线，植青播绿，为美化首都、建设首都添砖加瓦。

北京军区赋予卫戍区担负京城城市道路绿化重点工程任务后，卫戍区领导当即表示："这是造福首都人民的大事，我们全力以赴！"当晚，卫戍区成立了支援首都重点绿化工程指挥部，并会同北京市绿化委、市园林局确定了具体的施工方案。卫戍区刘司令员、杨政委等常委一班人多次到现场慰问官兵和参加绿化劳动。官兵们说："我们住在首都，首都是我们的第二故乡，美化首都、绿化首都是我们义不容辞的责任，能为首都建设做贡献是我们一生的荣光。"

木樨地到甘家口国宾道绿化带调整改造的重担压在了"老虎团"官兵的肩上。这不同于一般意义的植树劳动，官兵们深感它的分量。

不到两天时间，他们就使长达2000米、宽3米的绿化带换了新颜，近万株枯萎和老化的树种"搬了家"，被充满生机的树种取而代之；3000多平方米的高碱土质"挪了窝"，换上了适合植被生长的中性土壤；4000多米长的绿篱修剪得整齐一新；1200多棵松树基整修得方方正正。这一切，使负责工程验收的北京园林局的领导同志赞叹不已：真没想到部队同志的标准比我们专业队伍的还高！他们立即调来录像人员摄下了现场，并当众宣布："今后首都绿化以此为标准。"

三元桥是80年代我国最大的立交桥。大桥建成后，施工现场留下的杂物没有彻底解决，天长日久，成为北京东大门最大的垃圾场之一，给美丽壮观的三元桥抹了一把黑，群众怨声载道，同时也成了市园林部门的一块心病。

　　某部一营采取"分割围歼、各个击破"的战术，把一块块乱砖、一层层混凝土、一件件杂物清理得干干净净。施工中，地下60厘米深处有一块两米见方、重达几吨的水泥板成了官兵面前的拦路虎。看官兵们费了九牛二虎之力而巨石仍巍然不动时，负责技术把关的市绿化大队的师傅心软了："这块家伙上次就没能拿掉它，我看咱们也算了。"在一线指挥的连长胡从茂较上了劲："这块'硬骨头'啃不掉说明我们牙齿不够硬，今天若是搬不走它，这方圆几平方米就长不出绿草，这样的尾巴留不得！"说罢，他带头抢起重磅铁锤，向大石板砸去。一个人举不起锤了，另一个战士接着上。经过3个小时的苦战，这个堡垒终于被官兵们的"接力战术"攻克了。

　　绿化劳动虽不是执行特殊任务，但指战员像执行特殊任务一样地无私奉献。每天起早贪黑往返百余公里从不叫苦；连续作战、流血流汗毫无怨言。战士张超在清理碎砖破瓦时，手被锋利的玻璃片划下了一道4公分长的口子，顿时血流如注，滴滴答答染红了脚下的土地。他没吭一声，顺手从地上抓起一把泥土，撒在了伤口上，继续埋头干活，鲜血渗透了泥巴，又顺手指流淌。他又抓起一把泥巴抹上去，像什么也没发生似的，这一切正好被北京电影制片厂的一名演员摄入了镜头。这位在银幕上多次扮演军人形象的演员放下摄像机，跑上前去一把拉过小张，拿出洁白的手绢为他包扎。小张满不在乎的说："这点小伤不算啥，一会就好了。"

　　某团副团长白会义，在部队奔赴施工现场的当天，突然收到了河南老家发来的急电，说他亲哥在广州出差意外遇难，让他速去处理后事。白副团长强忍悲痛，把电报揣在口袋里，毅然带领部队投入到重点绿化工程的战斗中。北京籍某部一营教导员赵世平上绿化工程工地前，就得到了外甥女身患白血病病危的消息。尽管劳动工地和外甥女所住医院只有十几分钟的路程，但为了赶工程进度，他一直没有腾出时间去看望，结果 BP 机传来外甥女离开人间的噩耗。

感人的劳动场面，动人的奉献之歌，感动了南来北往的市民，京城到处荡漾着军爱民、民拥军的春风。

一位年近六旬的老大妈，路过施工现场时，情不自禁地拉着卫戍区政委杨惠川少将的手激动地说："你们为首都干了大好事，北京老百姓是不会忘记你们的。"说完深深地鞠了一躬。

华友酒家的员工看到战士们带的开水已冰凉，有的已经喝光，立即烧上开水送到工地；安贞小区居委会的大妈们还自发组成了茶水供应站。

白云路小学近百名师生带着几十箱苹果和鸭梨，敲锣打鼓送到了工地。这些水果绝大部分是学生们你三个我五个凑起来的。学生们在苹果上端端正正地贴着"解放军叔叔，你们辛苦了"、"献给新时代最可爱的人"等纸条，水果箱上则赫然写着：献给您，春天的使者！

（原载《法制日报》1995 年 4 月 23 日）

军魂永驻

崇文遍开"双拥花"

崇文区的驻军，从规格到规模在北京市 18 个区县中属"小弟弟"。可是，崇文区委区政府对"双拥"的认识不低，决心不小。他们建立了联系部队的工作制度，每年法定两次到部队现场办公，解决部队干部家属就业、子女入托入学等难点问题；全区实现了 5 个 100%：一是退伍军人安置率达 100%，做到家庭、本人、工作单位三满意；二是随军家属安置率达 100%，做到随到随安排；三是随军子女入托入学率达 100%，优先安排到条件较好的学校和托儿所；四是军队转业干部得到 100% 安置，基本做到专业对口，职务相当；五是兵员质量 100% 合格，连续 5 年没有责任退兵。同时还涌现了一批在全国、全军和首都有较大影响的"双拥"典型。

"崇武"，崇文人民崇高的追求

部队有难伸手帮助，部队有喜拍手鼓励。这是崇文驻军官兵对崇文人民由衷的褒扬。北空机关有四幢宿舍楼，由于年久失修，造成供水管道严重生锈，压力不够，导致住户用水较长时间一直靠下楼肩扛手提解决，十分不便，部队想了很多办法都解决不了。消息传到区委区政府领导耳朵里，他们马上带领有关局领导到北空机关现场办公，当即拍板由地方政府拿出十几万元帮助改造供水工程，很快使上百户住户用上了方便的自来水。海军某研究所宿舍楼防火通道被附近单位非法占用，部队调解效果不明显。区法院郑重贴出安民告示，执行时，法院和规划局的领导在现场坐镇指挥，亲自动手拆除违章建筑，使当地群众为之一震，深受教育。

地方政府和人民群众不仅关心驻地战士的冷暖，而且把爱洒向全区的烈军属，用心建设共和国军人后院。全区35家浴池，21家煤厂，15所医院，35个房管段，1590个学雷锋小组，2160个三八服务组，210个军烈属之家，1350个双拥服务组织，6300多名志愿服务人员，随时随地为烈军属提供各种服务。卫生系统对军烈属看病除了实行"五优先"制度外，还免收挂号费，每年享受两次义务体检；房管系统每年雨季和入冬前都优先为烈军属免费查修房屋。新兵一入伍就马上为义务兵家属办理财产保险，解除军人的后顾之忧。体育馆路街道拥军优属一直坚持"九到家"：军属有喜事到家祝贺；有丧事到家帮助；年节到家走访；平时到家看望；军属与邻里闹纠纷到家帮助解决；军人立功到家报喜；军人探亲到家慰问；军属有病到家探望；定期到家征求意见。家住前门街道东珠市口的军属赵端通，全家5口人，住在8平方米的平房里，街道知道后，派居委会主任到赵师傅所在工厂协调，经过十多次协商，终于为赵师傅解决了一套45平方米的住房。赵师傅一家激动万分，一个劲地鞠躬道谢。街道的领导和机关干部异口同声地说，军属的事，就是政府的事，今后有什么困难，我们还会竭尽全力帮助你。

"双拥"，年年推出新举措

"双拥"工作如何适应新形势，是摆在党和政府面前的严峻课题。崇文区近几年勇于探索，不断开拓，每年都有双拥新举措出台。

他们率先开展的烈军属"双承包"服务活动，发动了区民政机关对全区2100多个烈军属工作单位，1110多个住家附近机关、团体、企事业单位，不分白天黑夜，不分节日假日挨家挨户宣传党的优抚政策，宣传烈军属对党和人民的贡献，终于赢得了全社会的支持。随着形势的发展，他们又在龙潭地区投入人力、物力进行烈军属"综合承包"试点，对重点优抚对象实行几个单位同时承包的服务。区委区政府多次进行专题研究，在全区设立了250多万元的"双拥"专项基金，并实施帮助优抚对象奔小康"一带一"工程，确保所有烈军属在领取国家定期抚恤金的基础上，每月能从帮带单位得到80－120元的帮带款。民政部有关部门领导称赞这是"优抚工作走向社会化道路的一个了不起的创造"。

今年的"双拥热线"一开通，便受到军民欢迎。天坛街道金鱼池大街军属郭素琴，儿子去年到空军某部服役，本人是知青，没有工作，家里生活困难。接到区双拥领导小组"给全区优抚对象的公开信"后，抱着试一试的心情，拨通了热线电话，双拥办的同志非常认真，在街道的帮助下，先后联系了5家单位，最后为她找到了一份可心的工作，郭素琴感慨万分：双拥办真是军属之家啊！

"共建"，努力创出文明乐园

以联片共建为龙头，带动企民共建、厂校共建、店群共建，共建社会大文明，是崇文区的独创。全区建立了宣传教育网，培育"四有"新人网和社会治安网。经常组织老红军、老模范到部队、学校、企事业单位进行巡回报告，宣讲光荣传统，畅谈理想人生。分期分批把民兵、职工、居民、少年分别编组到街道"市民学校"接受军训。街道普遍成立了由驻区部队、公安干警、居委会治保会三位一体的联防队，保一方平安。北空机关先后四次出动 5 万多官兵，16000 多次车辆，大力支持驻地绿化美化工作。使昔日一到冬季荒秃秃的小区变成了三季有花、四季常青的绿色乐园。

　　军地双方，发挥各自优势为民办实事。部队利用雄厚的技术实力为驻地居民安装电话、共用天线，修建候车亭，建家庭病床；派出便民服务小分队为烈军属、孤老户送粮、送煤、买菜、搞卫生。地方努力克服困难，成立托老所、托儿所、小诊所、小饭桌等群众性服务点。目前，全区方便军民生活的服务点已超过百个，成为居民生活的好帮手。

（原载《北京日报》1996 年 7 月 18 日）

军魂永驻

年年都有新举措

——北京市崇文区双拥工作侧记

"双拥"工作如何适应新形势走出一条与时代合拍的新路子？北京市崇文区勇于探索，不断开拓，近年来年年都有新举措。

1986年实施对烈军属"双承包"服务，开展联片共建活动；1990年开展对烈军属"综合承包"服务；1991年建成市民学校普及国防教育；1992年开展为烈军属服务社会化活动；1993年建立区、街烈军属委员会，创建军警民三位一体治安联防；1994年开展奔小康"一带一"工程；1995年起区属停车场对军车实行免费停放；1996年发放优抚对象优待卡，开通"双拥"热线电话。

这些举措，有的显示了强大的生命力，有的走到了国家前列，向全国推广。

在北京市率先开展的烈军属"双承包"服务活动中，区民政机关对全区2100多个烈军属工作单位、1110多个机关、团体、企事业单位，挨门挨户宣传党的优抚政策，宣传烈军属对党和人民的贡献，进而赢得了全社会的支持。随着形势的发展，他们感到"双承包"单位的能力还不能完全满足烈军属的实际生活需要，为此，又在龙潭地区投入人力、物力进行烈军属"综合承包"试点。在"综合承包"活动中，他们又发现物价上涨等因素，使优抚对象实际生活水平相对下降，和优抚标准与人民群众生活水平同步提高的规定仍有距离。为此，区委区政府多次进行专题研究，又在全区设立了 250 多万元的"双拥"专项基金，并实施帮助优抚对象奔小康"一带一"工程，确保所有烈军属在领取国家定期抚恤金或优待金的基础上，每月能从帮带单位得到 80-120 元的帮带款。今年的"双拥热线"一开通，便受到军民欢迎。天坛街道金鱼池大街军属郭素琴，儿子去年到空军某部服役，本人没有工作，家里生活困难。接到区双拥领导小组"给全区优抚对象的公开信"后，她抱着试一试的心情，拨通了热线电话。双拥办的同志非常认真，在街道的帮助下，先后联系了 5 家单位，最后在建国门信息大厦为她找上了一份可心的工作。

为加强政府和驻军的联系，及时掌握部队的困难，他们建立了联系部队工作制度，每年两次到部队现场办公，解决部队干部家属就业、子女入托入学等难点问题。立法是使双拥工作健康发展的保证，这些年他们出台了《拥军优属若干规定》、《拥政爱民细则》、《现役军人立功受奖奖励决定》、《烈军属、伤残军人医疗费报销标准》等十多个地方性法规，对双拥的具体问题以法律的形式固定了下来。领导干部强烈的拥军意识，带动了广大群众爱国拥军的热情，全区实现了 4 个100%：一是退伍军人安置率达 100%，做到家庭、本人、工作单位三满意；二是随军家属安置率达到 100%，做到随到随安排；三是随军子女入托入学率达 100%，优先安排到条件较好的学校和托儿所；四是军队转业干部 100% 得到满意安置，基本做到专业对口、职务相当。

（原载《解放军报》1996 年 8 月 14 日）

青春之花在军校绽开

——石家庄陆军学院北大新生军训采风

"我们深知自己缺乏成熟冷静的头脑，欠缺明辨是非的能力；还不具备坚忍不拔的毅力和强健的体魄……但我们身上也不乏青春的朝气，跳动的火焰，燃烧的热情，沸腾的血液。只要我们用身心来书写关于兵的诗章，飞扬的青春就能放射出迷人的光彩！"这是一位北大新生在开学初的演讲辞。

当军训的日历翻过六十页的时候，他们的情况到底怎样呢？陆军学院一位主管军训的负责人说："政治思想觉悟有所提高，组织纪律观念明显加强，身体素质、意志、耐力经受了初步考验，开端良好。"这里，是笔者随手采摘的北大新生军训生活的几朵鲜花。

"没有政治头脑，犹如大海中的航船没有罗盘一样"

记得开学初笔者和新生一起聊天，当谈到是否喜欢政治理论学习时，一部分同学含含糊糊地说："说不上喜欢，也谈不上不喜欢。"个别同学对学院组织学习四中全会精神认为是一种短期行为和权宜之计。经过四个专题的系统政治理论学习和举行各种形式的讨论会、交流会，大部分同学不仅仅认识了不久前发生的那场惊心动魄的政治风波的危害性，而且对学习政治理论，掌握马列主义基本原理重要性的认识也进到了新的层次。他们在学习体会中写道：帝国主义亡我之心不死，武装侵略走不通，便大力推行对社会主义的"和平演变"、"不战而胜"的策略，利用各种手段进行思想政治渗透。作为跨世纪的一代大学生必须从现在起汲取政治营养，提高政治免疫力，做一个政治上清醒的人。24中队学员马建、庞彤等人自发组织了马列主义理论学习小组。小组经常开展活动，畅谈学习马列理论的心得体会，探讨人生的价值。入校后他们读完了《毛泽东选集》1-4卷，成为政治理论学习的骨干。在他们的带动下，培训队出现了学习马列政治理论的良好气氛。他们对笔者说："人没有科学的政治理论武装头脑，就像大海中的航船没有罗盘一样，就会迷失方向。"不久前他们郑重地向党支部提交了入党申请书。

"爱国不能纸上谈兵，要落到实处"

一些同学入学前装着个人的小算盘，想毕业后出国深造，个别人甚至有到国外后不再回来的想法。学院及时进行了爱国主义教育，组织学生参观了华北烈士陵园，听取了全军基层干部标兵先进事迹报告会；聆听了刘振华上将的革命传统教育讲话，学员们心灵受到了震动。听了基层英模报告后，许多同学流下了激动的泪水。电子计算机系的商林风同学说："听了英模的报告，我哭了，深深感到自己太渺小了。我是父母的儿子，父母为了我考上北大而骄傲，而今天我更体会到我是党和国家的儿子，我要用自己的行动让党和国家放心，学好本领，报效祖国。"学员刘逢春进入军校后，自身要求严，进步快，他在中队举行的"热爱军校，热爱祖国"演讲中说："每个人都有一颗爱国心，但是不能纸上谈兵，要落到实处。我爸爸是日本人，爷爷、奶奶、叔叔、姑姑都在日本工作。我曾在日本生活了200多天，在那里我亲身感受到了日本的富，中国的穷。如果我想到日本定居，向日本大使馆提出申请，六个月就可拿到护照，但是我不想去，现在不想去，将来也不想去。因为我是中国人，中国人应该用自己的双手建设好自己的国家，我奉劝大家一句，学好了本事不要为别的国家出力，要为自己的祖国服务。"多么强烈的民族自尊心，多么真挚的报国情啊！

"集体的事，你不管，我不管，谁管？"

如果说军校是一个小社会，那么学员队就好比一个大家庭，每个学员都是家庭的主人。这些新生大部分来自城市，在家受到父母的宠爱，一来到这个特殊的环境后，起初，不想干那些不起眼的小事，可在中队干部的帮助下很快进入了角色。只要是集体的事情大家都争先恐后抢着干。中文系女学生鞠海兵、王芳，不怕苦、不怕脏、不怕累，主动承担了中队的养猪任务，在军训队传为美谈。我们慕名采访她们时，正巧她俩在猪圈清扫卫生。她们挽着裤腿，挥动着铁锹，猪粪、臭水沾满了衣服，汗水在额头上流淌。"累不累，有什么感受？""还可以，今天觉得走出猪圈，天都比平时大了。"北京姑娘鞠海兵轻松幽默地说。王芳眨着灵气的眼睛接过了我们的问话："哎，也谈不上什么感受。集体的事总得有人管，你不管，我不管，她不管，谁管？我们不来，其他人也会来的。因为我们都是家庭的主人么。"回答得多么漂亮。

"穿上了军装，不论男兵女兵都是兵"

十七八岁——美妙青春，黄金时代。

参加军训的女同学们都处于这样的年龄。假如她们穿的不是绿色的军装，而是连衣裙，那么完全可以在妈妈面前扭动身子撒娇。可是她们未进北大先当兵，穿上了国防绿，开始了兵的生活。这里从早到晚整齐划一，严格紧张。始终是直线加方块的旋律，要做到这些，诚然女学员要比男学员付出的更多，刚来军校时她们走队列叽哩咔嚓，你起我落，犹如麻雀吵架，自己听了也不带劲。但她们是倔犟的，她们坚信："穿上了军装，不论男兵女兵都是兵。"她们憋着一股劲和男学员比高低。腿踢酸了，手甩疼了，她们咬牙坚持。夜幕降临了，她们还在苦练，甚至连节假日和看电影之前的少许空闲时间也不放过。十九队九班长徐守红在正步训练中为克服上体不稳出脚速度慢的毛病，利用点滴时间数百次地对着镜子练习，纠正动作，腿练肿了，中队干部让她休息她谢绝了。功夫不负苦心人，经过努力，她终于完成了队列训练的任务。女学员们的汗水没有白流。军训大队首次队列会操，两个女学员中队以整齐的步伐，严整的军容，嘹亮的番号，饱满的精神面貌，分别夺得了第一、二名。她们用心血和汗水拉开了军训生活的序幕，迈出了可喜的第一步，她们正迈着更稳健的步伐，挥手告别昨天，走向光辉灿烂的明天……

（原载《石家庄日报》1989 年 12 月 8 日）

军魂永驻

青春之火在军营燃烧

——清华大学学生军训风采

盛夏时节，清华大学1200名学生奔赴京郊某师，开始了为期一个月的军事训练。在操场上，一位负责军训的少校指着汗流浃背的学生感慨地对笔者说："青春的朝气，满腔的热情，犹如青春之火在军营燃烧。从他们身上，我们看到了祖国的灿烂前程和民族的锦绣未来。"

既要专业叫得响，又要思想过得硬

军营，神秘诱人的世界。部分学生带着种种好奇心理走进了这片"绿地"。然而，紧张艰苦的军训生活远不像他们想象的那样浪漫。头一天训练下来，他们便尝到了"当兵"的滋味。没出两天，初踏军营的新鲜感就消失得无影无踪了。这时，少数抱着"挣学分"态度的学生首先产生了怕苦畏难情绪。为此，承训部队及时组织学生参观师史陈列室，聆听英模报告，使同学们的心灵受到了强烈震动。在师史陈列室，同学们从一件件血迹斑斑的展品上找到了自己的差距。力学系女生陈丹青在座谈会上谈到：老一辈人打江山，吃野草，住山洞，过着"野人"的生活，丝毫没动摇革命信念。而今天，我们过着舒坦安逸的日子，受了这点苦就想打"退堂鼓"。相比之下，两代人的差距是多么大，自己是何等渺小。曾获得国际奥林匹克数学竞赛金牌的余嘉联在军训小结中写道：翻开历史名人录，不难看到一半以上的名人生命里都有过当兵的历史,这说明艰苦的条件锻炼人,恶劣的环境造就人。我要把握这难得的机会,在火热的军营里努力练就强健的体魄,培养坚忍不拔的毅力,做一个专业上叫得响,思想上过得硬的真正的清华学生。

穿上军装,就该无愧于鲜红的帽徽

军营高标准、快节奏、严要求的紧张旋律,对于过惯了"自由自在"校园生活的大学生无疑是一场挑战。但他们坚信,安逸的生活会消磨人的意志,懒散的作风能阻碍个人的成长。军训六营喊响了"向懒散作风开战,重新塑造自我"的口号;电子工程系提出了"操场是战场,营房当考场"的要求。无论在骄阳似火的操场上,还是在安静舒适的课堂内,不管是正课时间,还是八小时以外,同学们处处按照兵的标准来约束自己的行动,一招一式、一步一动、一点一滴毫不马虎。有一次,六营的学生外出活动,队伍行至中途,乌云密布,大雨倾盆而下,顿时把学生浇得像"落汤鸡"。但是,同学们依然精神抖擞,步伐整齐,高唱雄壮的队列歌曲。沿途群众得知这支冒雨行进的队伍是清华大学生时,投来了敬佩的目光。军训一营梁健同学十分注意平时作风纪律的养成,在一次军姿训练中,右手被牛虻叮咬四十分钟纹丝不动,手腕肿得像大馒头。当我们问到是什么力量使你忍着钻心的疼痛坚持到最后时,他非常爽快地答道:"既然穿上了这身军装,就无愧于鲜红的帽徽。"

训练场上,巾帼不让须眉

谁说军营只属于男子汉?参加军训的全体女学生,用汗水写下了一曲曲巾帼不让须眉的动人赞歌。要适应紧张激烈、艰苦单调的军营生活,女学生要比男同学付出的更多。开始基础训练拔军姿,要求半小时一动不动。她们站上几分钟就两腿抽筋发颤,两眼直冒金星。但她们抱定一个信念，穿上了军装不论男兵、女兵都是兵。她们暗暗憋着一股劲要和男同学比高低。汗水浸透了绿色的戎装，她们依然咬牙坚持，夜幕降临了，她们还在苦练，甚至连节假日的少许空闲时间也不肯放过。女生的汗水没有白流，如今她们的队列动作已具备了和男同学一争高低的实力。在训练场上，我们看到了一个身体十分瘦弱、浑身湿透的女生。军训连长告诉我们，她叫张虹，去年没赶上军训，这次是来补训的。一次在队列训练中，她身体不舒服，硬是上牙咬着下唇坚持，休息的哨声一响，两腿一软瘫倒在地上。医生多次要她减少训练量，可她不听，总是悄悄地来到训练场。六营 13 班的钟捷同学，在所有女生中属于"超轻量级"，体重不足 35 公斤。她说："叫苦叫累说明自己娇气，晕倒在操场上证明自身体弱。"好一个自尊自强的华夏女性，多么有希望的新一代大学生啊！

（原载《北京日报》1991 年 7 月 30 日）

青春之火在军营燃烧

"老虎团"的新答卷

——北京军区某团落实江主席"五句话"纪实

北京军区某团官兵永远难忘：1991 年 6 月 1 日，中央军委主席江泽民亲临该团视察。就是在这一天，江主席对全团官兵讲话提出：建设一支政治合格、军事过硬、作风优良、纪律严明、保障有力、战斗力强的部队。后来，新颁发的《军队基层建设纲要》，将江主席的这"五句话"作为军队基层建设的 5 条根本标准。

诞生于红军时期的"老虎团"，经过最近 4 年的磨砺，部队建设又得到了新的加强，已成为一支士气高昂、装备优良、训练有素、全面过硬的部队。

团领导回顾 4 年来抓部队建设的经历，感触颇深。他们告诉记者："我们较早聆听江主席的'五句话'，较早开始落实江主席的'五句话'，所以部队建设也就较早受益。江主席依据邓小平同志新时期军队建设思想，从加强军队建设的战略高度出发，高屋建瓴地提出了'五句话'。'五句话'的内容，既是构成部队战斗力的基本要素，也是建设现代化正规化革命军队的总要求。有了'五句话'，我们抓部队建设的思路更清晰，目标更明确了。"

光天天说不行，要天天干才行

"落实江主席'五句话'，光天天说不行，要天天干才行。""老虎团"领导们的这句话，一年 365 天，在部队官兵眼里都得到了印证。党委

62

常委抓部队每一项建设,每一项工作,都注重率先垂范。训练比武考核,先让官兵考团常委。冲锋枪实弹射击,8名常委,6名优秀、两名良好;跨越障碍,5名优秀,3名良好;手榴弹投掷,常委全是优秀。

有了团领导的带动,部队训练热火朝天。记者在团综合训练场看到,今年入伍的新战士已能徒手攀登4层楼高的墙垛。这几年上级组织的比武考核,团队年年拿第一。

今年,团队在"四个教育"中,及时解决新形势下官兵碰到的各种思想问题,保证了全团官兵政治坚定和思想道德的纯洁。全团干部思想稳定,尽心尽力。谈起喜人变化,政委史瑞堂说:"部队思想政治建设,是一项长期艰巨的工程,这几年的成绩得益于我们不打折扣地落实'五句话'的总要求,今后我们还要按照'五句话'的总要求努力去做!"

不可此长彼短,必须齐头发展

这是流传北京的3个小故事。

今年春天,"老虎团"官兵绿化北京国宾路。要动7万多立方米土,植1万多株树。挖出来的土像"豆腐块",挖下去的坑像"箱子",吸引许多外国人来拍照。

争办奥运万人长跑活动中,"老虎团"派出千名官兵代表解放军参加。战士们脱下的衣服,从哪个角度看都是一条线。国际奥委会考察团团长埃里克松连声称赞:"中国军人,了不起!"

炎炎烈日下,参加阅兵方队训练的"老虎团"官兵,头戴钢盔,纹丝不动。太阳把钢盔晒得发烫,战士们仍像尊尊雕塑,挺立在阅兵场上。

"老虎团"的作风纪律过去有时也曾松散过。团党委按照江主席的"五句话"明确一条工作思路:"五句话"如同5根柱子,抓落实决不可此长彼短,哪一根都要"浇铸"得坚实牢固。他们抓部队建设,尤其注意5个方面的协调发展,力求全面过硬。

在这样一个超常训练，经常执行繁重任务的团队，还能看到令人惊喜的后勤景观：团生活服务中心，自产的蔬菜，自做的豆腐，自腌的小菜，自做的馒头面条，每天都可为连队提供充足的保障。这个生活服务中心，已成为总后院校定点见习基地。

高标准才能落实好"五句话"

"老虎团"党委确定的目标是："争创全军一流团队。"有人说："你们口气是不是太大？"团长、政委回答："我们有三条理由，一是实践江主席的嘱托，二是发扬红军团队的传统，三是全团官兵团结实干的基础。"

确立了这样的高标准，他们才出色地完成了第七届全运会、远南运动会开幕式大型团体操表演等重大任务。千余名官兵在几个月时间内，就达到了国家二级运动员的水平。为表演好体操动作，全团平均每人掉肉2.5公斤。官兵们唯一的心愿就是：要展军威、扬国威。

确立了这样的高标准，全团官兵紧绷战备这根弦，每年全团的综合拉动达20余次。一个星期天，正值大雨滂沱。总参有关部门想检验一下"老虎团"的应急能力，不打招呼，紧急拉动，在奔袭中连续出了12个高难课题。结果，全团仅用32分钟便到达集合地域，并在奔袭中正确处置各种"情况"。

"老虎团"党委有一条清醒认识，落实江主席提出的"五句话"，不能因形势变化而动摇，不能因任务转换而淡化，更不能因有点成绩而懈怠。他们脚踏实地，一板一眼，高标准地实践江主席的嘱托，部队建设每年都有进步，全团政治、军事、后勤、管理等方面工作，都被上级评为先进，并荣立集体一等功、三等功。

（原载《解放军报》1995年9月24日）

看宠物如何成军犬

——访某"老虎团"军犬基地

名犬加入绿色方阵

近几年，随着人们生活水平的不断提高，养宠物成为一些人的时尚。据报载，截至 1995 年 2 月，1200 万人口的北京市就有 20 万条各种大型犬和观赏犬，平均每 60 人就有一条。

人满为患，狗多更为患。一个时期来，狗咬人的事件屡见不鲜，为狗走上法庭的也大有人在。

要求限制养犬的呼声越来越强烈。1995 年 5 月 1 日，北京市出台了限制养犬的规定，要求所有养犬人必须到有关机构为养犬申报户口，并交一笔不少的管理费。

限养起到了作用。不到半年，北京市养犬数量一下子由 20 万条骤降为 4 万条。为了响应北京市限制养犬的号召，一些单位和个人纷纷将豢养的看家犬捐献给了部队。

某"老虎团"军犬基地是京城最大的养犬基地，这里设施完备，驯养经验丰富，成了许多名犬的主人看好的单位。1994 年底到 1995 年 8 月，该军犬队共接收单位和个人捐赠的各种名犬 21 条。其中既有泰国的大头犬、英国的蝴蝶犬，也有德国的大丹犬、牧羊犬，还有中国的松狮犬。这些犬每条价值少则上万元，多则二三十万元，可以说是"犬中之王"。

绝食风波

名犬参军后第一道难关就是饮食关。这些名犬原来在家时都是娇生惯养,到军犬队吃大锅饭一时难以适应。名犬"入伍"头一天,军犬队就按正常作息时间准时"开饭"。几十条名犬和它们的"老大哥"军犬一样站到了食盆前。"老大哥"们呼啦啦不到十分钟就将自己食盆里的鸡架、蔬菜、米面吃了个一干二净,但这些"新兵"却粒米未进,大多只用鼻子嗅嗅就走开了。

夜幕降临了。战士们在"新兵"们的干嚎声中度过了一个晚上。当太阳重新升起的时候,几十个新食盆仍然原封不动。

"新兵"集体绝食了。

军犬队每条犬每天的伙食费标准为 4.5 元,对于那些餐餐有荤、靠吃洋食、零食长大的名犬来说自然难以接受。

第二天中午,队长张朝印决定给这些"新兵"们破例改善一下伙食。食盆里除了鸡架、蔬菜外,还多了肉块。

不知是饿坏了,还是肉块的诱惑,"新兵"们开始将嘴伸进了食盆,但嘟咕咕一阵之后,又走开了。食盆中的肉块已全部被挑吃干净,其他食物却一点没动。

"好个刁嘴!"驯导员们大呼上当。下午开饭时他们很快想出了对策:将肉块打成肉末掺进犬食里。

这招真灵。晚餐时,"新兵"们在食盆里嘟咕咕了一阵后,没有找到成块的肉,只好将掺杂有肉末的犬食全部吃尽。

"绝食风波"平息了。

从宠物到军犬

军犬和士兵一样,有严格的作息时间。早晨 5 点要按时"起床",在驯导员的带领下列队出操,课目是 5 公里越野。

"当兵就得有当兵的样!"入伍第三天,"新兵"们就在驯导员的带领下出操了。别的军犬都规规矩矩地在主人的左侧列队，而这些"新兵"们却到处乱咬乱跳，有的还随地拉屎撒尿，把很正规的早操搞得一团糟。驯导员不急不恼，严格按照规定进行强化训练。

名犬接受的第一个训练课目是犬坐，属延缓动作训练，这是基础课目中的"基础科课"。先是军犬示范。"坐！"驯导员一声令下，五条军犬齐刷刷端坐在主人身旁。轮到名犬了。"坐！"驯导员一声令下，这些平时懒散惯了的名犬仍然我行我素，不知"坐"为何意。驯犬员重新下令并辅之以强制性动作。三五天下来，名犬也能像军犬那样做得有模有样了。

和军犬比较，名犬缺乏训练，野性大，基础差，因此训练中战士们免不了受撕咬之苦。今年夏天，总部一位首长来团检查训练情况。在训练表演过程中，战士高志海充当"假想敌"，一条叫"卡英"的泰国大头名犬和一条叫"大狼"的德国黑背军犬奉命追捕"敌人"。一声令下，"大狼"一下子追上去咬住了高志海的左胳膊，并死命往右拽；"卡英"也不示弱，跳上去对着小高的右胳膊就是一口。碰巧这时高志海在"大狼"的拽动下侧下身子，"卡英"没有咬着护袖，却咬着了小高的下巴。尽管"卡英"知道咬错地方，赶紧松了口，但小高被送到医院后，仍被医生缝了五针。

在短短几个月时间里，这些赠送的名犬进步很大。不仅学会了捕俘、追踪、搜寻的本领，而且一举一动也规矩起来。军犬队为检验这些"新兵"入伍几个月的训练成果，专门为笔者安排了应用课目表演。一名"歹徒"持枪杀人后向小树林里逃窜，两条黑背黄腹的德国牧羊犬奉命出击。不到两分钟，牧羊犬便将"歹徒"扑倒，并一左一右死死咬住了"歹徒"的胳膊……

（原载《解放军报》1995 年 12 月 1 日）

看宠物如何成军犬

67

爱心燃起生命之光

——一位蒙古族农民被烧伤后引发的动人故事

在京打工的河北省张北县旗杆沟村蒙古族农民陆海林，被一场突发的大火严重烧伤，生命之光就将熄灭。

他被送进北京军区 292 医院。在各界群众的大力支持下，军内外烧伤医生经过两个半月的精心抢救和治疗，使他完全脱离了危险。人民子弟兵和首都人民共同谱写了一曲"爱心燃起生命之光"的精神文明赞歌。

救死扶伤　义不容辞

1996 年 10 月 3 日，对 23 岁的陆海林来说是个灾难的日子。

晚 8 时，在外跑运输的陆海林给拖拉机加油。由于天黑，油都灌到了油箱外面。他拿出打火机照明，"咔嚓"一下，悲剧发生了。

桶中的油、油箱中的油瞬间被引燃，顷刻吞噬了陆海林的全身。他惊慌地狂奔，火借风势越烧越猛。黑夜中的火球，不断向前延伸，他终于倒下了，追上来的姐姐用一盆水当头浇下，火灭了，但陆海林已被烧得惨不忍睹，奄奄一息。

6 小时后，陆海林几经辗转被送到了北京军区 292 医院。

病情危急。值班医生、科主任、院领导都赶来了。检查结果令

68

人吃惊：陆海林全身烧焦、两耳烧掉，烧伤面积80%，三度烧伤面积70%，神志不清，随时面临着死亡。初步估算，最低治疗手术费也得20万元。按医院规定，病人在抢救之前必须支付住院押金，可是直到第四天，陆海林家才东凑西借到3000元给医院送来。

"儿的病治不了，让他死到家里去吧。"陆贵老人流着眼泪无奈地说。"陆海林留下有可能活，出院必死无疑。"在外一科全体人员紧急会议上，科主任周洪泽说着，从口袋中掏出了200元。100元、80元、50元……全科15人的1230元捐款送到了患者家属手中。千余元捐款，救不了陆海林的命。外一科发出了致全院官兵的倡议信："……让我们伸出友爱之手，救救这位挣扎在死亡线上的蒙古族农民兄弟！"倡议信在全院引起了强烈反响。一个在全院范围内为陆海林献爱心的活动迅速展开。新战士季艳荣把存款300元全部捐了出来。"这是我一个月的工资！"中医科主任王文远说。当凝聚着全院爱心的1.1万多元捐款送到陆贵手中时，老人流着眼泪连声说："共产党好！解放军好！社会主义好！"

在全院为陆海林捐款的同时，院党委作出决定："陆海林留院继续治疗，医疗费用再想办法。"

同心协力　创造奇迹

292医院医疗设备简陋，没有烧伤专科，救治陆海林这样重的烧伤病人从未有过先例。

全院的精兵强将集中起来了；陆海林抢救小组和特护小组成立了；在全国、全军享有盛誉的烧伤、呼吸、营养和普外专家们从首都的各大医院请来了。

全院出现了大协作场面：病人需要什么药，药械科及时送到；需要做什么检查，检查科随叫随到；需要拍片，放射科有求必应；病人想吃什么，营养食堂就做什么；病人治疗需要大量无菌纱垫，供应室的 3 名女护士借来了 3 台缝纫机连夜赶制。负责抢救的外一科医护人员更是重任在肩。主任周洪泽坐镇指挥，精心组织；主管医生朱敬民 72 小时工作在病房；护理人员 24 小时守护着病人，吸痰、涂药、翻身、接大小便，无微不至。陆海林烧伤面积大，需做多次手术，必须补充大量鲜血增加营养。院长田素杰带头献了 200 毫升，8 名官兵又走上献血台，1800 毫升热血输入了陆海林这个普通蒙古族农民的血管中。

从陆海林入院开始，医务人员先后为他进行了胸、双肢残余创面植皮等 7 次大手术，终于使陆海林脱离了危险期。小陆能进食后，护理部主任赵书元买了活鱼、护士长周丽霞买了活鸡炖汤，一口口喂给他吃。

众人相助　爱在延伸

7 次手术后，陆海林虽然摆脱了死神，但嘴、颈部、耳廓、双手还需要做十余次整形整容手术。

经费紧张的消息传到医院的上级单位——北京卫戍区。将军和士兵同献爱心，600 多名官兵捐出 31966 元。消息传到了北京军区政治部，全体干部捐款 25270 元。陆海林的家乡张北县也派人送来了 2000 元。

消息通过北京的新闻媒体传播后，北京西中街小学的孩子们捐出零花钱 1100 多元；一位署名"退休女职工"的人汇来 500 多元；残疾青年杨威驾车来捐了 300 元；河北省军区副政委陈敬托来医院看望住院的老母亲，得知小陆的情况后，捐上 1000 元；老红军、北京卫戍区原政委许志奋得知消息，也来到病房，把装有 1000 元的信封交给小陆的父亲，信封上写道："捐给烧伤病人陆海林，献予一份爱心，祝你早日康复！"

爱心燃起的不仅仅是陆海林的生命之光，也是弘扬社会主义精神文明的希望之光。

（原载《人民日报》1996 年 12 月 23 日）

心血浇开无名花

——解放军艺术学院辅导某部业余演出队的故事

这是我们分内的事

某师业余演出队是成立不久的新单位。首场演出就出了"洋相"。提高队伍素质成了当务之急。怎么办？这个师领导顾虑重重地叩响军艺领导的门，请求军艺助一臂之力。军艺领导十分重视，及时召开院办公会研究。政委沈永权、副院长乔佩娟拍板说："培养部队基层文艺人才也是军艺分内的事。"很快他们就派出了老师到演出队指导，沈政委、乔副院长还专程驱车50余公里，亲临演出队制订辅导计划，就地解决实际问题。当得知演出队有一首反映部队精神风貌的新歌词没人谱曲时，傅庚辰副院长利用星期天为这首歌词配上了高昂向上的曲子。师政治部主任霍国庆感慨地说："没想到军艺的领导这么痛快，对业余演出队这么关心！"

演兵唱兵，首先要像兵

演出队成员大都是列兵。军艺的老师到队第一天就喊响了"演兵唱兵，首先要像兵"的口号，大讲当好一个兵和演好一个兵的关系。为练好军人的基本功，他们和队干部一道，把队员拉到训练场，走队列，练军姿，摸爬滚打。

71

担任辅导任务的老师，艺术造诣都很深，既有辅导过著名歌唱家的声乐教授，也有曾导演过话剧《天边有一簇圣火》的戏剧老师，还有常在首都大型文艺晚会上登台露面的乐队指挥。他们不拿架子，耐心诚心地进行辅导。章荷生副教授为了使队员唱准唱好每一个音，在钢琴旁一坐就是一整天，手弹麻了，腰坐酸了，从无一句怨言。阮美美老师因长期从事舞蹈工作，有较严重的腰腿疼病，她便带着按摩器来辅导，一次排练中差点晕倒在舞台上。后来她对大家说："只要你们能跳好，我就是累得吐血也不在乎。"军艺的老师凭着这种拼命精神和一丝不苟的工作态度，使队员们的表演水平得到了提高。

饿肚子上课，半路推车

军艺的老师都有繁重的教学任务，忙完军艺忙演出队，来去匆匆，常赶不上吃饭。一次，演出队的车去军艺接老师，因下起了大雨，车晚到了，老师们在门口等了一个多小时，衣服全湿透了。副队长劝他们换换衣服，吃完早点再上路，他们诙谐地说："还是勒紧裤带，节约一顿吧！"一下车直奔课堂，饿着肚子一口气上了六个小时的课。还有一次，管寿义老师回校办事，车子半路出了毛病，司机说只有靠人推车，才能将车子发动起来。管老师二话没说，下车便和大家一起推车。队干部实在过意不去，管老师却风趣地说："人推车，又多了一份创作题材，下次把它写到剧本里去，还能给剧情增色呢！"军艺老师的修养和风范，深深地留在了队员们的心里。

（原载《解放军报》1991 年 10 月 9 日）

军魂永驻

温暖送给新战友

——某师官兵关心新战友记事

编者按：新兵已陆续跨入军营，并展开了紧张训练。帮助新战友迈好军旅第一步，首先要关心爱护他们，不仅在政治上给予关心，还要在生活上体贴入微，给予慈母般的爱。某师对这项工作尤为重视。下面这组反映部队官兵关怀新战友的事迹，从细微处见精神，做法具体、实在。

记者驱车来到某师几个新兵营采访，听到了许多动人故事。一位带着浓重湖南口音、名叫林震的新战士感慨地说："到部队和在家一样，部队首长、连队干部、老班长如此关心，真没想到！"

特别仪式

汽车一进部队大门，就传来喧天锣鼓声。循声而望，教导队大门前操场上聚集了百余名没带肩章领花的新战士，操场前面高挂着"热烈欢迎新战友"的横幅，四周插满了五彩缤纷的旗帜。直属新兵营在这里举行隆重的新兵入营仪式。

"新战友们！大家好！"教导员席洪亮发自肺腑的问候，一下子消除了新战士的紧张感。接着他声情并茂地向新战友介绍了部队的战斗历程。当他谈到该师是陈毅、粟裕、谭震林等老一辈无产阶级革命家亲手创建，在战争年代南征北战屡建功勋时，新战士们脸上个个露出了自豪的微笑，情不自禁拍手鼓掌。新战士代表刘明君的发言，说出了所有新战士的心里话：家里父母考虑最多的是所去的部队好不好？现在，刚跨进营门，我们心头的问号就拉直了，父母知道我们能在这样一支英雄的部队当兵也会心里乐开花。我们一定让父老乡亲放心，迈好军营第一步。

在现场，负责部队新兵训练工作的负责人向记者介绍，在新兵跨进营门之际，在入营仪式上向新战士介绍部队历史，是今年他们研究新战友心理、稳定新战士情绪的新举措，今后将形成制度坚持下去。

特别一课

在所属某新兵营，记者打开新战士的笔记本，发现新兵第一课不是光荣传统教育，也不是条令条例教育，而是"拿不到桌面"的入营常识课。新兵营陈教导员介绍，他们根据新战士大多数初出远门，没有集体生活经历，以及地区差异、习惯不同等特点，对新兵第一课进行了调整，为的是让新战士尽快适应军营环境，上好路。

新兵营根据部队自身特点自编了常识课教材。常识内容包罗万象，既有部队和驻地的基本情况，还有日常生活常识介绍。

新战士罗威对第一课感受最深。他家在河南贫困山区，长年住在小山坡上，来到部队一住进宽敞明亮的楼房，面对现代化设施，他感到一筹莫展，连抽水马桶都不会使。入营生活常识课，像一场及时雨，小罗当天就派上了用场。

特别规定

近几年，文明带兵的问题，各级都非常重视，某部决心防患于未然，杜绝打骂体罚新战士的现象。新兵入营前，师长、政委多次组织机关和带兵骨干进行专题会诊，寻求对策。他们针对一些带兵骨干在训练时纠正新战士动作态度粗鲁的现象，特别规定推行"无接触训练法"，不准动手，不准动用各种器械物品，靠口令、靠手势、靠示范纠正动作。

过多过滥的紧急集合，是个别带兵干部骨干的"撒手锏"。前几年，个别班长躺在床上乱吹口哨，搞紧急集合的做法，曾给一些新战士心理上带来很大压力。为此，他们在全体带兵干部骨干会上明确规定：新兵入伍一个月内限制紧急集合次数，新兵班排没有权力搞紧急集合，紧急集合由营里统一实施。

类似这样的特别规定，在这个部队还有好几条。为了使这些规定真正落到实处，他们把规定张榜公布，让新战士掌握政策。各级还成立了新兵工作督查组，切实抓好落实。

特别待遇

"今年的新兵比我们有福气！"这是许多老战士发出的感慨。

——吃。他们规定，每个新战士每天比老兵多一个鸡蛋；每周必须小会餐一次。

——穿。一改过去入营后再发大衣的习惯，一次性将大衣送到车站，每个新兵下车就能领到一件合身的新大衣；不合身衣帽在新兵入营两天内全部调换完毕。

——住。他们让所有新战士住进宽敞楼房，并且住到朝阳的房间；新棉垫优先保障新战士。

——乐。所属部队的文化生活中心，制定了优先向新战士开放的时间表，规定了新战士娱乐专用时间；为新兵班排配齐了文体活动器材。

采访中，许多新战士感慨万千：虽然这些事很小，但以小见大，凝聚了部队领导的一片爱心。

（原载《解放军报》1996 年 1 月 11 日）

温暖送给新战友

"小节"关大事

——某团七连带兵纪事

编者按：在"八一"建军节即将来临的时候，我们向广大读者献上"某团七连带兵纪事"这朵小花。从他们的身上，可以一睹中国人民解放军在搞好新时期部队建设和党风廉政建设中的昂扬斗志和崇高的精神风貌，用以纪念我军建军 69 周年。

"小节"的启示

两年前的一个傍晚，一位家属临时来队的干部正用从炊事班拿回的肉做着"土豆炒肉丝"。这时，一群战士恰好吃完饭回连，刚跨进门，一阵诱人的肉香扑鼻而来，战士们在经过那个干部的宿舍时，顿时"咳嗽声"大作。连长王武山、指导员刘颜海觉得"咳嗽声"里有"名堂"。当即找来"咳嗽"的战士心平气和地问原因。战士们看连长、指导员心诚就实话实说，咳嗽是对那位连队干部"揩油"行为的发泄。连长、指导员顿时感到：拿点肉是"小节"，但由此使战士产生的不满情绪，会直接影响官兵关系，影响连队工作。第二天，连长、指导员一合计，以"你们最看重干部什么"为题组织战士座谈讨论，战士们你一言、我一语描绘心中理想的连队干部形象：公正处事，不伤兵情；一身正气，不伤兵心；严格要求，不沾兵利。

战士的希望，引发了连队干部更深的思考：时代变化，战士对干

军魂永驻

76

部的欣赏，由处处干在前逐渐被处事公不公，做官廉不廉，作风正不正代替。拿连队一两肉、一滴油，收战士一瓶酒、一盒烟，看起来事情不大，属"小节"问题，但以小见大，这些"小节"处理不好，在大事上就会出现麻烦。从此，一个靠抓"小节"，靠良好形象带好兵的思路，迅速在七连干部骨干中形成共识。

把住"小节"关

在把住"小节"的实践中，七连党支部摸索出了一套行之有效的办法。

敏感问题"四公开"。他们公开宣布：入党、考学、提干、探亲、请假、奖励、选配骨干等问题，一律实行名额、标准、程序、结果"四公开"。如有违犯，战士有权直接向营、团党委反映。

支部成员又"约法三章"。规定：干部不许用公款吃请和购买私物；100元以上的开支，须经支委会研究；不准擅自借用和占有公物；家属来队要自购食物，确需在连队就餐时，要按规定"交纳伙食费"；不准收受战士钱物，违者从严处理。连长、指导员处处率先垂范。连长王伍山的家属，两次来队都赶上部队野营驻训，住在房东家里，不能单独起伙，只好和连队一起用餐。妻子离队那天，王伍山就把伙食费交给了司务长。

党员干部定期"三查"。不论工作多忙，七连每个月都要在党员干部中开展"三查"活动，即查有无多吃多占，查有无公物私用，查是否按标准交纳伙食费，并且每次将"三查"结果向军人委员会报告。

送礼、收礼者同时打"板子"，这是七连党支部制定的又一个规定。无论是收礼的还是送礼的，都要根据情节轻重，给予处理。副连长的家属来队，正遇他外出执行任务。炊事班一名战士看到副连长不在家，就送去了一斤肉和三斤蔬菜，家属没有付钱就收下了。尽管副连长知道后，到炊事班补交了钱，但党支部在军人委员会上，还是对副连长和送菜的战士都进行了严肃的批评。

抓"小节"能带来大变化

七连党支部抓"小节"带来了大变化。

变化之一：战士安心了。战士们感慨地说，以前有了入党或学技术的名额，大多被拉关系、走后门的战士占用了，现在风气好了，只要你干得好，机会就会找上门。近两年来，七连发展的党员、推荐的学员苗子、任命的班长，绝大部分都是出乎本人"意料之外"，又在意料之内。

变化之二：工作省心了。支部"一班人"的公正廉洁带来的是连队风气的改变和凝聚力的增强。战士们都把连队当成自己的家，主动支持干部工作，齐心协力完成上级交给的各项任务，受到了团、营的一致好评。

变化之三：官兵贴心了。连队干部注重"小节"，官兵之间的距离也拉近了。战士们认为干部信得过，连找对象、家庭纠纷都愿意让干部帮着参谋和解决。

团政委张新掰着手指列举了七连近三年的成绩：连续两年被上级评为"四好连队"；1994 年荣立集体三等功；1995 年评为先进连队；连队没发生一起违纪行为。

（原载《中国纪检监察报》1996 年 7 月 28 日）

晚饭后战士干什么?

进入 6 月份,昼长夜短,晚饭之后有很长一段空闲时间。这段时间战士们是怎样度过的? 我们驱车数百公里,悄悄进入某师军营,明察暗访了若干个连队,下面是所见所闻。

6 月 15 日晚 6 时 20 分,某通信营。我们直奔三连战士宿舍,看到大通铺中央放着一台电视机,部分战士在看动画片,有几拨人在打扑克。

走出三连是 6 时 31 分,营区已是一片热闹的世界。球场上、马路边都是娱乐和散步的战士。远处传来歌声,循声而去,只见几排男女兵坐成半圆圈,前方放着彩电和卡拉 OK 机。男女合唱《亚洲雄风》,观众情不自禁地击掌伴奏。

然而,旁边一个修械所,只有 7 人按规定看电视新闻。干部只有所长在位,问其人员情况,所长扳着手指回答:"编制 ×× 人,6 人探家,8 人出差,……"我们再到宿舍时,看电视的增到 20 余人。在小卖部有 1 名专业军士、2 名上士、1 名中士,他们正在喝着汽水和售货员侃大山。看到我们,他们立即把半瓶汽水往柜台上一放,立正站好。我们问那位专业军士:"现在不是看新闻的时间吗?""没有规定,我们该退伍了,他们管不了,也不愿管。"看来,所长所说的时间安排和人员情况,与事实有差距。

79

7时45分，我们驱车赶往某炮团二营，进营门后，没有发现一个人影。在五连宿舍，只见几十名战士坐在各自的床头柜前，或默默看书，或沙沙做笔记，静得像课堂。

临窗一位上等兵正做三角函数证明题。他自我介绍说："我叫王刚，参军前高考时仅差几分，未被录取，现正在复习文化课，准备参加军校招生统考。"

一营三连。这里的战士每人拿着一本自己抄写的全军青年"八一杯"知识竞赛试题在默默背记。在另几个连队，干部正在组织学习《中国共产党的七十年》、《军人与道德》等书籍。

团政治处王主任告诉我们：近两年，这个团八小时之外坚持开展多读书读好书活动，每周一、三、五晚为全团组织读书时间。

6月16日晚6时40分，燕山脚下某团。部队刚刚吃过晚饭，营门外的马路旁和白杨树下，几个战士边溜达，边窃窃私语。我们便和这几个战士聊了起来。

张正军（营部给养员，上士）：今年是当兵第4年，年底该退伍了，解决组织问题看来也没有多大希望。

杨彬（工兵连班长，上士）：这几年，你喂猪做饭又种菜，苦没少吃，心血没少花。你们连队上下对你的评价还可以。

张正军：你最近都干些啥，怎么天天见不到人影？

杨彬：我现在正在看行政管理方面的书。不过，像我们从农村入伍的兵，入不了党回去问题不是很大，重要的是学到啥本事没有。

笔者：有些思想问题，老乡在一块谈谈效果也很好嘛！

张正军：在一些人看来，老乡在一起谈不出什么健康的东西来。其实，老乡之间有共同语言，能掏心里话，说起来感到随便得多。

6月17日晚7时30分，某坦克团。早就听说他们八小时以外的兵员管理有条不紊，我们想看个究竟。

篮球场上比赛很激烈，加油声此起彼伏。

一连是象棋比赛，五连是卡拉OK擂台赛，六连则在举办书法、绘画活动……

我们在营区门口，观察了 10 分钟，没有发现有战士外出，却碰上一位地方女青年。她是四川人，来队探亲治病，晚饭后出来散步。她告诉我们：战士们晚上很少有出去的，学习的特别多……

经过了解，战士们反映课外活动比较轻松愉快。该团 32 年无刑事案件和行政责任事故，一个重要原因就是课外活动安排合理，战士们业余时间利用得好。

6 月 18 日晚饭过后，我们在驱车赶往某特种营的路上就琢磨：今年 7 月份，这个营参加军区组织的大比武，目前的训练肯定要超过平时，"开小灶"更少不了。

在"练硬功、争第一、展雄风"的巨幅标语下，战士们正在单杠、双杠上飞转，在木马、障碍前龙腾虎跃。好一幅壮观的练兵图！我们问一位中士："你们每天晚饭后都这样训练吗？""除了看新闻、读报、看电影外大部分时间都用于训练。""这样强度的训练你们受得了吗？""确实太累，可大家的集体荣誉感都很强，都是自觉来练的。"

天渐渐黑下来，我们被宿舍里的欢声笑语吸引进去，这里的世界也很精彩！

拉背，这是一种类似拔河的游戏，2 人即可。

2 人阶梯。战士 A 站在战士 B 肩上，A 扶床而起，成为 2 人阶梯……

我们找到赵教导员，他说，这些"花样"全是战士们结合训练和自己比较喜欢的娱乐项目而创作的。

我们想，战士的体力是有限的，课外活动量过大则易使人疲劳，还是有所节制为好。

（原载《解放军报》1994 年 7 月 10 日）

军营文化的魅力

——某防化团采访录

军营四面环山，满目荒凉，可营区内却龙腾虎跃，生机盎然。这是一个几年前连续出事故，近年各项建设全面跃上新台阶，夺得 10 项比赛锦旗的团队。

谈起体会，团党委说，军营文化起了重要作用。

一支"团歌"唱出士气

"东倚燕山，西望太行，象山作屏障。"走进防化一团，时常能听到这雄浑的歌声。

记者问一位叫刘舟的战士唱得为何这样投入？他说："高唱团歌时，我们感到自豪，好像有一种精神的力量。"这是一个在我国第一颗原子弹试验中作出过贡献的团队。1986 年，团党委决定学团史、唱团歌、震军威。于是，练兵场上、施工现场、放电影之前、连排活动室，唱团歌成了鼓舞士气的一种有力形式。

防化团的老兵至今仍记得当年的情景，"唱自己的歌特别带劲，有一种很激动的感受，拉歌赛歌热火朝天，谁也不甘落后，就连每年老兵复员的晚会上，他们都要主动站起来唱团歌，表达对部队的感情，唱得台上台下都热泪盈眶。"五连指导员冯修尚激动地告诉记者："打翻身仗，我们是靠团歌起步的！因为它激发了我们的荣誉感。"

如今，山还是那座山，团也还是那个团。只要走进营区，就能感受到这里的显著变化：那是由绿树掩映中的文化活动中心、多功能服务楼和颇有气势的篮排球场地、团史展览馆组成的军营文化氛围。每天吃过晚饭和节假日里，从篮球场到阅览室、从棋类活动到体能训练，官兵们玩得十分投入，整个营区显得朝气蓬勃。团领导告诉记者，过去每年不到转业退伍时间就有一些人坚决要求走，现在不同了，许多干部把自己居住在城里的家属调来随军，其中有6名是大学生。

军事干部的切肤之感

在该团，作为军事干部的团长和参谋长对文化工作表现出极大的热心。

参谋长说："军营文化的重要在于它产生的那种积极向上的精神，军营里所有有形的工作都与文化建设紧密相连。比如讲管理，既是行为又是文化素养的体现；讲训练就更离不开文化。去年一连施工，只有三分之一的时间搞训练，但在全团的趣味运动会上却夺得第一，他们靠的是什么呢？是文化素质。"

说到这里，参谋长专门讲了军事训练中的三个现象：一是训练的很多问题是与官兵的文化素质密切相关的，一个排长在组织训练时给大家提出的问题是"原子弹在空中盘旋怎么办？"出这种洋相不是很值得深思吗？二是过去训练靠敌情刺激，现在把军事科目穿插在文化活动中，就由严肃变为活跃，大家的兴趣提高了，拓宽了练兵手段。三是我们这个兵种，就是在电影中看到的训练下来要从防化衣里往外倒水的兵种。训练很苦，战士们会有各种想法，有的问题在训练场上是解决不了的。文化是一种群体性活动，我们安排官兵参加俱乐部活动，官兵在一起，谈一谈，乐一乐，思想就沟通了。

文化素质从现象上看似乎是无形的，但对于一个人的影响却可以说是根本上的，这个素质不仅体现在部队的各项工作中，也影响到战士自身。

文化素质的提高还表现在战士们的自觉行动中。1992年部队驻地的国家一级保护区云居寺，给这个团送来一块"国宝卫士"的铜牌，表彰战士们主动为云居寺植树站岗、打扫卫生、防火防盗、寻找丢失文物的事迹。

目前，这个团大专以上文化程度的团职干部已达100%，营职干部达82%，连排干部达68%。全军100名读书活动获奖人员中，这个团就占了6个。

官兵同乐心连心

谈起他们的做法，有这样几条经验：部队进行政治教育，文化工作就主动搞配合；部队有了倾向性问题，文化工作就及时引导；部队完成什么任务，文化工作就渗透进去搞保障。

那么实际中的效果呢？记者采访了一些战士，他们的共同看法是，"娱乐活动使干部成了我们的朋友"。记者由此感悟，军营文化对于政治教育的意义，就在于彻底改变了那种"我教你学"的生硬模式。

副主任冯小波说："当今的战士佩服有才干的领导，所以文化活动尖子的话特别管用。"大家顺着这个话题举出很多例子，凡是指导员重视文化活动的连队就有朝气；凡是指导员爱看书的战士们文化素质就高；凡是指导员球打得好的连队比赛就拿第一。难怪记者在这里看到的是，从团长到政委、主任、干事，个个都是拿起球就会打，拿

84

起话筒就会唱的文娱骨干。他们在努力使自己成为战士的朋友。

二营教导员于栋文说："以文化活动开展思想工作，就变被动为主动，健康的文化内容就自然成为战士们的良师益友。"

团长倪百鸣说："在共同的文化活动中，密切了官兵关系，便于使干部成为战士的真正朋友。"官兵同乐，是干部和战士之间的纽带，它给予战士的是一种平等感，真正的情谊就建立在这儿。

（原载《解放军报》1994 年 8 月 10 日）

军营文化的魅力

再见吧 北京

　　今天，北京火车站彩旗飘扬，歌声嘹亮。车站内外各种电子显示牌不断显示着"首都人民热烈欢送退伍战士"、"祝退伍老战士一路平安"等字幕。驻京部队首批退伍战士，在歌声、笑声和泪水中，恋恋不舍地告别了首都北京。

　　车站二楼新老兵候车室里洋溢着浓郁的依依惜别之情。东城区老妈妈服务队、总参某部服务站、沈空老兵中转服务站等十余家军内外单位的工作人员，忙碌着为老战士送水、缝补、打包。总参通信兵某部服务站格外引人注目。他们设立了六七个服务组，每个服务组都有一个广告牌，上面所写的"喝口清凉茶，解你一路渴"、"理个板寸真帅，永葆军人风采"、"一针一线永远连着战友情"等标语，使退伍战士们备感亲切。

　　欢送退伍战士的总参女子军乐队乐手中，也有4名胸戴大红花的退伍女兵。她们是某通信团长话站退伍战士唐兵、贾玉琴、田兰、王梅。也许是很快她们也要离京返乡的缘故，望着比她们早一步登车的战友，几位女退伍兵心里别有一番滋味，她们边吹打边流泪。唐兵哽咽着告诉记者：尽管我已摘掉了帽徽、领花，但一时没离开北京，我还是连队的一个兵，还要站好最后一班岗。这位女战士说，几年的军旅生活，使她从一个不懂事的小姑娘，成长为一名自强自立的有志青年，她感到当兵一点也不后悔，特别自豪。

在欢送仪式上，某团战士张帆的发言感情真挚，催人泪下。他说，回顾几年成长的道路，更感到从军的日子终生难忘。摸爬滚打、站岗放哨、雨雪风霜，使我们从一个普通的老百姓，成长为一名光荣的共和国士兵。是军营给了我们信心，给了我们力量。我们将带着成熟、刚强和挺直的脊梁，在改革开放的大潮中搏击风浪，以更加优异的成绩，报答部队的培养。

郁钧剑、熊卿材、郭达等著名演员的精彩表演，把欢送活动推向高潮。备受战士们欢迎的歌唱家郁钧剑一上台，退伍老战士就报以热烈掌声。一曲代表战士心声的《说句心里话》，使老战士们心潮起伏，激动不已。退伍战士的掌声伴着歌声响彻大厅。

站台上更是一番动人景象。11 时 15 分，三总部、北京市的领导同志来到站台，欢送乘坐 9 次列车返回四川方向的退伍战士。当将军们的手伸向车窗时，许多退伍战士抑制不住激动的心情失声痛哭，握紧的双手久久不肯松开。将军们千叮咛、万嘱咐，祝他们一路平安，回家后转达对父老乡亲的敬意和感谢！火车汽笛长鸣，分别的时刻到了。退伍战士们边挥动着大红花边呼喊着：再见了，战友们！再见了，首长！再见了，首都人民！

再见吧 北京

（原载《解放军报》1995 年 11 月 25 日）

将军撤哨

　　将军查哨、站哨的佳话很多，将军撤哨的事未曾听说过。然而，在燕山脚下的解放军某团，却传诵着北京卫戍区政委张宝康将军撤哨的故事。

　　那是 11 月 24 日傍晚，张宝康政委来到某团五连蹲点后过的第一个周末。团领导看到将军把"家"安到了连队，和战士同吃一锅饭，同住一层楼，每天深夜坚持查铺查哨，很辛苦。为了让政委好好过个周末，他们悄悄在楼下安排了 1 名战士值班，以防干扰将军的休息。

　　张宝康见有战士在楼道内转悠，顿感纳闷：楼道内放个兵莫非是……将军越想越不对头，便叩开了连部的门。"首长，您在连队生活了一周，每天忙忙碌碌比我们还累。今天是周末，放个哨是为了让您休息好。"指导员耐心地向将军解释着。"赶紧撤哨，叫哨兵回去休息！"将军"命令"道。

　　哨兵当即撤了，可将军仍然紧锁眉头。他转身对在场的干部说："官兵一致是我军的光荣传统，现在不能丢，将来也不能丢。大家都是带兵人，不论走到哪里，千万不要忘了和战士打成一片。"说罢，他和团干部一起走进二排战士的宿舍。将军高兴地说，今天是周末，咱们一起玩扑克。顿时，十几名战士一拥而上，把将军围在中间……

（原载《人民日报》1991 年 12 月 1 日）

军魂永驻

"超级神医"牟善初

在共和国白衣方阵中，有一位充满传奇色彩的人民军医。自70年代以来，长期担任刘伯承、叶剑英等将帅专家治疗小组负责人，为邓小平、徐向前、聂荣臻等老一辈革命家多次会过诊。他那高尚的医德，精湛的医术一次又一次为上至国家领导人下至普通老百姓解除了病痛，延续了生命。他就是全国政协副主席、特级教授、解放军总后勤卫生部专家组成员、解放军总医院原副院长、我国著名的心血管专家，被国外传媒誉为"中国开国元勋们的健康卫士"、"超级神医"的牟善初同志。

1974年，刘伯承元帅病重，一纸调令把牟善初从山城重庆召到北京。从此，他和中央首长结下了不解之缘。

一切来得是那样突然，没有任何预兆。远在山城重庆第四军医大学任内科主任的牟善初做梦也没有想到要到中央首长身边工作。

1974年3月的一天，"文革"后期刚恢复工作的牟善初正精心思考着本科的发展规划。这时电话铃声响了，校领导让他马上去办公室有要事相告。

放下话筒，牟善初心里直犯嘀咕：什么重要的事情电话不能说？直觉告诉他十有八九是中央首长来了，需要查体、会诊。因为在四医大、在整个山城牟善初都是拔尖的内科专家，尤其在心血管方面更是权威人士。过去他曾多次为前来视察工作的中央领导会诊治疗。牟善初是一个善于思考的人，他感到今天校领导亲自打电话有别往日。或许今天的"病人"更重要，想到这儿，他不由加快了步伐。

气喘吁吁地走进政委的办公室，校里的领导早已在那里等候。牟善初更加感到他感觉的正确。谁知他刚坐下，康立泽政委就开门见山："牟主任，最近刘伯承元帅身体不好。组织决定成立一个专家治疗小组，让你去负责这项工作。这是上级的决定和通知，请你尽快交接一下科里的工作，安排一下家里的事情，立即启程去北京。"

听完领导传达的新使命，牟善初愣在那里，半天没有回过神来。心里说："实在太意外了。"

"牟主任，有什么要求和困难吗？"校领导见他没有说话，马上追问。

"噢，没有，只是感到担子很重。"牟善初稍加思索地说。

"担子不轻啊，比当内科主任责任要重得多。但我看你能挑得起。"康政委充满信心给予鼓励。校长又接着说："刘帅作为老一辈革命家，为党和人民立下了伟大功绩，我们应尽可能让他的晚年过得幸福些。"牟善初深情地点点头，并向校领导表示抓紧准备，如期启程。

这天晚上，从不失眠的牟善初"烙了一夜饼"。

青年时代的一些往事浮现在他眼前：那是 1935 年，牟善初正在济南读高中。由于他酷爱文学，喜欢读书看报，经常到校图书室阅读郭沫若、蒋光慈、鲁迅、陶行知、邹韬奋等进步人士的书籍，翻阅各种进步报纸。

范长江在《大公报》上发表的有关红军长征的报道深深吸引了他。报道说刘伯承带领红军先遣队到了大凉山彝族地区与彝民首领"小叶丹"歃血为盟结为兄弟，使红军部队顺利通过了大凉山彝族地区。刘伯承的勇敢和智慧深深印在牟善初的脑海里。当即把这个故事告诉了其他同学。从此，"刘伯承"的名字和斯诺的《西行漫记》在济南一中进步学生中无人不晓。

想着想着，牟善初心情无比激动。为自己40年后，能为青年时代敬仰崇拜的英雄做点事情感到无比光荣和幸福。

几天后，牟善初按时赶到北京。有关领导和解放军总医院的有关同志把他带到刘帅的病房。就要见到战功赫赫功勋卓著的刘帅，牟善初怎么也按捺不住激动的心情，心脏剧烈地跳动着。然而，当他走到刘帅的病床前，呼唤刘帅时，刘帅却没有回应。把头扭向一侧，嘴里不停地往外流口水，不停地喊着"走啊，走啊"，眼睛直直的，似乎什么也看不见。此情此景，深深刺痛了牟善初的心，眼泪情不自禁地流了下来。他暗暗发誓，一定要改变刘帅这副痛苦的模样。

开始熟悉工作，牟善初一连几天认真详细地翻阅了刘帅的全部病历档案，全面了解正在实施的方案和措施。为了观察到刘帅的病情变化，取得发言权，他常常昼夜守护在病床前。

一天清晨，一直焦躁不安的刘帅似乎安静了下来，嘴里不再吵嚷。牟善初连忙在刘帅的耳边轻声呼唤："刘帅，刘帅，我是刚来您身边工作的医生，您哪儿不舒服，能告诉我吗？"刘帅没能回答。

牟善初一遍一遍的呼唤，不厌其烦重复刚才的问话。可能刘帅听清了他的话语，明白了他的意思，他的左手在颤颤巍巍地寻找摸索着什么。牟善初马上明白了刘帅的意思，急忙把手伸向刘帅，两只手握在了一起。尽管刘帅没有多大力气，牟善初还是明显感觉到刘帅在竭尽全力握他的手，而且脸上露出一丝不易觉察的微笑。牟善初非常看重这一握手，非常看重这丝微笑。"这是首长对自己的认可和信任啊！"

无声的交流和鼓励，使牟善初汲取了战胜困难的力量，信心百倍地挑起了刘帅治疗专家组组长的重担。同时，也翻开了他为中央首长治病保健的光辉历史。

在总理办公室，周恩来同志对牟善初说："一个人的学问再大，知识再多，总有局限性，作为组长，要注意听取其他同志的意见，把大家的智慧集中起来，有困难也可战胜。"

转眼工夫，牟善初在刘帅身边不知不觉度过了一个多月。

一天夜里，他像往常一样回到家已是半夜。刚刚躺下，一阵急促的敲门声把他从睡梦中惊醒。来者是总医院的副院长蒲荣钦同志，急切地告诉他周总理办公室工作人员打来电话说总理要他马上去人民大会堂。正说着小车就开来了，汽车载着牟善初向人民大会堂驰去。

廿分钟的工夫，汽车便停在了大会堂东门台阶前。走进了会议室，他焦急不安地等待着总理的到来。此刻的他，真是惊喜交加。惊的是深更半夜总理亲自召见，一旦问起刘帅的病情，怎么说好？喜的是自己这个山村里走出来的苦孩子就要见到敬爱的周总理了。没容他多想，周总理神采奕奕地来了。

总理紧紧握住他的手和蔼地说："你就是负责刘帅治疗小组工作的牟善初同志吧，欢迎你啊！"

"谢谢总理，谢谢总理。"牟善初有些拘谨。

"组长同志，你的担子不轻啊！请说说刘帅的病情怎么样？"

总理的问话虽然轻松，牟善初却顿感紧张。一阵脸红后，惭愧地说："总理，我刚来，时间不长，还没能拿出新的治疗方案，原来的治疗方法效果不大。"牟善初说完战战兢兢地等着总理的批评。

总理见状说话更加心平气和："刘帅患病不是一年半载了，而且多种疾病集于一身，治疗要有一个过程，要先治主要的。你们要积极想办法努力减轻病痛对刘帅的折磨。刘帅为革命戎马一生，我们应当尽可能让他的晚年幸福一些。"

聆听着总理教诲，牟善初一个劲地点头，紧张的心情渐渐地平静下来。

"你是从哪里调到刘帅治疗小组的？"总理接着问牟善初。

"我是从四医大调来的，原来在那里当内科主任。"

"噢，从西安来的。主任、组长，责任都很重嘛。"

"不，总理，我们四医大在重庆，没有搬回西安。"牟善初如实回答。

"嗯，不是已经批准搬回西安了吗？怎么还没行动？"总理的嗓门提高了度数。这时，总理叫来了秘书，嘱咐他督促落实。说罢，总理又像拉家常一样询问牟善初的职称情况。总理说，"应该给做业务工作的知识分子评定职称，并形成制度。"

牟善初高兴地回答了总理的询问，介绍着自己的情况："我是1956年评为教授，这些年再没评职称了。"

"噢，快20年了，是老教授了。由老教授坐镇，我看刘帅的病有希望。不过一个人学问再大，知识再多，总有局限性，作为组长，要注意听取其他同志的意见，把大家的智慧集中起来，有困难也可战胜。"总理停顿了一下，问，"你说对不对？"

"对、对，我一定按您的指示办。"牟善初站起来向总理表态。总理示意他坐下，话锋一转，很认真地说："牟善初同志，今天请你来，还有一件事，想听听你的意见。最近贺子珍同志的病情也很重，刘帅治疗小组有一位从上海调来的同志，想调他回去。你看刘帅那里能不能离得开。"总理炯炯有神的目光望着他。

牟善初稍加思索，语气坚定地说："请总理放心，上海的医生可以回去照料贺子珍同志。我们一定竭尽全力为刘帅治疗。遇到难题，可以随时请首都各大医院的其他专家会诊，也可以和上海电话联系，不会影响治疗。"

"好，那就按你的意思办。"总理爽快地说。

说话的同时，总理站了起来，伸手和牟善初握手："好，半夜三更的，打扰你了，牟善初同志。"

"不，总理，让您费心了。刘帅的病您就放心吧，我们一定竭尽全力。"牟善初再次向总理表态。

这时总理再次伸出有力的双手，紧紧握住牟善初的手。望着总理慈祥的面容，亲切的目光，清瘦的脸庞，牟善初的眼睛湿润了。"总理，请您务必保重身体。"话语哽咽变了调。

"谢谢！"总理拉着牟善初的手，用力顿了顿。

告别了周总理，离开了人民大会堂，小轿车在长安街上飞速奔驰。牟善初感到浑身发热，他解开衣扣，敞开怀，打开车窗玻璃，让凉风轻轻吹打他的脸颊，无限陶醉在刚才的情景里，拼命回忆总理的每一个动作，每一句话语。

回到住处，已是深夜两点多钟。走下车，牟善初深深的吸一口清新的空气，用力扩扩胸，感到激情在燃烧，血液在沸腾，力量在凝聚、在迸发……

当夜，牟善初把周总理接见的情况，写成书面材料报告了上级。

沿用前任的治疗方案月余，刘伯承元帅的病情没有好转，牟善初毅然另辟新径，改变治疗方案，使刘帅的生命在病榻上又延续了12年。

周总理召见后，牟善初要尽快解除刘帅病痛的心情愈加急切。他把看过多遍的刘帅病历档案重新翻阅，不断看，不断琢磨。他想从这里打开一个"缺口"，找到一条解除刘帅病痛的新路。

档案资料没能使他发现新大陆。牟善初想到了最了解刘帅、最熟悉刘帅病情，有刘帅病情变化"活档案"之称的刘帅夫人汪荣华。

他详细询问了刘帅病情的来龙去脉、枝端末节，每一个细节都不放过：

那是1958年，刘帅在南京担任军事学院院长。在反对所谓"军事教条主义"的批判中，他成了斗争的重点对象。一天，刘帅接到通知，要他到北京开会。到了北京，彭德怀的秘书告诉他要做检查。一着急，刘帅青光眼发作，强忍着剧烈的头痛上台作了"检查"。从那以后刘帅的视力逐渐减退，青光眼更严重了。这时，刘帅给毛主席写了份报告要求休息，主席答应了。

从此，刘帅离开南京搬回北京治病。不幸的是在治疗青光眼过程中，碰到了一名女骗子。"文革"开始后，《人民日报》以"智慧从何而来"为题报道了一个普通医生靠学习马列主义、毛泽东思想成为治疗青光眼的女专家的事迹。当时，刘帅的眼睛接近失明。于是有关方面把此人请来专门给刘帅治疗眼睛。谁知道，此人纯粹是个假典型，她的高超技术全是报纸吹出来的，所谓的生动事例全是虚构杜撰的。这个插曲使刘帅的眼疾更重了……

当汪荣华介绍到 1973 年一位同志推荐一种外国生产的新药，刘帅服用一段时间后，骤然变得焦躁不安、坐卧不宁，一天到晚嘴里不停的吵嚷，还时常发生扭转痉挛、角弓反张等症状时，牟善初眼睛一亮：难道刘帅的这些症状是药物所致？

他决心把突破口选在这些新的强安定剂上。他一次又一次询问有关的医生和上海的专家，可是其他医务人员明确地说期间曾几次试图停服这种药，但停药后这种坐卧不宁的症状更加厉害，程度更甚。吃药不久，症状反倒相对减轻。由于当时国内尚无有关这种新药的临床报道，这犹如给牟善初当头一棒。但他没有就此放弃努力，他要找到足够的理由证明他判断的正确。

为了寻找根据，弄清原委，牟善初钻进图书室、资料室，翻阅国外最新医学文献，终于有一天在一本新到的德国人编的"神经病"书里，找到了关于这种进口药的详细介绍和有关临床应用的宝贵资料，他一口气把文章读完，把重要的内容和有关数据记录在笔记本上。上面明明白白的写着，长期服用会使病人情绪急躁、坐卧不宁，发生痉挛等现象。这意外的发现，坚定了他停用这种进口药物、改变治疗方案的决心。

在牟善初的再三坚持下，医疗组的其他同志勉强同意了新的治疗方案。

停药后，牟善初几乎是24小时守候在刘帅的床前，观察刘帅的变化和反应。真的和其他医生介绍的情况一样，一天后，刘帅变得愈加焦躁不安，蹬腿伸臂、大喊大叫，苦不堪言。牟善初感到前所未有的压力，但他毕竟是一个"身经百战"的老教授了。面对困境，没乱方寸，而是反复思考着解决问题的办法。

他反复问自己，如果刘帅的病重是药物引起的，为什么停药后反而使症状加剧？如果不是服用进口药的原因，那书上清楚地写着副作用，而且，刘帅恰是服用这种药物后才开始出现这些焦躁不安的症状，难道是巧合？左思右想没有理出头绪。

真是太巧了。正当牟善初在病房走廊里踱来踱去时，迎面走来一个抽烟的人。这时他突发奇想"病房不准抽烟"为什么这个人还要抽？于是他产生了联想：抽惯大烟的人，如果让他把烟戒掉，烟瘾上来，会万般难受，但顽强坚持一段时间，战胜了烟瘾，就可彻底摆脱痛苦的折磨。同样，刘帅的病只要顶过"反跳期"，很有可能减轻和消除症状。

征得刘帅夫人汪荣华的同意，牟善初当机立断坚持不再服用那种进口药物，改用服普通的安定镇静药。一个星期后，刘帅坐卧不宁、痉挛等症状果然减轻，比停药之前明显好转。又经过新方法的调节治疗半月后，由进口药物引起的各种症状基本消失。牟善初感到周身有一种说不出的轻松。

可是，刘帅毕竟已是82岁高龄了，加上长期的慢性病折磨，身体已十分虚弱，尽管解除了坐卧不宁、抽搐痉挛的痛苦，但要使刘帅再离开病榻自由活动已是不可能了。为了使刘帅的病情不再反复，控制长期卧床引起的并发症，牟善初千方百计减轻刘帅的痛苦，对日常的观察治疗抓得很紧，亲自制定营养调剂和护理措施，从而使靠鼻饲维持生命的刘帅在病榻上又延续了12年。

在刘帅的追悼大会上，当牟善初听到邓小平同志以十分悲哀的语调宣布追悼会开始时，悲痛的泪水不停地从他的眼眶涌出……

"四人帮"粉碎后，叶剑英元帅当选为党中央副主席，为更好地加强叶帅的保健工作，中央成立了医疗保健小组，任命牟善初为副组长，他虽是副手，却全权负责。

粉碎"四人帮"，叶剑英元帅立下汗马功劳。在党的十一届一中全会上当选为党中央副主席。中央考虑到刘帅的病情已经稳定了许多，没有反复，也未出现新的疑难病症，只需常规治疗和正常保健就行了。于是决定牟善初同志继续担任刘帅专家治疗组长的同时，调他到叶剑英同志专家治疗组任副组长。其实叶剑英专家治疗组组长邓家栋同志因其他工作，医疗组的工作主要由牟善初"全权负责"。

这项新的任命无疑对牟善初是新的考验。刘帅、叶帅虽同样都是元帅，但情况不同。刘帅常年卧床，已不再负责任何工作，完全可以从保健治病的角度考虑问题，一切服从治病的需要；而叶帅不同，他身居高位，重务在身。给首长当医生，既要考虑适时给首长体检，又要考虑不能打扰其工作安排。很明显，新的任务比原来要重得多。好在牟善初与叶剑英同志早在60年代就已相识。因此，他对叶帅的保健工作充满信心。

那是1960年，叶剑英同志当时负责全军军事训练和院校工作。他到西安考察，患了肺嗜酸细胞增多症，正是由牟善初负责治疗的。牟善初清楚地记得那一天叶剑英元帅和他一段风趣的对话。"肺炎，哪些症状证明是肺炎？"叶剑英问身穿白大褂、手拿听诊器的牟善初。

"体温高、咳嗽、胸部 X 光检查肺部有淡薄阴影，通过抽血化验，嗜酸细胞增多，超过常量。"牟善初一句一顿的尽可能通俗地向叶帅作解释。

"哦，嗜酸细胞增多？能不能让我看看那细胞什么模样。知己知彼，才能百战百胜嘛。"叶剑英说得很风趣。牟善初也顺水推舟："好吧，那你就看看它长得什么样吧。"说着，把叶帅带到显微镜前，让他亲自观察。"看到了，看到了。要消灭它，就看你的喽。"叶剑英眼睛边盯着显微镜，边对牟善初说。一个星期后，叶帅的肺炎痊愈了。

第一次到叶帅家，牟善初一点都不感到陌生，似乎对这里的一切非常熟悉。走进叶帅的书房，秘书把牟善初介绍给叶帅。叶帅站起来一边与牟善初握手，一边说："欢迎、欢迎，以后常在一起了，有什么事情莫见外。治病嘛，我听你的。眼下还没有什么大不了的病。"牟善初立即被叶帅的爽直逗乐了，禁不住哈哈一笑："叶副主席，有什么事情我随时向你汇报。如果身体方面有什么需要注意的，我们可以及时通气、商量。"

坐下以后的牟善初也许是和叶帅早已相识的缘故，也许是长时间在首长身边工作的原因，显得非常从容、自然。于是，主动和叶帅叙起旧来："叶副主席，您还认识我吗？或者说对我还有什么印象吗？"这一问不打紧，叶剑英的眼睛顿时亮了起来，仔细打量着牟善初。"嗯？我们见过面？"他努力搜索着自己的记忆，"是有些面熟，我想想在哪里见过。"没等叶帅多想，牟善初抢先向叶帅介绍："1960 年，您去西安患了急性肺炎，是我为您做的治疗。""噢，对了，对了。我们还在显微镜下观察过嗜酸细胞呢！这么说我是你的'老病号'了，我们算是老相识了。有缘有缘，我信得过你。"叶帅为这次事先并不知道的重逢而感到高兴。接着，又把话题转到上次西安之行，"那次是下去了解情况，现在我还经常到外地调查。做领导工作不掌握第一手资料不行。我现在年纪大了，以后出动免不了要让你们陪着，要准备撇家舍业之苦啊！""没关系，孩子们都大了，没什么牵挂，再说这也是工作需要嘛。"牟善初马上接过话茬。

从那以后，牟善初经常跟着叶帅到各地出差，有时长达两三个月。像忠于职守的哨兵，护卫着首长，一刻也不离开岗位。

1978 年春天，叶剑英同志到上海视察工作，牟善初与其他几位医生一同前往。刚到上海不久，在给叶帅例行的检体中，发现小便中有红细胞，随行的医务人员马上紧张起来。牟善初立即仔细进行检查，诊断结果是前列腺轻度发炎，造成少量红细胞随尿排出。本来这病注意休息即可消除症状，但是，有一位随行的医生因家中有急事要处理，在来上海之前就想请假，但没好意思开口，发现叶帅小便中有红细胞，马上借机向牟善初提议，让叶帅回京作全面检查。牟善初没有采纳这个医生的建议。他考虑叶帅是来视察工作的，刚刚落下脚，许多事情还没来得及了解，许多问题正等着他去解决，不能刚到就走，打乱工作计划。再说根据检查的情况，并不是什么大病，就地完全可以解决。这个医生感到非常恼火，施加压力说："你这是对首长的病不重视，如果耽误了时间，出了问题，你要负全部责任。"牟善初镇定自若，冷冷地说："这个小组本来就是我全权负责，怕担责任，我压根就不会来这里工作。"就这样，叶帅继续在上海视察工作，临时出现的症状几天后便消除了。

像这样类似大到拍板治疗方案，小到决定用哪种药，用多大剂量需要"全面负责"的事，在跟随叶帅九年多时间里，牟善初不知遇到了多少次。

1983 年，叶帅患重病住院，治疗中出现了一用抗生素叶帅就腹泻的奇怪现象。在用不用抗生素的问题上，牟善初运用辩证法的观点，

大胆提出停用抗生素的意见，又一次使 87 岁高龄的叶帅转危为安。

1983 年秋天，87 岁高龄的叶剑英元帅准备到南方视察工作。然而，还未启程，一天晚上，叶帅突然感到左肩疼痛并不时恶心。牟善初马上让叶帅躺在床上，用听诊器为他检查。不一会儿，叶帅的额头上渗出一层汗珠，汇成颗粒，不时滴落下来。"不好，轻度心肌梗塞。"身为心血管专家的牟善初差一点喊出声来。他马上做了心电图检查，开出药方，先让叶帅服了药。

叶帅非常敏感，对牟善初说："善初，是不是患了什么大病，你不要瞒我。"

"没什么，别着急。还要做进一步的检查。"牟善初习惯性的安慰叶帅。

"你看还能不能按计划到南方去？"叶帅追问。牟善初没有明确回答。

"叶帅，您的病现在一下还拿不准，需要做细致、全面的检查。外出的事，我看推迟几天吧。"叶帅没再说话，他已从牟善初的话中猜出几分。

果不其然，半个小时以后，叶帅感到疼痛加剧，憋闷、呼吸困难。牟善初立即采取紧急治疗措施进行诊治。由于治疗及时，处理得力，一个星期后，叶帅的病情稳定了下来。又经过一段时间的精心治疗和护理，叶帅的身体恢复得很快，又能跳舞了。但是，叶帅毕竟上了岁数，心脏病得到了控制，第二年又患了脑血栓，造成偏瘫。尽管挽留住了叶帅的生命，但从此没有办法使他离开病榻，再不能外出视察工作了。

时隔不久，躺在病床上的叶帅又不幸患了肺炎。老年人的肺炎是一个难治的病，恰恰在用抗生素对叶帅的治疗中，偏偏出现了奇怪的现象。用了抗生素的四五天后，叶帅就腹泻不止。几天下来，肺炎的症状没有完全好转，腹泻却变本加厉，以致到了不能吃任何东西，一吃便泻，全是稀水。虽然试着变换了几种抗生素，但无论哪一种，统统都导致腹泻。治疗肺炎，不用抗生素不行，用抗生素导致腹泻也不行，各种止泻药一点作用也没有。这把牟善初推到了两难的境地。"叶帅，再给您喂点东西吧。"牟善初贴在叶帅的耳边轻轻地说。"不吃了，吃、吃也不能吸收。"叶帅连说话的力气都没有了。牟善初站起身子，静静的注视着叶帅，他发现叶帅又消瘦了许多，而且皮肉松弛，面色苍白。他一阵揪心。不要说 87 岁高龄重病在身的叶帅，就是身体棒的小伙子这样拉上几天，身体也会垮的。必须当机立断，抓主要矛盾，否则后果不堪设想。

停用抗生素！这个意见一亮出，立刻遭到众人的反对：不用抗生素，肺炎加重了怎么办？而且肺炎容易造成生命危险。牟善初深深知道这些意见很有道理。按常规应当把治疗肺炎放在首位，可是现在情况不同，拉肚子是主要矛盾，很可能立即拉死人。但是专家们不同意。经过一周的拉锯，牟善初再次提出停用，方案一出，立即实施，口服的、注射的、加在输液瓶内的一切抗生素统统停用。只用治疗难辨梭菌的药物治疗菌群失调，用静脉营养维持全身的营养。结局怎样？叶帅的亲属，党和国家一些主要领导人都在焦急的等待着。

希望很快变成现实。几天之后，叶帅的腹泻果然止住了。止住腹泻对牟善初来说是意料中的事，他考虑更多的是如何做到在停用抗生素后确保叶帅的肺炎不发展、不恶化。因此，他在密切注视叶帅的肺炎，观察各种变化的同时，使用了除抗生素之外的一切有利于治疗肺炎的药物。为了叶帅尽快恢复体力，牟善初和中医专家一起精心为叶帅选择饮食，经过一段调养，叶帅的脸上慢慢有了一层淡淡的红润，开始睁开眼睛，望着周围的人们。随着叶帅抵抗力的加强，他的肺炎没有向坏的方向发展，反而逐渐好起来了。可是，一波未平，一波又起。叶帅的双脚又出现了浮肿。医务人员围绕蛋白质多了还是少了，展开了激烈的争论。有的主张增加蛋白，牟善初主张减少蛋白。认为一般病人增加蛋白能消除浮肿，但对于一个重病人来说，毛细血管功能不好，蛋白几乎从毛细血管渗了出来。在没有得到全组人员的同意下，他就坚决停下了蛋白质注射。没几天，水肿果然消除了。就这样，经过两个多月的治疗调养，叶帅的肺炎终于被治愈，又一次转危为安。

"天安门事件"前夕，解放军总医院作出了为邓小平同志检查身体的安排，结果"4·5"事件发生，中央作出决定，撤销邓小平同志党内外一切职务。检查身体还进不进行？牟善初和其他专家一道如期走进了小平的家中，小平同志和家人非常意外。

1976年"天安门事件"前夕，解放军总医院作出了为邓小平同志检查身体的安排，结果"4·5"事件发生，小平同志受到莫须有的责难，被撤销党内外一切职务。原定的查体还要不要进行？有人提出，不再参加，以免牵连。牟善初身为专家组一员，在这个大是大非的问题面前，同样面临着考验。

这一天，风声很紧。大街小巷都是传单。当天的报纸刊登着不少批判邓小平的文章。晚上，牟善初拿着这些报纸，越看越生气，越看越窝火，真是"莫须有"。他差点喊出来。也许是同样受过磨难，牟善初的思绪回到"文革"期间被整的那一幕。那是1966年，"文化大革命""十六条"刚刚颁布，牟善初作为年轻教授、内科主任，首当其冲，被定为"反动学术权威"。于是，那些文革小将到处搜集他的"反动表现"和"罪状"，最后东拼西凑，无限上纲，强加给了牟善初三大"罪状"。

罪状之一：反对学习"白求恩"。有一次学校开展学习"白求恩"的活动，有位同志说，白求恩在艰苦的条件下，首先在我国开展了"肺切除"手术，填补了我国医疗史上的一项空白。一向以严谨著称的牟善初不同意这位同志的说法，马上纠正："白求恩到中国来的时候，还没有插管麻醉技术，因此那时他不可能做'肺切除'手术。"就为这，他背上了反对"学习白求恩"的帽子。引申一步，当然也就是反对伟大领袖毛主席的号召。

罪状之二：排挤老干部。学校一位老干部的爱人在地方工作。在牟善初领导内科时，这个老干部想把妻子调到学校内科来，而牟善初说："学校有规定，助教必须是大学毕业，请干部部门考虑。"结果，调动的事没办成，因此就成了牟善初排挤老干部的"罪证"。

罪状之三：铺张浪费，贪大求洋。在四医大，牟善初是有名的内科专家。为了配合教学和科研，他相继成立了8个实验室。"文革"开始后，有人以此作为他"铺张浪费，贪大求洋"的把柄，抓住不放。把设备搬出来，搞所谓的罪证展览。牟善初解释说一句：就像农民种地需要锄头一样，怎么说铺张浪费呢？又被扣上"态度恶劣，对抗组织"的帽子。这些莫须有的罪状，使牟善初被隔离审查，劳动改造近四年，还关了三天禁闭。恢复工作初期，袖子上还戴着白袖章，后背上还写着"反动学术权威"的黑字。"文革"的冲击磨难，使牟善初对"欲加之罪，何患无辞"这句话有了深切感受。他为我们国家政治生活的不正常感到悲哀，为小平同志又一次受到冲击感到愤慨，更为小平同志目前的处境担心。他把那些报纸揉成一团，扔在一边，默默的对自己说："不管有多大风险，都要参加这次小平同志的查体，否则良心会受到谴责，留下终身遗憾。"

第二天，没有任何思想负担的牟善初与另外几位医生如期来到邓小平同志的家里。邓小平同志和夫人非常意外。小平同志深情的瞅了瞅牟善初一行，意思说，我身体很好，没什么毛病。站在一旁的小平夫人卓琳更是"识趣"："小平已没有工作，不再担任重要职务，现只是一个外交部顾问，以后西洋参就停了吧。"越是这样，牟善初为小平同志检查就越认真仔细，每一个疑点都不放过。检查完毕，牟善初非常高兴，没发现任何问题。小平同志的身体非常健康。"首长，您的身体非常好，请多保重。"临行前，牟善初道出自己的心声。邓小平听后，点点头，目送着牟善初他们走出了自己的家。

牟善初说，为首长们查体不计其数，但这次为小平同志查体，使他终生难忘。

1991 年冬天，王震副主席住进解放军总医院后病情迅速恶化，医院立即成立了牟善初任组长的医疗抢救小组。由于诊断准确、治疗精心，多次报病危的王老奇迹般会见了中国人民的老朋友田中角荣。前来探望的江泽民总书记十分高兴地对总医院的领导说："301 医院又创造了一个奇迹啊！"

王震副主席对 301 医院情有独钟，他的后半辈子大病小病基本上都是在 301 医院治疗的。自 1983 年以后，只要王老住进 301 医院，都是牟善初教授负责治疗，而且一次又一次使王震副主席转危为安。比较危险的一次是在 1983 年，王老患肺炎住进医院，他喘得非常厉害，一分钟达 40 多次。从事多年老年医学研究的牟善初心里比谁都清楚，肺炎对于一个 74 岁的老人意味着什么？入院头几天，王老病情迅速恶化，看到家属悲痛的心情、紧张的表情和医护人员来回急匆匆奔走的神态，老将军心如明镜，竟郑重的写下了遗嘱："我写于后的话，请留作未来要用之时望勿误。我的半辈子是享受中国人民解放军总医院最好的治疗的。余若遇不治之病，则请让安详寿终，勿予抢救。是嘱。寿终之后送太平间做病理、生理解剖。凡可做科研标本者，取下做科研用，眼睛角膜做捐献，余下送去火化。骨灰撒在天山上，永远为中华民族站岗，永远向往壮丽的共产主义。"

牟善初和医护人员经过反复查找，从吸出的痰中，培养出了"粪

104

链球菌"的细菌，他立即用针对性很强的抗生素治疗，为挽回王老的生命争取了时间。已濒临昏迷状态的王老，42天后基本恢复了健康，露出了笑容。当1993年4月5日，新华社播发王震副主席的遗嘱时，许多人不明白，作为昔日战功赫赫的老将军，何以在去世前9年就留下遗嘱，觉得这是一个谜，各种猜测如云。其实事情就这么简单，是牟善初和医疗组成员在死亡线上把王震副主席拉了回来。

最惊心动魄的一幕是1991年冬天，王震副主席再次患病，住进了解放军总医院，入院没几天就报了病危。医院很快成立了以牟善初为组长的抢救小组，在医院各学科的支持配合和京内外有关专家共同努力下，牟善初带领医疗小组医务人员，接连闯过了呼吸衰竭，肾功能衰竭，严重心理紊乱，胃肠功能紊乱，吸收不良综合症和严重贫血等一道道医学难关，使王老的病情得到控制，向好的方向转化。在抢救过程中，牟善初常常连续奋战十几个小时，顾不上吃饭，顾不上睡觉。最关键的时候，24小时全天守候观察。由于正确的诊断治疗，精心疗养和护理，王老又一次闯过了死亡线。在人们的扶持下，竟能下床连续行走50多米，并奇迹般的会见了中国人民的老朋友、日本前首相田中角荣。此后，一度在党和国家的重大活动中很少露面的王震，不止一次出现在中央电视台的新闻联播之中。江泽民总书记探望王老时，看到王震康复得如此之快，十分高兴，感慨地对总医院领导说："301医院又创造了一个奇迹啊！"

了解内情的人，深深知道这个奇迹凝聚了牟善初教授无数心血和汗水。

弹指一挥间，牟善初教授即将跨入耄耋之年。今年已79岁高龄的他，尽管早已超过了退休年龄，工资已经拿到了顶点和军委主席一样多，但国家需要他，人民需要他，至今还没有正式退下来。他把陶行知先生的一句名言"捧着一颗心来，不带半根草走"作为座右铭，继续为党奉献光和热。

在牟善初教授的办公室，我看到一摞书稿，这是为卫生部长陈敏章主编的《现代内科学》撰写的部分章节，不久将正式出版，为此，牟老熬过了无数个不眠之夜。

这些年牟教授参加撰写了《药物手册》、《老年心脏病学》、《食物中毒》、《衰老、抗衰老、老年医学》、《现代老年急症学》、《中国老年保健全书》等十几本医学专著。除了撰写医学专著，牟教授还要挤时间完成一些医学刊物的约稿，《中华老年医学》杂志上经常登载牟老有关防治老年病的经验文章。今年已经发表了3篇治疗心脏病方面的体会论文，很受读者欢迎。

为表彰牟教授对祖国医学事业的贡献，组织多次为他记功授奖。连续多年被评为全军保健工作先进个人。去年又获得了中央保健工作特殊贡献的殊荣。

牟善初一家除了儿子外，老伴、两个女儿都在卫生战线工作。老伴是一名眼科医生，早已退休在家；两个女儿一个在美国留学，一个在北京某防疫部门供职，儿子远在安徽，在铁路部门任职。儿女们都很努力，事业都有所成就，而且日子过得挺不错，大家庭充满无限乐趣。

（原载《特区工报》1996年10月8日）

银针闪闪济苍生

——记王文远和他的平衡针灸学

青年农民刘利民患了一种怪病，胸和背都疼痛，不能平躺，已有 3 年，大医院查不出什么病，也治不好。有人介绍他到北京卫戍区 292 医院请王文远医生治疗。王文远在患者右手上扎了一针，捻、转、提、插，数秒钟后，病人胸背不痛了，当时就能平躺。

类似的例子不止是几百几千。王文远行医近 30 年，用他的银针治疗过的病人已近 20 万，有中国人也有外国人，涉及到 100 多种病，大部分为各种疼痛和瘫痪、半瘫痪，有效率达 90% 以上，治愈率为 86%，其中一针治愈率为 11%。他下针的部位，算起来不过 30 来个，大多不是经络上的穴位，在针灸界可谓独树一帜。

王文远是山东临沂人，16 岁学中医，1964 年入伍后又进修过西医。他今年 50 岁，现任北京卫戍区 292 医院主任医师、中医结合科主任。

25 年前，王文远到河北省山区采药，为当地几位农民治疗肩周炎。他按经络穴位进针，扎了好几个穴位，效果都不佳。回部队后，他专门研究针灸治疗肩周炎。他仍按传统的循经取穴办法，在治疗此类病痛常用的那些穴位进针，除病情较轻、患病时间较短的少数病例有些效果外，其余仍是没有多少效果。他感到必须改变思路。他想，中医讲阴阳调和，阴阳不协调、不平衡就会生病，肩周炎也是人体内不协调、不平衡的表现。而现代人体解剖学揭示，人体神经系统是呈交叉对称分布的。从神经系统分布的状况出发，也许可以找到促使阴阳平衡的办法。他按照这一想法，试着按神经分布取穴，在自己身上试验。

经反复探索，他找到了 30 个新穴位，这 30 个穴位全非传统经络上的穴位，治疗的疾病扩展到 136 种，都是单穴治疗，一针见效。例如高血压和糖尿病，一针下去，血压和尿糖指标即显著下降。他在中外医学杂志上发表了 156 篇论文，公布他的研究成果。他获得 10 项科技成果奖，其中获全军和北京市科技进步二等奖各一项。他在实践上建立了一套全新的针灸治疗法，在理论上形成了"平衡针灸学"体系。

王文远的平衡针灸法因其疗效显著，受到国内外专家的重视，求医者也日众。为使平衡针灸学广为传播，中国中医研究院等单位举办讲习班，请他讲授，共办了 48 期，几千人参加了学习。目前，全国将平衡针灸用于临床的医院已达 2000 家。在境外，包括美国、英国、日本等国家和台湾、香港等地区，已建有 100 多个中国平衡针灸学研究中心。在去年举行的首届中国平衡针灸学国际研讨会上，200 多位中外专家交流了 350 项成果，显示了这门新学科广阔的发展前景。

王文远还将平衡针灸学的原理用到其他治疗方法上，建立了平衡药疗、平衡膳疗、平衡罐疗等新疗法。如今，他又进一步研究"平衡医学"理论，担任了中国平衡医学研究会理事长。为弘扬祖国传统医学、为更多人治疗疾病，王文远仍不知疲倦地探索着。

（原载《人民日报》1995 年 11 月 8 日）

小小银针扎出战斗力

记者见他在训练场……

王文远手中那根神奇的银针，在全国，全军医务界早就很有名气，但记者结识他却不是在医院里，而是在热火朝天的训练场上。

北京军区举行侦察兵大比武，北京卫戍区的代表队是某部"老虎团"。比武场就是战场，英雄团队岂能等闲视之，但刚进行几天强化训练，就有 20 多名战士因训练伤而不得不走下阵来。这时，由王文远带领的"训练伤防治小组"赶来了。

20 多天战前强化训练，王文远天天跟班去现场。随之奇迹出现了：数百名侦察兵，天上地下横摔竖打，竟无一人再伤。决战之日，他们齐装满员走向比武场，10 个科目 10 项全优，夺了一个"满堂红"。

记者就这样认识了王文远，他不仅是全国闻名的针灸专家，还是一个深受部队欢迎的训练伤防治专家！

看不见疼痛的"战伤"

今年 7 月，总后卫生部公布一项最新统计：在军队常见病多发病中，占第一位的病种是训练伤！

什么是训练伤？专家们有许多科学的界定。我们还是先从一个连队指导员眼里，看看它给部队带来的困惑吧。

109

南京军区某团三连。战士李同生连续几个月腰痛，但到医院拍片子，什么毛病也看不出来，做其他检查，也未见任何器质性病变。没病怎么总说腰痛？指导员做工作可犯了难。这时，总后组织的"训练伤防治专家组"到这个团巡诊。王文远手到病除，小李又活蹦乱跳地奔向训练场。原来，小李是跑 400 米障碍时扭伤过腰，形成了训练伤综合症。而这种伤痛，的确又是"看不着、查不出"的。

王文远应邀给团里讲了这样一课：训练伤，50% 是四肢扭伤。其他还有头晕症、良性关节炎、肠胃功能紊乱等多种症状。不及时治疗，还会形成各种训练伤综合症和后遗症。在全训部队，训练伤发病率常达 10% 左右。这些训练伤，在战场上即为"非兵器损害的战伤"，同样可给部队造成大量战斗减员。"小伤小痛"事关部队战斗力，是任何一级指挥员都不可忽视的一个大问题！

然而医学界公认：看不见摸不着的伤病，最难治。

简单的装备和奥妙的理论

记者现场看王文远治训练伤，简单得不能再简单：论医疗设备，只需一根小小的银针；论治疗时间，少则 3 秒，多不过半分钟，而且只须一针。小赵投弹引起肩周炎，外科因其无外伤转到骨科，骨科因其属软组织伤没法处理，又转到王文远诊室。结果，他只在小赵腿上扎下一针，几秒钟针感过后即退针，胳膊遂运转自如，且疼痛消失。近年来，王文远一根银针扎好部队官兵训练伤 2560 例，他由此得一全军闻名的雅号："王一针！"

科学的迷宫大繁若简。王文远手中小小的银针，蕴含着无数深奥的学理，他的针灸术已不全是传统的中医针灸。

传统的中医针灸讲的是扎"经络"，而"经络"在现代解剖学上其实是看不见的无形物。无中真有，王文远在中医理论中引进西医的神经学说，他行针扎的是神经。中医针灸多是直接用银针"扎病"，而王文远认为，人体各部位有其自然的"平衡"，生病即是平衡被破坏。针灸治疗，应是通过刺激神经给大脑一种生物信息，由它指挥人体靠自身能量恢复"平衡"，亦即恢复健康。他将这种学问称之为"平衡针灸学"。

他的研究所在"前线"

进入 90 年代，王文远连续 5 年作为总后卫生部特派的军队训练伤防治专家组成员，深入到全军 160 个连队的训练场，边研究、边治疗。从喀喇昆仑山到塔克拉玛干沙漠，从东海海岛到西北戈壁，无论条件多艰苦，他都坚持跟训在一线。在南疆军区某部，他跟训 11 天，发烧 11 天，青霉素打了 11 天，还是坚持登上了海拔 5000 多米的某边防站，感动了边防站每一个官兵。

女战士训练伤，在部队官兵发病率中仅占 1%，但王文远也没忘记这个前线的角落。某师通信连，十几个女战士在收放线训练中肩关节扭伤疼痛，同时又因心理紧张引发其他疼痛综合症。王文远一针扎下，无论疼痛躲在哪里，顿时全部被驱除。

一根针同时解除几种病痛，其现代医学的原理是什么？王文远进行了一连串的生物试验终于发现：人体自身可分泌一种叫"内啡呔"的物质抑制疼痛，在平衡针刺激下，人体"内啡呔"分泌量能明显增高。他的这一研究成果后来获全军科技进步二等奖。

打胜仗是最大的"学术课题"

王文远有的学术课题，显得有不涓细小之虞。比如，他在连队指导预防训练伤时，连战士腿上不要绑沙袋、早餐要加强营养等问题都督促到。在一些人看来，这太掉专家的"价"了。但王文远不这么看，他常讲：平时搞好训练伤的防治，在战时就能直接保障部队打胜仗。导致训练伤有大大小小多种因素，忽视哪一条也不行。对一名军医来

111

说，还有什么是比打胜仗更大的学术课题呢？

有一次他在兰州军区某团巡诊。训练伤的登记表上一溜全是"肠胃不适"，吃胃药也吃不好。王文远一边扎针，一边运用并不深奥的医学常识给基层干部们开综合治疗的"药方"："按照巴甫洛夫学说，胃病多源于心理因素，无论打仗和训练，指挥员都要善于缓解战士的紧张情绪；部队地处高原，上午训练体力消耗大，早餐营养跟不上，就会有多种不适症……"知识虽通俗，但他抓落实功夫深。连续几天，王文远都和团军需股的同志一起到连队查伙食、品饭菜，最终使团里大面积的胃病都不治而愈。

为使一根银针真正能走向战场，王文远反复研究改进取穴部位，力求更快捷、更简便。比如，下肢关节扭伤，本可扎腿部穴位，他改扎胳膊，但均须撩起衣服，对战时着装来说还是不便。最后，他终于研究出最方便的下颌部取穴的针法。现在，王文远把最体现战时治疗需要的穴位系统化规范化，标出 30 个战场实用的"疼痛穴位"。

（原载《解放军报》1995 年 10 月 9 日）

京华"王一针"

"治不好病，有愧医生的称呼"——王文远以此自勉，赢得了"京华王一针"的美名。

"治不好病，有愧医生的称呼。"这是王文远始终牢记在心的座右铭。1970年，他带领团卫生队的同志到河北省承德山区采中药。当地农民由于住在山坡上，各种运输都用背篓，肩周炎患者出奇的多。他看在眼里，急在心里，就主动为乡亲们义诊。但按照传统的针灸治疗方法，100多个病人竟有90多个疗效不理想！王文远看着乡亲们痛苦的面容，听着"军医，我这病啥时能好"的渴求声，白净的脸顿时红到了耳根上。

在回队的汽车上，他陷入了深思：乡亲们左一声军医，右一声大夫，结果自己却治不好乡亲们的病，这岂不成了江湖郎中？强烈的责任感，驱使他努力成为"一针除病"的医生。

王文远查阅了大量中医针灸书籍，找出治疗肩周炎的20多个传统穴位，在自己身上挨个穴位体验针感，然后选出3个针感强、传导快的穴位在病人身上试验治疗，结果失败了。他没有气馁，又开始了抛开传统的循经络取穴方法，按神经分布取穴的尝试。对照人体神经干、神经支的分布图，他设定了20多个相应的穴位，一针一针地在

113

自己身上找感觉。在假设穴周围，他画上一个大圆圈，有空就扎一针，直到扎满了圆圈，定下针感最强、传导最快的点为止。

功夫不负有心人。经过上千次体验，终于在设定的20多个穴区内，找到了3个较为理想的穴位。于是，他开始大面积用于临床。美国针灸博士陈尔伟先生，患右肩痛3个月，手不能上举、转动，自己束手无策，求治于王文远。只见他在病人的左下肢轻轻地扎了一针，不过3秒钟，就在病人右肩上产生了反应，病人不仅当众做了各种姿势的活动，而且疼痛症状全消。陈博士激动异常，"神针，神针"地赞不绝口。

从此，"王一针"的绰号，从北京卫戍区医院飞向五洲四海。美国、日本、新加坡、瑞士等国的肩周炎患者纷纷慕名而来，都是一针见效，11%患者一针治愈。他终于实现了当年立下的"一针除病"的誓言。

肩周炎攻克成功，王文远并没有陶醉，他又把目光盯住了"根型颈椎病"、"坐骨神经痛"、"糖尿病"、"脑血栓后遗症"等常见病、疑难病的防治上。独特的技术，为20多万患者解除了痛苦。

"仅凭经验治病的医生，不是高明的医生"——王文远不满足临床的突破，花更大的精力把临床经验系统化、理论化，终于创立了中国平衡针灸学。

临床意想不到的疗效，没有使王文远满足。他早就希望自己能独创一套科学理论，指导临床实践，成为一个高明的医生。为此，他把更多的心血花到了临床经验的系统化、理论化上。

祖国医学基础理论几千年一贯制，曾困惑了无数向针灸科学高峰的攀登者。但王文远没有步人后尘，而是以非凡胆略，另辟新径，勇敢地站到了现代医学的前沿俯视、反视自己成功的针灸疗法，揭示其奥秘。他把临床的对称交叉取穴法，与现代医学的神经调控交叉学说及祖国医学整体阴阳学说联系起来思考，很快形成了"中国平衡针灸学"的雏形。

为了研究、完善、验证"平衡针灸学"这一全新的理论，王文远又开始了更加艰苦的跋涉。

搞科研离不开查资料，王文远家住北京市东郊，每次去北京图书馆来回骑自行车就得4个小时，常是披着星星出门，戴着月亮回家。

他家里的住房紧张，四口之家挤在一间半房子里，家里仅有两张桌子，两个孩子都已上学，一人占一张，他就只能趴在床上整理资料、撰写论文。孩子睡后，才能转移到办公桌上。儿子渐渐长大懂事，实在不忍心看着爸爸伏床写作，多少次哭着要和爸爸交换地方，他始终不肯，担心孩子坐姿不正影响一生。

实验报告是医学科研的关键，没有它就不能证明所创立理论的科学性。王文远处在最基层的医院，几乎没有科研经费。有一次，为做一个动物实验，证明平衡针的镇痛机理，对方要求先预交3000元仪器租用费。为筹措这笔钱，他把家里的基本生活费垫上，又东拼西凑借了19个人的钱，才保证实验完成。

……

天道酬勤。经过20多年曲曲折折的拼搏奋斗，他先后撰写了长达150万字的《中医平衡内科学》、《中医平衡外科学》、《中医平衡妇科学》和3本针灸专著、发表了156篇学术论文，终于用心血和汗水实现了创立中国平衡针灸学的梦想。

"医生面前加个军字，肩上就多一份责任"——王文远致力于"训练伤"的研究，成为我军著名的"训练伤防治专家"。

1970年当军医的王文远，从穿上白大褂那天起，就把军医的职业看得非常崇高。无论是在团卫生队，还是在卫戍区医院；无论是初当军医的时候，还是成了针灸专家以后，军医的责任感始终强烈。他

京华「王一针」

常谆谆教导身边的医护人员说："医生前面加个'军'字，肩上就多了一份责任。"

　　在医院里，王文远经常看到训练中碰伤、摔伤的战士一拐一拐地来门诊。这些病人虽然没伤着骨头，但不能参加训练，少则一星期，多则半月，直接影响到部队的战斗力。王文远决心攻克这一难关。受伤湿止痛和其他镇痛药膏的启发，他根据训练伤的特点，先后经过一年多时间，上百次试验，研制成功了"一贴灵"特效药。该药获得国家发明专利后，地方病人也争着使用，一下成了科室的创收项目。这时科室有的医生出现了不愿给战士病人用此药的苗头，王文远及时做出明文规定：凡是战士训练伤必须使用"一贴灵"特效药治疗，宁可科室少收几块钱，也要保证战士早一天上训练场。战士们一传十、十传百，互相介绍，许多战士干脆直接找王文远治疗，数不清的官兵和他成了好朋友。

　　当上级卫生部门赋予王文远到部队巡诊、现场医疗保障等临时性任务时，他总是愉快地接受，从不讲钱。1991年总后再次组织全军专家组到新疆部队巡诊。当时，王文远的大儿子正值考大学填报志愿的关键时刻，同事劝他，这是决定儿子前途命运的大事，不能不管。王文远望着妻子、儿子渴求的目光，想想边疆部队求医难的现状，他一咬牙，毅然坐上了西去的列车……

　　那年，"老虎团"的官兵要代表卫戍区参加军区组织的军事比武，为搞好强化训练，减少非战斗减员，卫戍区要求医院派3名医生随队保障。王文远作为科主任完全可以不去，但任务落到科室，他当即带队前往部队。历时18天，现场治疗因跳障碍、跑5公里越野等科目造成的训练伤600余人次，为该团取得10项比武10项全优的佳绩，做出了突出贡献。

116

从 1988 年开始，王文远利用平衡针灸学理论治疗训练伤，一针治愈率高达 38.44%，成为部队依赖的训练伤防治专家。他先后 16 次跟随总后、军区医疗专家组深入到内陆边疆的 160 多个连队，为 2500 多名官兵服务的精神，给部队官兵留下了深刻印象。

　　"科研成果虽凝聚了个人几十年的心血，但属于全人类的共同财富"——王文远胸怀大科学观，毫无保留地将"秘方"、"绝招"传授给他人。

　　王文远的"单穴疗法"、"整体平衡一针疗法"以及"中国平衡针灸学"一经创立，就以现代针灸学的神奇魅力吸引了中外医学界。在许多人眼里，谁守着这个宝贝都不会轻易泄露"天机"。然而，王文远却打破常理，毫无保留地将秘方、绝招传授给他人。从初期的"单穴疗法"创立开始，他就同时展开了紧锣密鼓的推广普及工作。在总后勤部、国家卫生部、中国中医研究院等单位的大力支持下，先后举办了平衡针灸学习班 48 期，培养了中外针灸专业人才 3000 余名，使许多名不见经传的小字辈，经过他的培训成为当地小有名气的"神针"、"一针灵"。

　　王文远做讲座、著书立说，从来不算个人的经济账。为了让更多的人了解中国平衡针灸学，揭开平衡针灸学的奥秘，造福全人类，他利用业余时间撰写和编著了《平衡针灸法临床精要》等学术专著三部。尽管书出三次、赔三次，但他没有丝毫怨言。

　　他的一个在珠海开诊所的学生接连写了三封挂号信"敬告"老师："香港一个医生愿意出 3 万元港币买他的技术，今后不要到中医研究院去讲课了。"结尾还再三叮嘱王文远赶紧南下。他看完信后淡淡一笑，在来信的背面写下了"科研成果虽凝聚了个人几十年的心血，但属于全人类的共同财富，我没有扼杀、封锁的权力。"把三封信放一起退了回去。那个学生深深被老师的胸怀所震撼，专门请书法家写了一幅"无私的园丁"的条幅赠给了王文远，以表达弟子对老师的敬仰之情。

"金钱、洋房、汽车虽好，但中国的病人更需要我"——王文远淡泊明志，执著追求事业。

"人生长河险滩多，终日奔波是为何。视将救人为己任，何为名利寻不乐？心静意守丹田处，心身平衡揽天月。"这是王文远写在一本学术论文集扉页上的一首诗。这也是他首创的中国平衡针灸学原理运用于现实生活的真实写照。不知有多少人和他讨论过"人生怎样才能满足"这个话题，王文远总语出惊人："医生最大的满足莫过于把新技术应用于临床并收到奇效。"他多次表示要为祖国平衡针灸学的发展鞠躬尽瘁，死而后已。正是凭着这种对祖国医学科学事业的执著追求，王文远抵住了形形色色的诱惑。

一位名叫肯特的美国同行随世界医疗保健代表团到中国访问，亲眼目睹了王文远的神针绝技，顿时产生请他到美国合办诊所的想法："王先生，跟我去美国干吧！美元、汽车、洋楼，只要你点头，我保你应有尽有。"王文远摇摇头说："谢谢你的美意，中国是个拥有12亿人口的大国，这里有比你们美国的病人更需要我服务、需要我治疗的病人。"说得肯特先生既摇头又耸肩，无可奈何。

英国一家机械公司的总裁了解到王文远一针扎好了他公司雇员口角歪斜、说话结巴的毛病，引起了他的强烈兴趣，接连派出部下暗中查探"神针"的虚实。当确信无疑后马上展开攻势。拿着月薪2万英镑外带别墅、诊所各一栋的"随签生效"合同，让王文远签字，结果同样被婉言谢绝。

北京市一家老字号中医院的院长多次以发展事业为借口让王文远脱下军装去当副院长，驻地卫生部门也同样以优厚的待遇请他出山，常常都是抱着希望而来，带着失望而归。据了解，王文远成名后，先后拒绝 20 余次高薪聘请。

　　王文远痴心扎根军营，为祖国中医针灸业发展作贡献的动人事迹，使他赢得了众多荣誉。近年来，他先后被军区评为"科技先进个人"、"优秀共产党员"、"学雷锋先进个人"和"全国自学成才标兵"，荣立了 1 次二等功、3 次三等功，获得 26 次嘉奖。

（原载《战友报》1995 年 7 月 15 日）

京华「王一针」

"送子神医" 薛青山

男女结合就要生育，这是个最最普通的问题，由于几千年封建思想的束缚使它披上了神秘的面纱。令人可喜的是，随着改革开放，今天已有不少人以科学的态度涉足这一研究领域。军营里，一位年轻士兵就是其中的一员，他经过探索追求，在治疗男性不育症方面取得了喜人的成果。

——他年年发表学术论文，有 6 篇论文得到了医学专家的赞赏。

——他的《男性不育常见病诊治》专著，即将由华艺出版社出版，著名中医专家张吉教授亲自为其作序，称该书填补了国内空白。

——他自行研制的 6 种中医验方应用于临床，使一千多人的难言隐疾得到了根治，八百多名不育患者喜得贵子千金。

美国、英国、日本、新加坡等国家和台湾地区 40 多名患者慕名前来求医，获得满意疗效……

这位攻克顽疾的年轻士兵就是北京卫戍区某部被誉为"送子神医"的上士薛青山。

薛家是当地很有名望的中医世家，小薛刚呀呀学语，父亲就一字一句教他一些中医口诀。8 岁的他就能背《伤寒论》、《本草纲目》、《金匮要略》等中医名著中的有关条文，到 14 岁时，他已和父辈一样独立坐堂门诊了。

1987 年冬，薛青山应征入伍，成了一名首都卫士。

新兵连的训练刚结束，父亲带着满脸愁容的表哥来到部队。小薛从表哥痛苦的眼神和父亲的满脸惆怅中明白了几分，一阵沉默后，老父亲对儿子说：儿啊！咱家祖辈行医，只擅长妇科，而不谙男科。我年岁已大，再要攻克"男科"已力不从心，希望你努力钻研祖国传统医学，不让你表哥的悲剧重演……

表哥的遭遇，父亲的叮嘱，变成了小薛攻克"男科"难关的力量。

生育学领域，涉足者少得可怜。初生牛犊不怕虎的薛青山怀着对科学的虔诚，向生育科学王国发起了冲刺，然而迎接他的是指责、挖苦。业余时间他阅读医学专著，有人批评他作风不正，动机不纯，一些战友纷纷疏远他，生怕和他接触沾上"坏"名声。薛青山为此痛苦过，但他没有停下追求的脚步，而是像上足劲的发条更加高速运转，一年多的时间，他偷偷读了300多册医学书籍，摘录资料的笔记本堆了1米多高。在组织的关怀下，小薛走进了北京中医学院的殿堂，小薛经多方打听，北京有位中医教授是"男科"的权威，他费了九牛二虎之力终于找到了教授的住处，教授不在家，教授的爱人知道了小薛登门造访的原委后冷冷地说，小伙子，等结了婚再来吧。小薛不想就此罢休，一个风雨交加的夜晚，他见到了日思夜想的教授，然而得到回答一样，你现在还年轻，等结了婚再研究也不迟啊！与其说教授的话对他是刺激，倒不如说是对他的激励。勇气促使他硬着头皮和教授叫起了板，如果因为我年轻，不能分享科学的荣耀，这不是理由，因为科学从来都青睐每一个尊重她、热爱她的人。教授终于被他的勇气和闯劲感动了，当即答应为小薛每周解疑一次，并从书房拿出厚厚十余本中医专著，赠给了薛青山。

北京中医学院一年一度的教授和研究生拍摄毕业留念照正在进行，只见聂惠民教授拉着两位学生合影留念。聂教授拉着左边的薛青山诙谐的说：这是我带的编外"研究生"。原来教授在《中国天地》上看到一篇《探讨上消症病机及临床用药体会》的文章，一下子被作者扎实的中医功底和独到的见解吸引，多方打听，老教授找到了正读中医大专班的薛青山，当得知小薛先后通过 6 年正规高等中医教育，有较好的中医基础，且对中医事业有一股百折不挠的追求的劲头，破例收小薛为徒，主动为小薛指点迷津。

京郊红军营村农民彭某，结婚 14 年不育，起先一直埋怨妻子是"不会下蛋的鸡"，后来到医院检查后，才知道自己有问题。彭某四处求医，倾其所有，由于精神压力，经济拮据，夫妻关系很紧张，彭某又并发了癫痫病，弄得家不像家，人不像人，好端端的家庭走到了崩溃的边缘。经人介绍，彭某找到薛青山，小薛根据病情，调整药方剂量，病人仅用一月余，其妻就有喜了，更令人惊喜的是，患者的癫痫病也奇迹般地消失了。

印度是文明古国，是世界著名的佛教中心，有位印度商人尽管腰缠万贯、富得流油，但多年不育的忧愁烦恼时刻袭扰着他。一个偶然的机会，这位商人来到中国经商，得悉薛青山有送子神功，便持着怀疑态度带回了两个疗程的药，半年后，印度商人再次来京，一下飞机就直奔薛青山而来，拉着小薛的手喊叫说，他吃了药后，妻子就有喜了，称小薛是中国的"男神"。小薛哈哈一乐，我是中国的普通军人，根本不是神。

美国一家机械集团公司的总裁，得知小薛为儿媳妇治好了不育症，骤然对中医产生了浓厚的兴趣。老人考虑，若把小薛接到美国，开办一所"东方保健中心"，专门治疗男科疾病，一定能发大财。于是，总裁利用通商的机会，几次亲自登门做小薛的工作，"对不起，我是中国军人，我的医术是在祖国学的，我首先要为中国人服务。"小薛说。总裁无奈，双手一摊，悻悻地离去。

（原载《时代潮》1993 年 10 月）

真情抚平患者伤痕

——记某团军医巩西启

"孩子，快给恩人磕头！"小姑娘听了父亲的话后，十分麻利地跪在某团主任医师巩西启面前……

在一旁，小姑娘的父亲用粗糙的双手拭去眼角的泪水，两个多月来的一幕幕动人情景浮现在他眼前：7岁的女儿因烫伤治疗不善，双手功能丧失，留下了严重的残疾。为治好女儿的病，他筑起了近万元的债台。失去信心的他，抱着试一试的心情，找到了坐落在怀柔县庙城西侧的某团"烧伤专科门诊部"。没想到，巩西启医师没提一个钱字，连续3次上台手术，还炖好鸡汤，送到病房，一口一口喂到女儿嘴里。70多天下来，女儿的双手功能奇迹般地恢复了，而巩西启医师却瘦了一圈。

"只算经济帐的医院不是好医院，钻在钱眼里的医生不是好医生。"巩西启从医20多年，当门诊部主任10年，始终认准这条理。

北京某大学学生到部队军训，因水土不服，百十名学员上吐下泻，病倒了，急得带队领导如坐针毡。他们对巩西启交代说："只要能保证学生万无一失，不要顾虑花多少钱。"

巩西启摆了摆手："钱不钱先别说，救人要紧！"说完，一头扎进了急救室。连续三天，买药、煎药、监护。3天后，100多名学生生龙活虎回到了训练场。然而，只收500元医疗费，这使学院带队领

123

导和学生感动不已。

该团驻地有位叫孟青的 7 岁儿童，别看年纪不大，可哮喘病史已有 3 年，整天咳嗽不止，喘着粗气，生活不能自理。父母亲为给他治病，倾其所有，跑遍了首都各大医院，然而，小孟青的病情仍然没有好转。

一天，巩西启背着药箱，巡诊来到他家。根据病情，他调整了自己研制的"哮喘灵"剂量和成分，经过一个多月的治疗，出现了奇迹，小孟青的哮喘病治好了。为表达对恩人的感激之情，孟青的名字改成了孟军。

还有一次，门诊部送来一位三岁的小病人，因败血症延误了治疗，造成感染，一块浓痰卡住了嗓子，小孩的父亲就冲着巩西启嚷道："不管你们收不收，我们认准你了……"

巩西启一看病人已危在旦夕，还有啥说的，他把病人往急救台上一放，就口对口进行人工呼吸。只听"呼噜"一声，小孩的呼吸恢复了，一口浓痰却从巩西启的嘴里吐了出来，在场的家人再也按捺不住激动的心情，泪如泉涌。患者的父亲急忙从兜里掏出一沓儿人民币，声音颤抖地说："巩医师，你救了我孩子的命，你的大恩大德我们一辈子也忘不了，你无论如何要收下。"巩西启说："我们这里从来没有收'小费'的惯例，你这点钱还是给小孩补养身体吧。"

巩西启就是这样凭自己高超的医术，高尚的医德，用真情去抚平患者的伤痕。

（原载《人民日报》1993 年 7 月 26 日）

做个高尚的人

　　如今不少人抱怨社会风气不好，比如看病治病，往往就被"红包现象"所困扰。这的确是一种极不正常的现象，是败坏医德的一种表现。作为一名军医，我觉得不能迎合这种歪风，要做一个高尚的人，树立良好的医风医德。

　　我给自己定下规矩："送礼不收，请客不去。"一位患腰椎间盘突出的日本朋友，在国内久治不愈，漂洋过海来到我们骨病医院仅两个月，病就治愈了。这位日本朋友感激之余，托人给我送了一台22英寸东芝彩电，我收到后，又托专人给送了回去。日本朋友以为我嫌礼轻了，又拿出3000美元恳求我笑纳。我微笑着告诉他："您治病所需的正常费用我们已经收了，额外的礼物我们分文不能要。"

　　前年的一天，我刚走出手术室，碰到一对庄稼人打扮的夫妇在住院部门口徘徊。我上前一问，原来他们来自陕北农村，妻子患骨结核病，借了3000块钱到北京看病，可走了七家医院，都因押金太少没人收治。眼看十几天过去了，带的半口袋干粮也快吃完了。我得知此情，马上叫人给患者办理了住院手续，并安慰他们："先治病，钱好说。"我知道，家庭不富裕的病号，都想早日出院。第二天，我就给患者做了手术。手术后我来病房时，发现她正在啃凉馒头。原来他们是为了省钱。我二话没说，转身跑进炊事班，把留给自己的鸡蛋炒蒜苗、青椒炒肉端给他们。出院时他们只剩下 40 块钱路费，显然不够。我立即掏出 200 元钱塞到这对夫妇手里，他们感动得泪流满面。

　　短短几年间，美国、英国、日本、荷兰等十几个国家和地区的患者，远渡重洋，前来找我治病。非洲某国总统，在任总统助理期间患骨髓炎，伤口像茶杯口一样大，流脓不止。他跑遍欧洲十多个国家，结论都是要截肢。经我国外交部引见，他找到了我。我用中西医结合疗法，不到两个月就让他死骨排净，新骨生成，并长出了新皮。他任总统期间，盛情邀请我到他们国家定居，并要为我建一座国立医院，授予我最高的学位。这个"红包"可谓太有诱惑力了。然而，我感到，我的成就在于中国医药，我和中药一样，根都在中国啊！

（原载《解放军报》1994 年 7 月 16 日）

"铁兵"陈铁英

长城脚下，燕山深处，群山环抱的某军事比武场上气氛紧张热烈。这一天九时许，江泽民总书记及其他一些党和国家领导人，早早地坐在观礼台上。

电话车内，某部通信营女战士陈铁英手拿步话机神情自若，静静地等候发布命令。

顷刻，二十发红色信号弹腾空而起，显示器上红灯闪烁，传出了严肃的声音：

"情况一切正常，09，出动。"

"09，明白。"

陈铁英放下步话机，扯起电话线，跃出车门，箭一般地向七十米外的线杆射去。六米高的线杆，她手攀脚蹬，身体有节奏的三摆两晃，仅用二十三秒钟就完成了规定动作。江泽民同志带头鼓掌，接着喝彩声响成一片。

一九八九年三月，陈铁英告别了父老乡亲，从海河边来到了首都北京，当上了一名通信兵。

在当兵的第三个年头，她报名参加野外架线训练。爬线杆又苦又累，男兵都发怵，"千金"能行吗？

坐惯机房的陈铁英走上训练场，开始她学着男兵的样子双手抱住

127

线杆，两脚用力地蹬着，一下、两下……可就是没离开地皮一寸。男兵们"哈哈"地笑开了。陈铁英脸憋得通红。难道我真的爬不上去吗? 练! 除了练没有别的办法。

盛夏，太阳毒辣，天上没有一片云，地上没有一丝风，训练场就像个加温的大火炉。战友们都在午休，陈铁英又到线杆下练开了。有一次，当她刚爬到杆顶时，突然一阵眩晕，脚下一空，从六米高的线杆上滑了下来，重重地摔倒在地上，当即昏了过去……战友们发现后，把她抬进了医疗室，可伤口刚包扎好，她又悄悄地溜到了线杆下……

比武日期一天天逼近，就在这个节骨眼上，铁英的父亲打电话告诉她爷爷病重，要她抽空回去一趟。小的时候，铁英的父母都在外地工作，是爷爷一手把她拉扯大，对爷爷的感情可以说胜过了双亲，她恨不能一步就跨到爷爷的病榻前，可是一想到自己肩上的责任，她又强忍心中的忧伤，毅然走向了训练场……

当陈铁英身佩二等功勋章和比武金牌荣归故里时，爷爷已永远离开了人间。训练场上没掉过一滴泪的"铁姑娘"，抱着爷爷的骨灰盒放声痛哭，胸前的胸章在老人的遗像前熠熠生辉，好像在诉说……

（原载《人民日报》海外版 1992 年 3 月 7 日）

军魂永驻

128

不松动的螺丝钉

——记某团技术员张爱平

　　某团技术员张爱平入伍22年，干的是普通平常的工作，但无论是当炮手、教员，还是当参谋、技术员，他都能把自己当作一颗螺丝钉，拧到哪里就在哪里发光。

　　1970年，张爱平入伍到军营，三个月的新兵训练结束时，他拿了三个第一，两个第二。张爱平想，凭这一点下连队时定能分到汽车分队。

　　然而，他到坦克连当了一名装填手。细心的指导员发觉了他的变化，送给了他一本《雷峰的故事》和一本崭新的日记本，并对他说："是金子在哪里都闪光。"他渐渐地从指导员送的书中汲取了力量。

　　为了尽快掌握军事技术，他白天刻苦训练，夜里打着手电在被窝里学习文化。他用两年的时间，温习了初中的课程，学完了全部高中知识，还结合训练实际总结出了利用角度直接计算射击诸元的变形密位公式。

　　有一年春天，北京军区举行装甲兵大比武。当时只是二炮手的张爱平，临时兼任炮长，就以4发4中的成绩摘取了比武的桂冠。转眼到了张爱平入伍的第8个年头，他已经由二炮手、车长、排长成为师教导队一名培养骨干的教员。

　　张爱平承担四〇火箭筒教学任务。对于从未摸过四〇火箭筒的张爱平来说"隔行如隔山"。他认真阅读了《射击学原理》、《气象学》等大量与射击有关的书籍，整理了近 30 余万字的教学笔记，并把装甲兵有关射击理论融到四〇火箭筒射击理论中，写出了《四〇火箭筒射击有关问题的探讨》一文，由他制作的四〇火箭筒射击学理论教具还被军区评为第二名，当年他这个教坛"新人"被上级评为优秀教员。

正当他干得火热的时候，团里缺军体教员的消息传到了他耳里。他决心试试。有人听说身材矮小的张爱平要当军体教员，露出了怀疑的神情。张爱平不信邪，他说："凡事都是人干的，别人行，我也行。"为了成为一名出色的军体教员，他每逢节假日就到北京体育学院拜师求教。半年后他终于拿下了纵马屈体腾越、双杠侧立空翻下、单杠大回环直体空翻下等专业运动员才能完成的高难动作。

正在此时，一纸调令又把他调到了军务科负责技术革新。对于只有初中文化的张爱平来说，要搞科研难度之大，可想而知。但他像拧足劲的发条。他制定了详细的革新计划：一面参加高等教育自学考试，努力扩大知识面；一面跑院校拜师求教向科学王国冲刺。700 多个日日夜夜，没休一个星期天，眼睛熬红了，人瘦了十几斤。付出得到了回报，他与别人研制的《单兵多用途便携式帐篷》获得了全军科技进步四等奖。他用汗水和心血再一次筑造了一条成功之路。

1989 年，在团里已奉献 20 年的张爱平终于确定转业了。正当他准备启程时，副师长叩开了他的门："迎外靶场，需要一名责任心强、懂技术的干部去管理，我们看中了你。"他很矛盾。他早就希望能早日尽一个儿子的孝心，尽丈夫的义务和父亲的责任，但他还是服从了组织的需要。不出三天，他骑自行车来到了 25 公里外的迎外靶场。不到半年，靶场的设备重新焕发了青春，并有 2 项发明申请了国家专利。

（原载《人民日报》1992 年 8 月 2 日）

130

标兵连长李连杰

某部十连长李连杰和武打影星李连杰同名姓。影星李连杰靠拳拳生风、脚脚砸坑的硬功夫名噪海内外，李连杰连长以独到的带兵招数叫响军营。官兵们说："李连长的功夫比影星还厉害。"

（一）

一天中午，全连一百多人正在饭堂就餐，战士小李不小心将一个馒头掉在地上，看看大家没有注意，他一脚将馒头踢到饭桌底下，李连长看到这一切，一声不吭地拾起馒头，将泥巴洗掉，众目睽睽之下吃下去，事后，李连长把小李叫到一旁非常严肃地批评了这种浪费行为，还令其写出书面检讨。有人不理解连长的做法，李连长说，批评战士要讲方式方法，注重效果。当晚，李连长组织全连以"掉下的馒头能不能吃"为题进行讨论，使小李和其他战士受到一次生动的艰苦奋斗教育。

（二）

前年初，连队调来一位北京兵，这是连长唯一的老乡。官兵看到这位战士的父亲时常到连队与连长坐坐、聊聊天，便议论说，有这层"特殊关系"还不想咋样就咋样，李连长听到这些议论，没有发表意见，他决定用行动回答。一次这位北京兵在打扫饭堂卫生时，光说不干，排长说他，就和排长顶嘴，差点大动干戈，连长知道后，当即召开支委会，根据他平时的一贯表现，宣布给他警告处分。全连为之一振，称连长真是"六亲不认"、不偏心眼。

（三）

李连长爱护战士，但决不袒护。去年夏天，部队在烈日下训练，刚练了一会儿擒拿格斗，战士们的衣服就像从水里捞出来一般。值班排长建议部队带回安排室内科目，李连长没有点头，坚持带领战士训练。当时有人认为连长太不近人情了。但是，当浑身热气的战士收操回到宿舍时，炊事班的同志立即将绿豆汤送到班里，许多刚才对连长有情绪的战士，顿时明白了连长的苦心——严才是真正的爱。

连长李连杰曾荣立二等功 1 次，三等功 4 次，被军区评为优秀带兵干部，连队连续四年被上级评为先进连队和先进党支部。

（原载《战友报》1995 年 2 月 18 日）

本色未改写新篇

——功臣营长黄登平情系军营不为金钱动心

出一个名字，便能得一成股份。这等坐享其成的"好事"，被北京卫戍区某部营长黄登平拒绝了 15 次。

黄登平的名字何以这样值钱？读者也许还记得 10 年前一篇影响全国的报道《热血男儿一席谈》。那篇报道是记者在前线的枪林弹雨中采访黄登平之后写成的。战斗功臣黄登平和他的战友们的名言"亏了我一个，幸福十亿人"，一时成为时代的强音；黄登平一时成为知名人物，在其家乡荆楚大地更是家喻户晓。

今年 5 月，武汉市一家公司副总经理来北京找到黄登平，商谈成立"黄登平实业公司"事宜。黄登平笑着对他说："虽然我需要钱，可我那点名气是党和人民给予的，如果把这当资本为自己谋实惠，就对不住那些献出了生命的战友们……"

去年秋天，转业的战友来京看望黄登平，见他仍在营长的位置上忙活，便劝他说："现在靠名气发财的人不算少，就凭你在家乡的名气，转业回去开个公司，怎么也比当营长强。"黄登平回答说："我父亲病故那年，家里前后欠债 2 万多元，我和家里人不还是挺过来了？我能在部队干一天，就应该严守纪律，扎扎实实干好工作。"一席话，说

133

得战友直点头。

　　据团领导介绍，黄登平非常珍惜荣誉，对军营一往情深。7 年来，他所在的三营年年被评为先进营。八连离营部 40 多公里，他常常骑自行车、挤公共汽车下连队。上士班长对笔者说："我是看了《热血男儿一席谈》后下决心当兵的，3 年朝夕相处，黄营长是我最佩服的人！"

（原载《解放军报》1993 年 7 月 8 日）

精神支柱倾倒之后……

——来自高墙内的自白

我叫赵××。1982年，我带着儿时的向往和满腔的热血，参军来到首都成为一名警卫战士。

那时，我刻苦训练，浑身有使不完的劲。新兵训练期间我受到了嘉奖，第二年被提升为副班长，不久又考入了军校。毕业分配后，我当上了排长，所带的排多次受到上级表彰。1988年，上级又让我代理了连队指导员工作。面对成绩和各种荣誉的纷至沓来，我感到生活充满了希望。

我代理了半年指导员，由于编制等原因没能正式下命令。为此，我很懊恼，认为是个别领导和我过不去，情绪一落千丈。营里干部多次找我谈心，要我正确对待个人得失。我听不进去，越发变得散漫懈怠，出操训练不参加，读书学习的习惯也丢掉了，还常常不请假外出。领导先后多次对我进行严厉的批评教育，我仍满不在乎。不久，我结识了地方青年吴某和高某，并很快成为酒肉桌上的"哥们"。结交哥们需要钱，可我手头越来越显得紧张，钱成了我日思夜想的好东西。有一次，高某对我说："现在倒车很赚钱，咱们一起干吧！"过了三天，他们俩人又急急忙忙找到我说："手头太紧了，今晚咱们就去弄辆车卖掉。"经不住他们再三劝说，我终于拜倒在金钱的诱惑面前，向犯罪深渊迈出了可怕的第一步。深夜 11 点钟，他俩抢劫了一辆皇冠牌出租车。车到手后，我帮他们一起销赃，分得 8000 元赃款。手拿赃款，我心神不定，食不甘味，夜不能寝，本想向组织坦白，但始终不能迈出这一步。

不久案发了。当地方公安机关和部队保卫部门找我时，我不得不把自己的犯罪事实全部交待出来，请求宽大处理，可是一切都晚了。

身陷高墙内，回首往事，我感慨万千：革命的理想是人的精神支柱，失去了理想，就会迷失方向，难免有一天要犯错误，甚至走向生活的反面。战友们，请记住我的教训吧！

（原载《战友报》1993 年 5 月 29 日）

一串闪光的脚印

——追记某团团长宋强

距 1992 年春节只有两天了，一位退伍两年的河南籍战士带着滋补品，走出暖烘烘的家，星夜赶往北京。可是已经迟了，他再也见不到你那慈祥的面容，听不到你那亲切的声音了。

在那辞旧迎新的日子里，某部官兵个个沉浸在难以言说的悲痛之中。大年初一，五连饭堂餐桌上摆满了煮熟的团圆饺子。指导员何立明走到每张桌旁相劝："吃吧，都热过两遍了。"战士们依然拿不起那沉重的筷子：团长，你真的不来了？往年每逢这个时候，你可是一准到场的呀！

宋强同志，你才 38 岁，你走得太匆忙，就像一颗流星。然而，你没有虚度人生，21 年戎马生涯，从士兵到团长，你全身心的投入了你热爱的事业，你迈着坚实的步履，走出一串闪光的脚印。

（一）

日历翻回到 1991 年最后一页。零点的钟声响了，你左腿跪在板凳上，肝区紧紧贴住椅背，右手抓起电话吃力的向师长报告："我团本年度安全无事故。"说完，你就倒在了办公桌旁……

肝癌晚期！医生为你做出的诊断令人惊讶，而你反倒出奇的镇定，病床上还对陪住的后勤部长交待工作：政委、主任刚刚到任，对部队的情况不熟悉，你们要多支持。天气越来越冷了，部队的工作、生活一定要安排好，不要让新兵冻着……即使这样你还是不放心，先后两次溜出病房，给部队打电话，询问工作。团里干部战士去看你，你告诉大家以后不要再来了，节省点时间能多干些工作。

工作，工作，你的心里唯有工作，难怪这么重的病没有及时发现，及时治疗。

（二）

和你相识的人都说你的性格像你的名字。你当战士是优秀战士；当班长是全能班长；当排长带出了先进排；当连长连队是标兵连；当营长工作样样领先荣立二等功。当团长第一天，你就立下誓言，要让团队建设迈上新的台阶。你家就住在营区，但是为了工作你常常在办公室过夜。去年老兵退伍期间，你连续17天住在办公室，公务员很清楚，这段时间你每天最多只睡三四个小时。

大家说你无论干什么，只要一钻进去就没个完。为了运用学术研究成果指导训练，你通读了《参谋学》、《参谋谋略学》、《未来战场一百例》等十余本军事理论书籍，积累了1000多张军事学理论知识卡片，带领大家改进和发明了43项训练器材，还有六项革新成果获得了军区科技成果奖。

全团官兵永远不会忘记去年炮兵实弹射击那一幕。为了团队打出好成绩，你挑灯熬夜研究方案；光着脚丫子，踩着没膝的积水逐炮检查指导。比武前几天，你的病又犯了，疼得在床上打滚。为了上好战前最后一次辅导课，你双膝跪在床上编写教案。在场的副参谋长心疼地劝你："都这样了，让别人干吧。"你不以为然，反倒谈起了你的"克病经"。你到底拖着病体走上了指挥台。团队没有辜负你的一片苦心，一举击落四个拖靶，取得了建团以来实弹射击的最好成绩。

（三）

"公生明，廉生威。"这句话你始终铭记在心。去年上级分给团里

138

一个保送上军校的名额，经常委研究将这个名额给了五连。五连有两个各方面不相上下的优秀班长，其中一个是你的亲外甥，另一个是个山沟里来的农村娃子王家明，连队干部报了你的外甥。第二天，你突然把全团官兵集合到中心操场，让够保送条件的班长全部参加训练考核。王家明项项成绩优秀，荣登榜首。你当众宣布保送他入军校深造，赢得了干部战士雷鸣般的掌声。

你说过，丢了公道就丢了群众。一连有个战士自恃亲戚是上级机关的领导，经常无故滋事。这件事传到你的耳朵里，你为连队干部撑腰："该批评处分不要手软，出了事有我顶着。"连队公布了对这个战士的处分决定后，你又找到这个战士的亲戚说明原委，还请他一道做这个战士的思想工作。

（四）

住院后的第 20 天，你还念念不忘你的战友和同事，几次支撑着虚弱的身体，用微弱的声音嘱咐政治部主任：政委的父亲刚去世需要安慰；卫生队高队长的爸爸病情很重，请代看望。就在你住院前几天，管理部门批准公务员李奇探亲。你想到小李年龄小，没单独乘过火车，半夜硬撑着身子钻出被窝找到小李，告诉他途中怎样换车，到哪里中转签字，还再三叮咛，天气冷多穿些衣服。

每逢佳节倍思亲。你总是在这时候出现在基层干部战士面前，送去温暖和慰问。去年除夕，你走访了所有来队家属，逐个问候了连队干部战士。当你托着疲惫的身子，跨进家门时，新年的钟声已敲过了，儿子躺在沙发上睡着了。妻子对你说，孩子问你是不是亲爸爸，为什么过年都不回来吃顿团圆饭。听到这里，你又想到了远离团队单独在炮场站岗的几名战士，又匆匆披上大衣告别了妻子、儿子向哨位走去……

（原载《战友报》1993 年 3 月 1 日）

他与团队同在

——追记某团团长宋强

　　生命的年轮仅仅走过 38 个圆周，就永远地画上了休止符。他，某团团长宋强，就这样匆匆地去了。

　　羊年的最后一天，人们以无比悲痛的心情送他远行。整个春节，全团没有鞭炮声，没有欢声笑语。不少连队的战士还像往常那样准备了碗、筷和酒杯，等待他们的团长来一起过年。人们啜泣着：团长啊团长，你那样拼命工作，为什么不早点去看病，你是累死的呀！

　　悲痛之余，官兵们回想起那一件件动人的往事……

　　宋强是 1990 年 5 月担任团长的。上任伊始，他就暗下决心：为官一任，就要振兴一方。为了这，他成天在训练场上和战士们一起训练，切磋技艺。他每周有三四个晚上查铺查哨，平时即使是午休时间，也能看到他在营区转悠。他的家就在北京市内，可是他经常几个星期不回家一次。"功夫不负有心人"，去年全团的面貌焕然一新，一跃成为军区"军事训练先进团"，同时还夺得了"双无团"的桂冠。

　　团里工作上去了，可宋强的身体却垮下来了。这几年他一直是超负荷地工作，腹部长年疼痛，他说是胃病，也没时间理会。去年 11 月，疼痛加剧，他实在有些支撑不住，想去医院检查一下。可此时团里没有政委，副团长又被确定转业，而老兵退伍已经开始。"等忙过了这段再说吧！"看病的事就这样拖了下来。

　　去年 12 月 31 日深夜，新年的钟声响了。一直等在办公室里的宋强，强忍剧痛，要通了师长的电话，他向师长报告："本团 1991 年度无事故、无死亡！"为了这个电话，宋强和全团官兵整整努力了一年啊！他撂下话筒，长长地舒了一口气，竟一下子晕倒在办公桌旁。

1 月 3 日上班。本来师里通知他到军区开会，徐政委和其他常委硬"逼"着他去检查一下。临上车时，他靠在车门上，对前来送行的战友们说："没什么，兴许个把礼拜就能回来。"然而，次日医院传回的结果却使全团官兵大吃一惊：肝癌晚期，癌细胞已经扩散。

1 月 30 日下午，宋强的心脏停止了跳动。

人们在整理他的遗物时，发现他的物品简单得令人惊讶：除了方便面、止痛药片外，便是一堆堆军事书籍了。那一本本不知被翻了多少遍的《参谋学》、《谋略学》上，有他画的各种标记、符号和旁注。1000 多张军事知识卡片凝聚着他勤奋钻研的心血。还有一张没有画完的高炮红外线瞄准仪改进草图，是他在住院前熬过几个不眠之夜，一笔笔勾画出来的。它记载了一个优秀团长在生命最后时刻的崇高追求。

人们在追溯他的人生轨迹。公务员李奇记得：团长住院前几天，得知小李要探家，夜已很深了，团长还来敲门，说："你是第一次探家，我得告诉你怎样转车。"他们聊了好大会儿，团长还给他画了路线草图。战士陈兵记得，去年秋天部队到某地打靶，沼泽地里蚂蟥很多，他的腿肚子上叮上了蚂蟥，团长走过来帮他拍掉，又担心毒汁感染，就用嘴对着伤口将毒汁吸出，小陈感动得哭了。军校学员王家明记得，去年上级给五连分了一个保送上军校的名额，五连有两个各方面不相上下的优秀班长：一个是宋强的外甥，另一个是农村入伍的王家明。连里上报了宋团长的外甥，而宋强却恳切地要五连保送王家明。小王高兴地上了军校。

团长走了，永远地走了，但他的名字却与团队同在。

（原载《解放军报》1992 年 5 月 24 日）

他与团队同在

生命不息 奋斗不止

——已故某部保卫处长孙耀慧妻子的追忆

有人说，海军某基地出了桩"大案"：保卫处长孙耀慧累死了。这话俺信，知夫莫如妻呀！

俺和老孙曾过了10年牛郎织女的生活。一个女人家身边没有男人，过日子真不容易，有了孩子就更难了。俺天天洗衣做饭，抱着孩子上班。记得有次俺去开会，把孩子锁在屋子里，回来一看，孩子在冰凉的水泥地上睡着了，头上凸出一个大乌包，床上尿湿一片。俺把孩子搂在怀里，哭了老半天。第二天，俺就请假去部队。火车上，俺再三教儿子，到部队就说："爸爸转业吧，妈妈太苦了！"

到了部队已是深夜，下着雪，地上白茫茫一片。与老孙一见面，他问寒问暖，问长问短，把俺事先想好的一肚子话都堵了回去。孩子和他面生，就是不叫爸，老孙非常伤心，说这次要好好与儿子培养感情。可亲热了不到两天，他突然告诉俺要下部队办一起重要案件，丢下俺娘俩就走了。这一等，从月缺等到月圆，他终于在半个月后拖着一身泥水回来了。一见他的面，俺的气就不打一处冒，强压着火与他商量："耀慧，转业回家吧！"他说："咋能当半截子兵？""那就当半截子爸爸？"俺与他吵了起来。他说："家庭小事要服从工作的大事嘛！"

俺一遍遍地向他诉说难处，软缠硬磨了3天，他就是不吐"转业"

的口。俺一看这趟白来了，憋一肚子气回了家，半年没给他写一封信。

随军了，按说一家人该热乎乎地过日子吧，可他就像把家当成了旅馆。那次俺关节炎发作，病在床上不能动弹，他又丢下俺娘俩办案去了。他走后第3天，孩子患了急性阑尾炎，俺拖着带病的身子把孩子背到医院，做了手术，苦苦熬了7天7夜。孩子拆线了，老孙也回来了。他看俺只流泪不吭声，便闷着头做饭、拖地板，还把俺娘俩的衣服洗净晾满一铁丝。但俺怎么也咽不下这口气，向他提出了离婚。这下可把老孙吓坏了，给俺下了一大堆保证，说以后一定要好好照顾俺和孩子。老孙要是能把干工作的一半劲头用在家里，俺也就满足了，可他不是这样的人。前年10月，他从舰队保卫处调到基地才10天，就跑遍了哨位和码头，与同志们一起审讯罪犯，两次晕倒在审讯桌前，直到罪犯在铁证面前低下了头，他也倒下了，一连几天没爬起来。没多久，部队又受领了一次重大警卫任务，他不停地在俺耳边念叨："这么大的任务，我在家里咋能放心。"趁俺买菜的当口，他偷偷溜回了军营，结果硬被基地主任赶了回来。他一头撞进家门，把俺吓傻了，只见他脸发青，眼发直。俺见状失声痛哭："耀慧，你干么这样不要命啊！"俺知道老孙这回得了大病，逼着他去医院治疗，可他说，咬咬牙，等完成任务再住院……

老孙走了，才42岁。向他遗体告别那天，人们失声痛哭。为了工作，他牺牲自己，赢得了人们的尊敬。俺却没有真正理解他，更不该与他闹离婚，这是俺一辈子的遗憾。

有人说，珍贵的东西，只有在失去它的时候，才能感觉到它的价值，俺今天才真正理解了这句话的含义。今年春节，俺在电视上为老孙点播了一首他最爱唱的歌曲——《驼铃》。老孙，你在九泉之下听到了吗？

（原载《解放军报》1993年3月15日）

为人民服务到生命最后一息

——"活雷锋"何学道光荣殉职

花圈花篮摆满四周，哀乐哭声交织一起。今天上午，北京八宝山革命公墓礼堂沉浸在一片悲痛的气氛中。来自首都党政军各界千余名代表含泪为被誉为"80年代活雷锋"的何学道送灵，沉痛缅怀他为人民服务战斗到生命最后一息，余热的最后一点光辉都献给了人间，光荣殉职在义务岗位的动人事迹。

何学道同志是北京卫戍区一名普通的离休干部。离职13年如一日，默默实践"为人民尽一辈子义务"的诺言，在平凡的义务岗位上，做出了不平凡的贡献。长期担任海淀镇、北太平庄、羊坊、清河等7个地区19条公共汽车路线的交通安全检查员及6所中小学的校外辅导员。荣立过一等功，被评为全军英模，当选过首都十大新闻人物，荣获过全国老有所为精英奖、首都精神文明建设奖等殊荣，多次受到江泽民等党和国家领导人的接见。

3月21日下午2点10分，何学道和平常一样，告别老伴，来到他义务服务13年之久的动物园332路车站，为过往乘客义务服务。当他举起调整车辆、疏导乘客的小旗时，突然两眼一黑，瘫软在地上，昏死了过去。虽被过往群众及时送往医院抢救，但无情的心脏病还是夺走了他的生命。走完了73岁的人生历程，安卧在鲜花翠柏丛中的他，

144

是那样安详。一身老式军装，胳膊上戴着北京市交通安全委员会发给他的值勤袖标，身旁摆放着红白相间的交通安全旗，衣袋里装着一捆捆写有乘车路线的"方便条"。

何学道走了，牵动着千万颗心。连日来，他的生前好友，受过他关心教育的人，听过他事迹报告的工人、学生、解放军官兵，自发组织了各种形式的悼念活动。北京市公交总公司、海淀菜市场等单位掀起了向何学道同志学习的活动；50多名乘坐332路车的常客自愿购买了花圈花篮送到了何老的灵前，寄托哀思。新源里第一、二小学原定22日请何学道作报告，当师生们得知何老光荣殉职时，悲痛万分。数千名少先队员自动低头默哀。师生们说："何老精神不死，将永远教育和激励我们健康成长。"

（原载《人民日报》1995年3月30日）

为人民服务到生命最后一息

145

多想为别人做了什么

——追忆以身殉职的离休干部何学道

3月21日，73岁的北京卫戍区离休干部何学道，因心脏病突发，倒在了他义务工作13年的北京332路汽车站交通员的岗位上。这位普通离休干部逝世后，人民群众用各种方式缅怀他，悼念他——

北京市委领导号召全市人民向他学习；北京卫戍区做出了向他学习的决定；北京公交总公司掀起了学习他的热潮。

人们之所以怀念他，学习他，是因为这位普普通通的离休干部，用自己的模范行动，留下了一座至死不渝甘当人民勤务员的不朽丰碑。

1983年，60岁高龄，患肺切除、肋骨残缺、严重静脉曲张等多种疾病的何学道离休了。是坐在家中安度晚年，还是把余生继续献给党？何学道选择了后者。他了解到，从动物园开往颐和园的332路公共汽车，平时每天的客流量高达十多万人次，节假日和旅游旺季更多。车站秩序乱，环境卫生差，直接影响了人们的正常工作和生活。于是，他主动找到332路总站的负责人，当了一名义务交通员。为了赶上乘车高峰期，他专门制定了一个"服务时间表"：上午6点到10点，下午3点至6点，无论春夏秋冬，风雨无阻，准时到站台服务。

他自费印制了上万份北京市政府关于维护公共卫生的规定，逢人就发。为了方便抽烟和吃瓜子的乘客，他还准备了搪瓷缸和自糊的小纸袋，使车站的卫生状况得到改变，由过去的卫生落后单位变成先进车站。

在车站服务，经常有人询问换车路线，他就买来地图，标清了车站附近的街道和单位名称。有的乘客问路时听不懂他的苏北口音，他就上街刻了7个示意行车方向的大图章，随盖随发。这几年，他发出的"方便条"就有5万多张。在他的考勤日志上，清楚地填写着从义务服务的第一天到以身殉职，在332路车站义务服务3650天的数字。

尽管何学道的时间表排得满满当当，可当他看到每个星期天海淀菜市场的顾客都排成长龙时，又主动到菜市场，在水产组谋到一个义务售货员的位置。这两年，随着人民币大票的广泛流通，角角分分的零钱稀罕起来，商场常常为找不开钱着急。于是，他用自己积攒的2000元作周转金，天天到汽车站售票处或自行车收费处换成零钱，再换给商场。何学道常说，不要想能得到什么，要多想为别人做了什么。

"戎马生涯五十春秋，严以律己半个世纪。"这是人们送给何学道的挽词。按理说，何学道义务为332路车站、海淀菜市场服务，和职工一样享受点优待也是合情合理的事。但何学道却从不占车站的便宜。刚到332路车站服务，来回坐车买票时，售票员说："您为332路做了那么大贡献，还买什么票！"坚持不肯卖给他。后来，车站的领导悄悄地给他办了一份月票，何学道硬是没要，坚持自己花钱买月票。

海淀菜市场发给何学道一套工作服，他说，"我的衣服由国家发，你们就不要费心了。"在菜市场服务的678个星期天里，他始终穿着女儿为他缝制的蓝色围裙和套袖。这些年，何学道把自己正常的生活开支压到最低限度，而对灾区人民、希望工程、孤寡老人却毫不吝啬。1992年南方闹水灾，他寄去300元；老家修建烈士陵园，他寄上200元；云南有所小学没有校舍，他3次慷慨解囊；每次去海淀镇看望常年照顾的两位孤寡老人，他从未空手。

（原载《解放军报》1995年4月13日）

多想为别人做了什么

平凡铸就壮丽人生

——追记以身殉职的优秀军队离休干部何学道

哀乐低回，花圈林立悲切，3月30日，北京八宝山革命公墓礼堂被一片悲痛的气氛笼罩着，来自首都党政军各界的千余名代表含泪为被誉为"80年代活雷锋"的何学道送别。

悼念活动没有就此结束——

北京卫戍区立即开展了向何学道学习的活动；

北京公交总公司迅速掀起了向何学道学习的高潮；

菜市场当天组织了"赞何学道、学何学道"座谈会；

新源里第一、二小学马上举行了何学道事迹报告会；

……

3月31日，北京市委副书记李志坚代表市委、市政府亲切看望了何学道的亲属，盛赞何学道是一个老革命、老模范、老英雄，13年如一日，默默无闻为首都人民服务，全市人民都要向他学习。

（一）

3月21日，对何学道来说是个非常平常的日子。他和往常一样，不到5点钟就起床，趁老伴做饭的工夫，他在那本为人民服务工作志上写下了当天的工作。5点50分他匆匆告别了老伴儿，挤汽车，来

148

到他义务服务 13 年之久的 332 路车站。下午 2 点 40 分左右，拥挤的乘客在何学道的疏导下井然有序地上车。突然，何学道手中那面小旗随着他的身体飘然倒下。顿时，乘客乱作一团，大家七手八脚地将他送往医院。

332 路车站上，南来北往的乘客奔走相告，纷纷赶往医院，从急救室到医院大门挤满了前来探望的群众，人们在焦急地等待何老康复的消息。可是，何学道的心脏还是停止了跳动。他安详地躺在病床上，一身军装，枕头边是一顶旧军帽，胸前戴着北京市交通安全委员会发给他的第 2000 号执勤袖标，身旁摆放着鲜红的交通安全旗，衣袋里装着一捆捆标有乘车路线的"方便条"……

没人相信这个残酷的事实，谁也没有料到何老走得那么急。根据他记事本上的安排，第二天有场报告要作，新源里小学 1000 名少先队员还等着他；1995 年的服务出勤表有 9 个月还是空白；自己制订的为人民服务十年计划还没有完成；中华教育艺术基金会刚刚评出的"铸魂金剑"奖还没来得及领取……

一位 332 路车的常客、84 岁的医学专家拄着拐杖气喘吁吁地赶到医院。他晚来了一步，敲着拐杖惋惜不已："要是自己今天下午坐车在场，老何就没事了。"

何学道在 332 路车站倒下的消息不胫而走。从下午 3 点到晚上 10 点，人们忘了吃饭，忘了回家，伫立在医院走廊久久不肯离去。刚走了一批，又赶来一批，直到凌晨 2 点，还有人闻讯赶来。

整整一个晚上，医院值班室和 332 路总站的电话铃声响个不停，人们关切地打听何老的情况，有的不知道何老几个小时前已经离开了人世，还一个劲地介绍最好的医院和药品。

教育家李燕杰匆匆赶来。"品若梅花香在骨，人如秋水玉为神。"他拿着亲笔书写的挽联表达哀思。第二天一大早，他又捧着连夜写的悼词赶到告别仪式，流下悲痛的泪水。

魂去也

上青云

磊磊胸怀志犹在

耿耿丹心光照人

江河大地存忠骨

热泪悲思悼忠魂……

（二）

1983 年，何学道离休了。60 岁高龄，肺切除、肋骨残缺、严重静脉曲张……这是何学道当时的身体状况。是坐在家中安度晚年，还是把余生献给人民？何学道毅然选择了后者。他了解到，332 路动物园车站平时每天的客流量高达十多万人次，节假日和旅游旺季更甚。车站秩序乱，环境卫生差，直接影响了首都的形象。于是，他主动找到 332 路车队的负责人要求当了一名编外服务员。他专门制定了一个乘车高峰期"服务时间表"，上午 6 点到 10 点，下午 3 点到 6 点，无论春夏秋冬，风雨无阻，准时到动物园车站服务。每天他早早地来到站台，把乘客候车时丢下的烟头、果皮、纸屑一一打扫干净。十几天下来，车站的卫生改观不大。他又自费印制了上万份北京市政府关于维护公共卫生的规定，不时分发给乘客。为了方便吸烟和吃瓜子的乘客，他准备了搪瓷缸和自糊的小纸袋，从而使这里由过去的卫生落后车站变成先进车站。在车站服务，经常有人询问换车路线，他就买来地图，照图指明换车路线。他是苏北人，很多乘客问路时听不懂他的话。他就上街刻了 7 个示意行车方向的大图章，制成"方便条"随时发给乘客。这几年，他发出的"方便条"就有 5 万多张。去年冬天，他因劳累过度摔倒在车站，左脸肿胀淤血，是车站的领导把他送回了家。

老伴心疼地劝他休息几天，何学道说了句"不碍事"，第二天照常去车站。那块伤痕，半个月后才消去。

何学道的老伴张学英回忆说，就在老何去世的前两天夜里，他在睡梦中一惊一乍，手舞足蹈，做梦都在指挥乘客上车。她劝老何不要再去，过几天安稳的日子得了。何学道没有听老伴的劝说。在他的出勤日志上，清楚地填写着从开始义务服务到以身殉职在服务岗位上，共3650天。

尽管332路车站的工作使何学道的时间表排得满满当当，可当他看到海淀菜市场每个星期天顾客都排起长龙购物时，他又主动找到菜市场领导，在最脏最累的水产柜台谋到一个义务售货员的位子。何学道没有卖货的经验，干起来很吃力。于是，他白天向售货员请教，晚上拉上孙子搞"模拟演练"。后来，何学道以熟练的技术、热情的服务，在顾客和商场职工共同参加的"最佳售货员"评比中得了全票。这两年，随着大面额人民币的广泛流通，角角分分的零钱稀罕起来，商场常常为找不开钱着急。何学道几次从家中取出2000多元的大票，到汽车站售票处或自行车收费处换成零钱，再换给商场。有一天换了5000元，仅数零钱他就花去了两个多小时。有人劝他：这么多钱他装在身上不安全，存到银行还能得利息，何苦呢？何学道笑笑说，不要问自己得到了什么，而要问为别人做了些什么。直到殉职的那一天，他的口袋里还装着尚未换零钱的2000多元现金。

（三）

关心下一代的健康成长是何学道几十年孜孜以求的一件大事。早在1973年，他就把父亲临终留给他的3间新瓦房无偿地捐献给了老家的学校。离休后，他把更多的精力倾注在教育青少年身上。这几年，他先后写下了50多万字的讲稿，给大专院校、中小学校的青年学生做报告150多场，直接受教育人数达30余万人，为了达到"做一次报告，使人受一次教育"的目的，何学道努力学习政治理论、历史知识，每年花700多元钱订阅十几种报纸。他还把报纸上英模人物的事迹和照片剪下来，制成光荣册，用他们的故事激励青少年。他每做一场报告都要亲自写一份稿子，多次听过他报告的青年学生说，听何老的报告，每次都有新感受，能学到新东西，受到新教育。他还长期担任北京海淀中学等6所学校的校外辅导员。在何学道的遗物中，一份长达9000字的讲稿已经写成，上面赫然写着"3月22日，新源里小学报告用"的字样。何学道的儿子何道深说："这是父亲熬了一个星期的夜才写成的。他戴着老花眼镜，一笔一画写得非常吃力。我为他抄了一部分。父亲回来后，执意又重抄一遍。他说教育青少年是大事，一点也马虎不得。他担心我写的字他认不出，报告时卡壳，让学生失望。"

北京第三师范学校有一部分学生感到毕业后当小学老师低人一等，学习不安心，稀里糊涂混日子。何学道知道后，多次找他们谈心，终于使同学们端正了认识。

另一所大学的一些学生看到党内存在腐败现象，以偏概全，产生了"入党不入党关系不大，当一个酒足饭饱党外人士也不错"的想法。何学道做了大量调查后，自告奋勇和他们谈话，讲述共产党员在战争年代的献身精神、和平时期以身作则的带头作用。学生们听后深受教育。特别是当他们到332路车站，亲眼看到何学道任劳任怨、默默无闻工作时，心里更受到了震动。不少学生向党组织递交了入党申请书，一年后有3人跨入了党组织的行列。

（四）

1943年投身革命的何学道，先后参加抗日战争、解放战争、抗美援朝战争，多次立功受奖。和平时期，他继承和发扬我军的优良传统和作风，在平凡岗位上无私奉献。离休后，他把余热献给首都人民，荣立一等功，被评为全军英模、首都十大新闻人物，荣获了"老有所为精英奖"、"首都精神文明建设奖"、"全国和全军先进离休干部"等多项殊荣，多次受到江泽民等党和国家领导人的接见。

不管情况怎么变，何学道艰苦奋斗的本色始终没变。人们难以想象：一间不足 12 平方米、又矮又窄又潮又暗的简易小平房，就是何学道住的地方。走进平房，进而更让人惊叹：这里没有一样上档次的家用电器，堆满书籍的办公桌破旧不堪，双人木板床的一条腿已经残缺，用 3 块砖头垫起，床头上写着"1959 发"。打开衣柜，没有一件像样的衣服，除了几套旧军装外一无所有。他殉职时脚上穿的旧皮鞋，还是孙子 3 年前穿剩的。

何学道是没房可住、没钱买家具吗？其实，早在 1987 年，部队就分给了他一套三居室住房。可是，他为了在动物园 332 路车站、海淀菜市场服务方便，甘愿蜗居在这样的陋室里。

何学道有两件"宝"：一是行军壶，二是小草帽。每年高温季节，322 路车队都要发汽水，发防暑饮料。而何学道每天出门，总要让老伴装上一壶白开水。他一日三餐粗茶淡饭，买菜购物总是挑最便宜的。过生日，何学道更是独出心裁：窝窝头是他几十年不变的"生日蛋糕"。子女们实在不忍心，多次表示要给他换换家具，买个冰箱，做件高档衣服。何学道总是对儿女说："爸爸现在的生活已经不错了。"

儿子何道深流着眼泪说："前年过春节，我想给父亲买件礼物。这次，父亲很痛快，要求我给他买一个'随身听'收音机。当初我听了很奇怪，直到见父亲上下班路上收听国家大事美滋滋的样子，才明白老人的用意。"这个 260 元钱的"随身听"成了他这一辈子最奢侈的物品。

何学道每月的工资近千元。这些年，他把正常的生活开支压到最低限度，而对灾区人民、希望工程、孤寡老人却毫不吝啬。1992年南方闹水灾，他寄去300元；老家修建烈士陵园，他寄去200元；云南有所小学没有校舍，他3次慷慨解囊；每次去海淀镇看望他常年照顾的两位孤寡老人，他从未空手……

（五）

"戎马生涯五十春秋，严以律己半个世纪。"这是人们送给何学道的挽词。他从参加革命的第一天起，就把党员的标准作为丈量自己行动的一把尺子。

1947年，何学道跟随大部队北上，在路过自己家乡时，妻子和两岁的儿子眼巴巴地站在家门口，多么盼望和何学道说一句分别的话啊！何学道走在行进的队伍里，只是向妻子招了招手。老伴张友英至今还记忆犹新。

1957年，东南沿海形势紧张，组织上动员干部家属回乡，这时，家属随军不到一年的何学道第一个送妻子儿女踏上了南下的列车。许多家属坚持没有返乡，在北京留下来，而张学英和4岁的儿子、3个月的女儿却在苏北农村一住就是两年，最后一个返回北京。

1951年，何学道就当了军械股长，直到1983年离休，他还是副营职股长，在副营岗位上32年没挪窝。他的老领导、老战友赵云吉说，跟何学道相处几年，从未听到他为自己的职务问题说过一句话。

1983年离休后，何学道组织观念依然很强。每个星期的党组织生活会，他风雨无阻，从几十里外的海淀区赶到朝阳区干休所，如实向组织汇报自己的学习和思想情况。今年3月20日，也就是殉职的前一天，他还向干休所领导汇报了22日要给新源里小学做报告的事。参加社会活动得到的纪念品，他总是如数交给组织。他10年前交给

军魂永驻

154

组织的录音磁带、红领巾等物品还珍藏在荣誉室里。

何学道转到新源里干休所 13 年来，没有因私事用过一次公车。今年春节，上级发给每个离休干部 100 斤大米。干休所本来有生活保障车，何学道却没向组织开口，而是每天带上十斤八斤，挤公共汽车拿回来。连拿了十几天。干休所张副政委讲到这里非常惭愧："自己一时疏忽，难为了何学道。"

何学道刚到 332 路车站服务，来回坐车买票时，售票员说："您为 332 路做了那么大贡献，还买什么票！"售票员拗不过何学道，就用一张 5 分的车票敷衍他。后来，车站的领导悄悄地给他办了一张月票，何学道始终不要。他说："组织上已经给我了交通费，这份额外的待遇我不能要。"硬是自己花钱买月票。何学道殉职后，上衣口袋里还装着 3 月份的公交月票。

海淀菜市场经常有一些紧俏商品，多少次商场领导把优质螃蟹、黄鱼等水产送到何学道家里，都被他婉言谢绝。何学道不但自己不在这个菜市场买菜，还不让儿女亲属们进这家商店的门。菜市场要给何学道发一套工作服，他说："我的衣服由国家发，你们就不要费心了。"在菜市场里，他始终穿着女儿为他缝制的蓝色围裙和套袖。

何学道对子女的要求也很严格，大女儿何金花的爱人是司机，结婚时提出让婆家用轿车接，撑撑门面。何学道知道后严厉地说："这个谱不能摆！十几里的路程骑个自行车一样走。"在父亲的教育下，何金花和送行的人骑着自行车出了家门。

何学道家三代单传，孙子何晶出世以后，成了他的掌上明珠。孙子渐渐长大，何学道对他的要求也越来越严格。何晶上小学后，不小心打碎了学校的一块玻璃，怕受批评一直没敢向爷爷说。何学道知道后，严厉地批评了他不说真话的错误，并带着他买了玻璃，来到学校赔礼道歉。

讲革命故事是何学道教育子女的传统方法。平时他少言寡语，但讲起战争年代的斗争故事、英雄人物的事迹来却有声有色。小女儿何小平泪水涟涟地说："父亲临终前几天，给我讲了一晚上他当年打游击、上朝鲜战场的故事。21 日那天，他一句话也没有对我们说。现在想来，他给我讲的这些故事，就是留给我们的遗言。"

何学道走了，走的无声无息、平平凡凡，但就是这些平凡的脚步走出了一条壮丽的人生之路。毛泽东同志说过，一个人做一件好事并不难，难的是一辈子做好事，不做坏事。何学道就是这样一个为人民做了一辈子好事的人。

（原载《战友报》1995 年 4 月 8 日）

柯棣华大夫的中国夫人

印度国际友人柯棣华大夫的名字，和他为世界反法西斯战争所做出的贡献，已经深藏在中国人民的记忆中。而他的亲密战友、中国妻子——八路军战士郭庆兰女士的故事，却鲜为人知。

新西兰女医生帮她圆了抗日梦

卢沟桥事变，南京大屠杀，日本侵略军灭绝人性的暴行，驱使正在北平协和医院当护士的郭庆兰决定投奔解放区。可是，要冲破日伪封锁线到解放区谈何容易？一天，她早年的同学、中共地下党员杜若拉着她的手走到一僻静处，压低嗓音对她说，明天有一位外国女士到协和医院做礼拜，做完礼拜后，你们在礼堂门前的杨树下见面，商议去解放区的事。分手时杜若又叮嘱，到时你手里拿一本英文版《圣经》。

次日上午，郭庆兰早早来到大杨树旁等候。不一会，一个 30 岁左右、金发碧眼的外国女郎果真朝她走来。看到郭庆兰手里拿着的英文版《圣经》，外国女郎用英语说，到你宿舍谈吧。

在交谈中，郭庆兰得知对方是持有英国护照的新西兰人，名叫凯瑟琳·贺尔，1930 年前到中国，公开身份是北平基督教会中华圣公会国际医院的医生，实际上是共产党的地下交通员。她与白求恩大夫是好朋友，经常为八路军解决紧缺的医疗器械和药品。凯瑟琳·贺尔和郭庆兰商定，5月19日早晨在北平火车站见面。一路上，日本宪兵几次检查她们的行李和证件，在凯瑟琳·贺尔的周旋下，都是有惊无险地过了关。

火车到了保定，稍作休整后，她们又匆匆坐上了长途汽车，再换乘老百姓的毛驴车，直到傍晚时分，才到解放区根据地。当郭庆兰看到一群群身穿灰色军装的八路军战士，一条条"打倒日本帝国主义，把日寇赶出中国去"的标语时，两行眼泪滚滚而下。

战火中缔结跨国姻缘

郭庆兰来到晋察冀边区就迫切要求上前线去救护伤员，组织上考虑她是科班出身，便安排她到八路军晋察冀卫生学校护士班当教员。

时隔一年，印度援华医疗队外科医生柯棣华大夫也来到了晋察冀边区。在边区举行的白求恩陵墓揭幕式上，郭庆兰第一次见到了柯棣华。他神情严肃庄重，举止彬彬有礼，给郭庆兰留下了深刻印象。

不久，晋察冀为纪念白求恩，将晋察冀军区卫生学校和医疗队改名为白求恩卫生学校和白求恩国际和平医院。柯棣华被任命为白求恩国际和平医院院长。聂荣臻司令亲自主持大会欢迎柯棣华。从此，柯棣华像一个巨大磁场吸引着郭庆兰。每逢柯棣华做手术，郭庆兰只要有空就到手术室观看；傍晚，总要到柯棣华的住所听他讲印度的风土人情和他的家庭。因为郭庆兰能讲一口流利的英语，柯棣华每次和她谈得自然更多更深些。渐渐地郭庆兰对柯棣华由开始的崇敬之情变为爱慕之情。柯棣华也被郭庆兰文雅的风度，温柔的神态，美丽的仪表所俘虏。1941年11月25日，这对异国情侣终于喜结良缘。

做了妻子的郭庆兰，既要完成繁重的教学工作，又要全力照顾患有癫痫病的丈夫。柯棣华非常感动，写信告诉印度家人："我找了一个贤淑漂亮的中国妻子。"

158

他俩的孩子降生后，聂荣臻司令员亲自起名为印华。郭庆兰对柯棣华爱得更深了。一天晚上，家中没有开水了，她考虑柯棣华做完手术回家一定很渴，便急中生智挤了一杯乳汁放在桌上。果不出所料，柯棣华一回来，端起杯子一饮而尽，连声说真好喝。庆兰见状乐得心里开了花。

然而，郭庆兰快乐的时光实在太短暂了。就在小印华刚出生的第107天，柯棣华在编写《外科总论》时突然发病，虽经全力抢救，但无情的病魔还是夺走了他32岁的生命。郭庆兰抱着印华嚎啕大哭。毛泽东主席亲笔为柯棣华题写了挽联："全军失一臂助，民族失一友人。"朱德总司令致电聂荣臻，派人秘密护送郭庆兰和小印华到延安。郭庆兰在延安工作生活了两年，并在组织的关怀下，和延安八路军联防司令部医政科长张一忱同志结了婚。1946年她回到白求恩医科大学附属学校，继续从事为前方培养医务人员的工作。

万里迢迢拜见印度公婆

1958年，在周恩来总理的亲切关怀下，郭庆兰母子去印度拜见公婆。临行前，周总理在中南海办公室热情接见了郭庆兰母子。总理谆谆教导郭庆兰，要继承柯棣华的遗志，发扬无产阶级国际主义精神，还语重心长地叮嘱印华："你要像爸爸那样，为中印人民多做工作。"

8月9日，郭庆兰携儿子飞抵印度孟买。印度政府以高规格的礼遇迎接她们母子的到来。

柯棣华的家，屋里屋外装饰一新，客厅正壁中央并排挂着柯棣华的遗像和毛主席为柯棣华亲笔题写的挽词。柯棣华的老母亲悉达·桑塔拉姆·柯棣尼斯一见郭庆兰和印华进门，就冲上前去将他们紧紧搂在怀里，久久不肯松手。在场的人全都流下了热泪。当郭庆兰用传统的中国礼节向印度母亲深深鞠躬，亲切呼喊妈妈时，婆媳俩又一次热烈拥抱。

然而，不幸的是，在"文革"中，印华因一次医疗事故断送了生命，郭庆兰的第二个丈夫也因肝癌离开了人间。但郭庆兰没有就此被压垮，她把整个身心投入到儿童保健事业上。

　　"四人帮"粉碎后，国家为柯棣华专门修建了纪念馆。叶剑英同志在纪念馆开馆仪式上接见郭庆兰，勉励她继续为党奉献余热，郭庆兰深受鼓舞。她满怀激情接待外宾，宣传白求恩、柯棣华的国际主义精神。1982年，作为中印人民的友好使者，郭庆兰率代表团又一次踏上了印度国土。拉·甘地总理接见她时，称她是"印度媳妇"，要她经常来印度走走，看看印度的亲人。

（原载《解放军报》1995年7月21日）

军魂永驻

马新林：
我军第一位书法篆刻研究生

作品屡屡摘取全军乃至全国书法大赛的桂冠，国内外许多博物馆、美术馆及收藏家纷至沓来索要、收藏；书法篆刻研究硕果累累，《西汉鱼山刻石及其书法风格》、《文房第五宝》等论文提出的独到见解，令书法篆刻学术界刮目相看。他就是我军第一位文学（书法篆刻研究）硕士研究生、军事博物馆副研究员马新林。

马新林出生在山东省济南市，6 岁时就显示出能写善画的才能，在学生中脱颖而出。1977 年，解放军洛阳外语学院在滕县招收两名学生，马新林报考并被录取。在洛阳外语学院，马新林学的俄语专业，与书法专业风马牛不相及。但学校的所在地洛阳是九朝古都，反映汉、北魏、唐文化的遗迹遍布城内外，这对于一个有志于在书法上有所成就的人来说，无疑是一个得天独厚的外部环境。从此，他一边搞好俄语专业学习，一边学习书法篆刻，在中原大地成为一名让书法界注意的新秀。特别是得到著名书法家朱复戡的亲授，进步愈加显著。毕业后，他留校从事现代化教学电视制作工作，又较系统地临习了西周青铜器铭文、秦始皇诏版、汉张迁碑、礼器碑、颜真卿、孙过庭、怀素以及北魏墓志等，打下了坚实的传统根基。1984 年马新林参加了首届中原书法大赛，一举获得三等奖，并被河南省书法家协会列为有发展前途的青年书法家。

马新林不满足字写得好，印刻得好。他常说："纵观华夏五千年文化史，没有一位书法大家只会写字，他们不是诗人、文学家就是画家、学者。"因此，成为学者型书法家一直是他崇高的追求。从事业余书法创作至今，买了多少书他自己都没数。平时买笔墨纸张石料本身花费很大，买书的钱全靠从牙缝挤。1980 年马新林刚工作不久，看到一套 4 本的《三代古金文存》，这是罗振玉先生的遗著，是学习和研究金文的好临本，他毫不犹豫花 100 多元买了下来。

近年，马新林结合创作发表了许多质量高、见地深的学术论文，在学术界引起注意。《西汉鱼山刻石及其书法风格》全文 7000 字，他用一年半的时间写成，其间 3 次到济宁金乡县鱼山乡亲自访查，亲手拍照片，打拓片，深入老乡家中了解出土时的情况，多次请教当地文物专家、中山大学古文字专家，并查阅了大量文献资料。论文发表后，权威人士认为：该文首次纠正了多处刻辞的初释，言人之未言，正人之谬误，学术价值极高。

（原载《解放军报》1995 年 8 月 10 日）

"敢"字当头创大业

——记9051工厂厂长张守旗

21年前，你一拍胸脯，"拍"出了一个生产芦丁的小药厂，产品销往西欧、南亚和香港；1987年10月，你又一拍胸脯，"拍"活了一个濒临倒闭的制药厂，产品质量冠同行……

你——9051工厂厂长张守旗，拍胸脯拍出了名堂，拍出了威信，拍得工厂兴旺发达。

那是1970年5月，你穿上4个兜的军官服不久，部队决定筹建生产芦丁的小药厂。领导看你干事麻利爱动脑，办事灵活有创劲，让你到石家庄制药厂学来了生产芦丁的工艺。

从未拍过胸脯的你第一次当着领导的面拍了胸脯：请领导放心！没有厂房，你带领几名战士修好了十几间年久失修的破房；没有甩干机，你硬着头皮自己设计图纸，请修理所加工出了机器；没有取药锅，找来大缸代替……

第一批芦丁终于见了"公婆"：有关专家学者鉴定，各种指标全部合格，当年就创利几万元。第二年就出现了外商竞相购买的奇迹，为国家创汇270多万元。

人有喜怒哀乐，厂有强弱兴衰。9051工厂没有赶上时代的步伐，衰败了，濒临倒闭。正当部队领导为找不到"救星"犯难时，你这个离开药厂13年，肩上扛着二杠三星的药房主任出人意料的又一次向领导拍了胸脯，重新披挂上阵。

胸脯好拍事难办。厂房陈旧、设备老化、产品积压、品种单一等一大堆问题摆到你的面前。这时，一向风风火火的你，没有急于烧"三把火"，反倒天天和工人师傅"泡"在一起，搞起了调查研究。

得到了第一手材料，你才开始"急"：你一边带领工人，自己动手翻修厂房，更新设备，改善生产条件；一边大胆实行"奖金向一线工人倾斜"的政策，调动工人积极性，还想方设法与科研单位"套近乎"，开发拳头产品。军事医学科学院首先向你伸出了联合的双手：共同开发国内首创的"马普替林"新药；十多家科研单位慷慨地向你"移植"了20多个新品种。

就这样，一个失去生机的百人制药厂经过你一阵子"折腾"，迅速出现了转机，获全军372家药厂药品展销第一名。1991年全厂产值突破800万元，利润实现81万元，一跃成为全国药品生产效益较高的企业。

（原载《战友报》1992年11月5日）

军魂永驻

军营中的"农民"

——记某团农场场长瞿友清

瞿场长有句口头禅："我没有什么本事，就只会种田，其他也干不来，既然让我干农场，我就应该把种田的本事拿出来，老老实实当好军营农民。"

确实，瞿友清从入伍到农场，一干24年，积过肥、做过饭、养过猪、酿过酒、喂过马，干得都是农民的活儿，都干得极为出色。后来当了官，可还是农场场长，整个儿一个军营农民，然而就在他当场长7年间，仅凭手下的24名兵，800多亩土地，硬是将一个破烂不堪亏损严重的农场，捣鼓成一个农工副渔综合发展、拥有固定资产200万元的现代化农场，而且7年中共创利352万元。切莫小看这些财富，这可是在全军团级农场普遍亏损的情况下红火起来的。

不吹"肥皂泡" 兴业有实招

瞿友清说："社会发展最需要物质财富。"

瞿友清办农场"发家"一直靠实业兴场。在这800亩的农场上，形成了由原来单一农作物种植发展而来的水稻、小麦、高粱、玉米、黄豆等农作物和经济作物并存的生产新格局，粮食产量连年突破百万斤大关。放眼望，一片金黄嫩绿。在这里，有联合收割机、插秧播种机、拖拉机等现代化大中型农业机械；在这里，也有"以粮酿酒、酒糟养殖、粪肥还田"的现代化大循环生产流程。猪肥鸡叫鱼儿跳,六畜兴旺。不仅走出了"部队老老实实办农场个个赔钱"的误区,而且年年人均创利近2万元。难怪被总后勤部评为"全军先进农场"。

兴实业要靠实干。瞿友清左膝盖半月板囊肿摘除手术拆线第二天,他就下地指挥麦收,因担心下雨,他带领大家在地里吃馒头、喝凉水,一干就是45个小时不停歇。酿酒班三伏天要挖11个两米多深的发酵池,瞿友清第一个跳下坑去,累得两腿颤抖,满脸涨红,战士们含泪把他抬出坑口。在农场,瞿友清不仅种田养殖是行家里手,还能开拖拉机,会干泥瓦匠;农场的机械活,也有80%是他亲手干出来的。

当然,瞿友清也会赚"信息钱"、"机遇钱"。但他的秘诀不是钻空子,而是看行情。

前年国家抽紧银根,农产品销售很不景气。农场几万公斤小麦卖不动。瞿友清审时度势,果断决定:将小麦以低于市场的价格一次性抛售。有人提醒说这样赔钱,而瞿友清却说此时"不赔就是赚钱",结果,收益还是高于其他反应"慢三步"的农场。第二年,瞿友清摸清种水稻不赚钱,而黄豆生意看好的行情,冒着风险,一下将稻田改播黄豆500亩。结果去年黄豆价格猛涨,同样耕地面积比种水稻多创收13万元。

发家不忘本　长忆创业难

瞿友清说:"能吃苦永远是兴家之本。"

这个团农场是由常年亏损变成今日盈利大户的。而养殖业的发展可以说是农场先苦后富的一个发展缩影。千头猪场是由百头猪场改造而来。为扩建猪舍,瞿友清带领大家一次就翻盖和加固92间猪舍;饲料短缺,他们又开垦了20亩饲料地,种植了20多亩水葫芦。一次,农场6头猪同时难产,当时正值隆冬,滴水成冰。瞿友清凭着自己当养猪班长的经验,二话没说走进猪圈,又是整胎位,又是掏猪仔,又腥又臭的猪粪污血沾了一脸一身。当为最后一头母猪接生完毕，他已经连续工作了24个小时，刚舒一口气，倒头就昏睡在冰冷潮湿的猪圈里。凭着这种苦中求富的创业精神，农场年产肥猪达5万公斤以上，存栏猪突破了1200头，创造了一个饲养班5年养猪近万头的全军农场人均饲养记录，效益极其可观。

如今，团农场"发"了，但"自讨苦吃"的创业精神仍是瞿友清时时不忘的传家宝。农场要盖一个2000多平方米的新仓库，人都说"盖库房，是富裕的象征；有存放的财富，就花得起库钱。"可是瞿友清偏偏带领全厂人员到15公里外的废旧营房中拆旧料，把一块块旧砖头搬来盖新房，20根房上铁梁都是他一点点焊出来的。本来，把焊接活交给地方干，每根铁梁也只花400元，已经节约了大头，可瞿友清还不干，结果，他加班15天，掉了7斤肉，脸上被电焊火花烧掉一层皮，新库房就这样建了起来。

财大不自大　老实做学问

瞿友清说："科学的精神才是大精明。"

瞿友清是个老实人，却"诓"过一次外国专家，说来也有几分滑稽可笑：

那一年，农场重金买回一台外国进口的大型联合收割机，眼看保修期就要到了，也并未出现大故障。但瞿友清想，这玩意上写的全是俄文，我们又没有捣鼓过它，今后坏了咋办？于是生出一计，把收割机分散开，请老外来装一次，俄罗斯专家来了，瞿友清陪着笑脸讲了一堆故障。他讲一个，老外检查一个，老瞿学一手，折腾一天，分解的零件全部装好，常见故障全讲一遍，一试车，一切运转正常。在老瞿的感谢声中，老外幽默地连呼上当，并用半生不熟的中国话说："我们的两下子，你们全学走了！"

至今，那台进口收割机4年都是农场自己保养维修，除配件外，没花一分钱的修理费。原来老外走的当晚，瞿友清就把各类故障排除程序画成图纸，作为科技资料留存下来了。

瞿友清是学科学的有心人，他最看不上那种恃钱自大、不尊重科学的人，他常讲："人们都说生意人精明，其实，真正的大精明是科学的精明，光有钱，没学问，早晚也要在生意场上跌跤子。"

现在，团农场也算是北京地区的"农业大户"。但瞿友清一如既往追踪着最新农业科技动态，南方刚推开薄膜育秧技术，他就风尘仆仆南下广州取真经，当年应用当年见效；他后来在《参考消息》上看到日本专家推出水稻稀植理论，又马上钻图书馆查资料，向中国农科院求教，并在小范围内进行可行性试验，在北京地区当了第一个"吃螃蟹"的人；小麦保水关直接影响产量，他又请来土壤专家进行土质分析，按土质特性改造灌溉保水系统，小麦亩产一下提高百余斤……

有钱不抖富　锱铢为他人

瞿友清说："金钱应是奉献行为的载体。"

近几年，团农场收益每年以 1.5% 的速度递增，身为一场之长，瞿友清也算是"有钱人"了。但瞿友清有钱不"抖富"，却帮友邻单位赚钱。

本师另一个农场经营不善，连年亏本。新换的场长想改变思路重振旗鼓大"赚"一番，无奈启动资金不足，外面的有钱人不愿贷款。瞿友清两次主动上门，送去 4 万元支票："这钱不计利息，把农场办好再还我。"某部队农场要建个以副补农的酿酒厂，瞿友清又是帮助安装设备，又是给设计工艺流程，还把自己培养的两个技术人员调给该厂，却不收一分钱的技术转让费。

如今，瞿友清是 4 个兄弟部队农场的技术顾问。一切技术、信息和物资的支援全部免费。在他的帮助下，3 个后进农场已经扭亏为盈，起死回生了。

那么，农场自己的钱又是怎么花的呢？

农场同志告诉我们：瞿场长出差，常住几元钱的大通铺；他和几个同志到山西买高粱种子，几天的餐费总共才花 78.92 元，连标准都没吃到。他挣的钱全花在了连队，花在了提高部队战斗力上。

多少年来，部队农场在插秧、收割的季节都要整连整连的调兵干活。瞿友清咬着牙用农场赚来的钱买下了百万元的机械化农具，彻底解决了生产占用兵员问题。几年来，团队军事训练和全面建设年年上新台阶，去年还被北京军区评为"管理先进团"。

（原载《农民日报》1994 年 7 月 13 日）

军营中的「农民」

169

"毒品王国"里的中国军人

鸦片既是毒品，又是可以制成药品的重要原料。

北京郊区，有一幢乳白色全封闭三层建筑，四周被高高的"铁篱笆"围着，老远就可看到门口竖着一块"生产重地,闲人止步"的告示，这里是一家以生产鸦片粉为主的麻醉药品及其复方制剂的企业。1991年，由中国医药工业公司和某师合资兴建。这家仅有170余名职工的工厂，生产的鸦片粉占国家全年计划的三分之一，以鸦片粉为原料的麻醉药品及其复方制剂行销全国二十多个省市,算得上一个小小的"毒品王国"了。

在这个与外界隔绝的世界里，生活着一群身穿国防绿的官兵，他们以战士的赤诚，保证着生产的正常运转和万无一失。

"免疫室"

两年前工厂开工筹建，党支部一班人围着厂区转了又转，一个个紧锁眉头，心里像压了块石板一样沉重：国外的麻药厂高压电网、钢筋水泥浇铸的围墙、灵敏度极高的防盗铃、全程电视监控网，应有尽有，配套成龙，也没能幸免丢失被盗；而我们的工厂，设备比人家落后，管理手段不如人家先进，要做到万无一失，肩上的分量可想而知。压力促使人开动脑筋。党支部一班人从近年世界上发生的形形色色毒品被盗案件中发觉，麻药厂"毒品"的丢失，绝大部分是常在河边走

170

的"湿鞋人"所为。他们的眼睛一下子亮了起来：发达资本主义国家凭借雄厚的经济实力，在职工身后筑起道道防范的高墙，我们可发挥思想工作优势，在职工思想深处筑起理智的堤防。于是，一个"职工思想免疫室"，伴随工厂试产成功的鞭炮声应运而生。

"免疫室"运转两年多，厂里鸦片粉一克也没有丢过。

去年夏天，一位老熟人得知张守真当了鸦片粉生产企业的书记兼副总经理，便盘算着弄点开开"眼"，千里迢迢，登门拜访。一阵热乎之后，言归正传。他用手捂着张守真的耳朵神秘地说："听说老弟厂里生产鸦片粉，能不能弄点……""这是国家管理的药品，我们只有生产的权力，没有……"张守真说着起身请老熟人到厂里转转。张守真将老熟人带进了"职工思想免疫室"，老熟人望着墙上悬挂的"政策法规"、"管理规定"、"前车之鉴"、"黑色陷阱"、"警钟长鸣"等栏目，再也不提要鸦片粉的事了……

舒适又特别的哨位

人们都羡慕战士刘品果和刘亚林。二刘的哨位既舒适又特别。说舒适，是因为他们把守的地方装有空调，铺着地毯，一尘不染，宽敞明亮；说特别，是因为他们手中没有刀枪，电视监控器上的电键就是武器，两个闪烁的荧屏是警卫目标。一年四季，他们总是与此为伴。日子长了，他们看电视看出了水平，连苍蝇也能从屏幕的"雪花"中辨别出来。

去年最后一天，刘品果、刘亚林和往常一样在监控室坚守岗位。突然，一阵微弱的警铃打破了寂静的监控室。两人的心一下子提到了嗓子眼：一年前，大洋洲某国一家麻醉药厂发生的被盗案件立即浮现在他俩眼前，这是一个普天同庆的深夜，两名不法之徒，乘厂休和夜深人静，剪断电视监控线路，躲过三道屏障，潜入成品库，盗走1000多克可卡因……他们想，今晚是辞旧迎新的良宵，工人都已放假，

171

深更半夜，怎么有人进车间？莫非……他们来不及多想，立即作出反应，兵分两路，查明情况。刘品果凝神屏息盯着监视器，敏捷地按动电键，来回调整荧面角度，搜寻蛛丝马迹。同时，刘亚林也飞似的奔向车间，蹲在暗处观察了十多分钟，没发现任何疑点，便返回监控室和刘品果一道围着监视器继续搜寻。突然在楼道口墙角的拐弯处发现了"窃贼"——两只正在窃窃私语的耗子。唉！两人一声长叹，悬着的心总算落了下来。

一次紧张的押运

鸦片的种植、加工、运输、使用，世界麻管组织都有严格的规定。尽管如此，国际上贩毒活动仍然愈加猖獗。战士王祖军、张首建担负运输任务，鸦片装车后，他们不仅要踏踏实实守在车上，而且途中车都不敢停。每次上路前，总要思前想后，包括大、小便都得计算好。

一个大雪纷飞的晚上，王祖军、张首建和押运员从华北某地装上鸦片，返回部队。行至途中，汽车突然发生故障，在一个前不着村、后不着店的地方抛了锚，又没有配件。他们只好穿上大衣，把电警棍别在腰间，分别站到了车头、车尾和车的一侧，等到天明后再想办法。

雪花肆无忌惮地飞舞，三人在冰天雪地里搓着双手，哈着热气，不断变换着守护队形。突然，一辆三轮摩托"嘎吱"停在了他们的车旁，这一突如其来的情况使他们刚刚放松一点的神经顿时紧张起来。三人迅速掏出电警棍，如临大敌一般。"你们是公安局的？"三人几乎同时发问。为防不测，他们把对方的证件逐个验完后才让其靠近。当巡逻人员得知军车上装的是鸦片时，一下子紧张了，立即用对讲机报告了当地公安局。不一会儿，十几名警察飞速赶到，荷枪实弹把军车围个严严实实。当地方公安人员得知三个战士的真实身份和他们为了鸦片的安全已在风雪中整整战斗了一夜的情况时，十分感动，很快热情地帮助他们排除了车辆故障。

军魂永驻

172

无情的"机器人"

麻药制造不同于一般的药品生产。进出车间的手续和各种制度苛刻繁琐。验证、登记、更衣，每一项程序都不能含糊。国外，为了确保万无一失，普遍采用机器人把关，因为机器人执法如山，不讲情面，不管是谁，只要所需的程序不对头，一律亮"红灯"。

麻药厂生产区门岗也有"机器人"。

今年初，工厂质检科与天津一用户发生质量纠纷，负责检验这批产品的一位质检员急了，风风火火从检验楼跑来取样核验。结果被焦永年这个"机器人"拦住了：取样化验需办进入手续，并要两人同行，不符合要求不能进！那位质检员以公事为由，非要闯关，老焦就是不松口，他只好怏怏而退，重新到厂部补办手续。两位质检员心急如焚，取完样便径直往门外走，又被便衣监视员杨文成堵在门口。刚才的怒气还未消，又生枝节，使他们火上加火，嗓门一下子提高了好几度："不让进，还不让出啊！"杨文成笑了笑，不紧不慢地说："不符合规定也不能出。"两位质检员心想需要的手续补来了，要找的人也找来了，没有犯规，于是和门岗较上真。杨文成见他们很是理直气壮，便提醒他们："你们不知道穿什么进穿什么出的规矩吗？"经这一说，两位质检员才发现自己穿的工作服是更衣间的公用品，顿时涨红了脸。一边说："杨师傅，真是服了你了！"一边换上自己的工作服不好意思地走了……

（原载《解放军报》1994 年 1 月 22 日.）

「毒品王国」里的中国军人

173

季厂长善玩市场"魔方"

　　"市场似魔方，它变我也变。"这是某麻药厂厂长季燮震常挂在嘴边的一句生意经。就是因为他善玩市场"魔方"，才使这个建厂只有1年多时间的小厂成为年创利近400万元的中型企业。

　　季厂长玩市场"魔方"首先注意广泛搜集市场信息。他出差、开会，总忘不了走访兄弟企业、产品用户及原材料经销部门；听说举办订货会，路途再远他也要抽空前往。今年初，他从《华东经济信息报》上获悉，该厂生产麻药产品的中间体"扑热息痛粉"因国际市场疲软，出口下降，他立刻预感，在一个时期内此料价格将呈下降趋势。于是，他马上调整进购计划，作出了"随用随采，不压库存"的采购策略，避免了损失。

　　玩魔方要讲策略、辨方向，善把需要的方块运转到所需的地方去。季厂长也是这样。过去工厂没有固定销路，他大胆制定了"以华北为中心，向东北、华东及国际市场辐射"的销售战略，很快取得了成果，销售网点由几个发展到几十个，销量也成倍增长。有一家老字号医药站，以前只认西北某药厂的牌子。他想，这个药站是全国大药站之一，而且离厂近，运输方便，这是一个不可多得的大市场。于是，他采用两种价格并举，代销、试销、经销结合的销售方法，终于叩开了这家

174

药站的大门。

　　玩魔方还要讲技巧，要有熟练的技能。季燮震上任后感到，职工大多来自农村，成年和泥土打交道，对药品质量概念和质量意识十分模糊。为改变现状，他宁可影响生产，也要将工人集中起来，进行质量管理教育。从工艺、操作、质量、安全等方面进行系统讲授，提高了职工的素质。

（原载《解放军报》1993 年 5 月 21 日）

季厂长善玩市场「魔方」

从小兵到总裁

——记优秀退伍军人、北京优龙物业集团 总裁李春明

创业歌

优龙物业集团自 1992 年 6 月挂牌以来，以神奇的发展速度，很快便在京都大地树起了一面旗帜。优龙的今天凝聚了优龙 34 岁的总裁李春明的心血，人们交口称赞，他不愧是"京华优龙"。

从拼苦力到盈大利

14 年前，在陕西空军某部当了三年导航兵的李春明退伍回到了家乡。面对门头沟区 98.3% 的贫瘠山地，他一个星期坐立不安。在走投无路之际，他急中生智，东拼西凑，借了 700 元钱，买了一辆旧三轮摩托车，迈开了创业的第一步。先是起早贪黑给一些小食堂送散装啤酒、蔬菜等食品，挣了点钱。后来他看到，光靠铁路解决晋煤外运压力很大，用汽车运输是一条生财之道，于是他斗胆承包了区龙泉镇运输队的汽车。经过 365 天风风雨雨的长途颠簸，赚了 5000 元血汗钱。拉煤赚钱的经历，使他敏锐地看到了汽车运输的潜力。他果断决策，用所赚的 5000 元，外借 1000 元买了一辆旧 130 汽车。于是，开始了鸟枪换炮壮大实力的过程：从 130 汽车——一辆老式解放

176

车——4部东风140车——12辆黄河车——20辆摩托车和4辆工程车。

1989年，李春明又毅然"开着汽车入社"，把自己几十台工程运输机械，全部交给乡农机公司，创办了运输服务站。为了使运输站的牌子真正树起来，最大限度地提高机械利用率，创造更大的效益，他决心参与大工程，建设大项目，闯出大天地。

重点工程使李春明眼界大开。1992年，他发现物业经营这个新生事物具有广阔的前景，在南方的一些城市发展迅速，而北京还是空白。于是，创建物业公司的想法很快在他脑中成形。经过半年的考察论证、筹备，北京优龙物业集团诞生了。

从简单经营到科学经营

优龙集团的创立，对于只有初中文化程度，从未接受过系统学习培训，一直从事小本经营的李春明来说，既是一种机遇，又是一种严峻的考验。在经营实践中，他广交经济界朋友，并把掌握的理论知识，随时进行纵横联系、互相结合、科学嫁接，很快形成了他独到的经营方略：把不同的机制、不同的经济元素、不同的人员有机结合在一起，形成新的经营优势的"组合经营法"；利用国有资产和资本，公司的资源和物质基础，产生共同资本的"杂交经营法"，把他从自然王国带到了自由王国，收到了出乎意料的成功。企业界的专家学者对优龙的巨变开始无不感到是天方夜谭，有的甚至怀疑他是搞投机、走邪道来的。当他们亲眼看到优龙集团的运作过程个个惊叹不已。我国著名经济学家于光远得知后，决定约见李春明，探讨优龙发展的奥秘。

李春明深知，企业的经营过程是个系统工程，光有好的经营方略远远不够，还必须有一套科学的管理方法和独特的企业文化。李春明常说，人才是企业发展的源泉和动力。企业好比是一辆机动车，人才就是燃料。近几年他不拘一格选人才，引来了近百只"金凤凰"落户优龙。

从报国之心到爱国之举

随着事业的发展壮大，李春明的思想境界也不断升华。对钱的认识有了新的变化，"我手里有钱，父老乡亲还过着贫穷的日子，自己再有钱，心里也不是个滋味呀！"在这个思想支配下，他拿出几十万元的积累，对本地山村的荒山野岭进行综合治理，一次性搞了200多亩经济林，种上了30多万株美国的北斗苹果树和日本红富士果树等优质高产果树，使贫瘠的荒山坡变成了聚宝盆。

十一届亚运会在北京举办的消息传到了李春明的耳朵，他和全国人民一样非常振奋。为表达爱国之心，他拿出3万元，购买了《奥林匹克知识大全》捐赠给组委会及各国官员。国家体委伍绍祖主任对他的爱国行动给予了高度评价。

因为自己曾是军人，李春明脱下戎装后始终惦记"新一代最可爱的人"，分别向北京武警总队后勤基地捐赠价值12万元的爵士乐器等电声设备，向中国人民公安大学教育基金会捐赠价值200多万元的物资及设施。

如果这些捐赠出于朴素的感情向社会和国家回报的话，那么，他后来捐赠价值1000多万元的现代化小学，兴建多功能教育城，再用感情两个字作解释已经远远不够了。这是他站在历史和现实的结合点上，审视民族的兴亡。

于是，他从"教育兴国"的战略高度制定了一整套捐赠方案。现在向大兴县、丰台区各捐赠一所现代化小学的目标已经实现。著名教育家95高龄的冰心老人亲切接见了李春明，称赞他是"真正具有报国之心,爱国之举的企业家"。今年8月28日交付使用的"阳春小学",投资700万元,中国文学泰斗巴金先生奋笔为小学题写校名。

捐赠小学仅是李春明宏伟捐赠计划的前奏。他的重点工程是要兴建一座现代化教育城,为提高整个民族素质,开辟试验田。反映华夏5000年悠久文化的中华文化园一期工程已经竣工。

李春明成功了,仅用三年时间就跨入了大企业的行列。李春明这条"优龙"以双手托起地球的雄心,带领"优龙人"向着更高、更远、更强的目标飞跃。

（原载《中国军工报》1996年2月9日）

从小兵到总裁

中国"封头王"

——记优秀退伍军人企业家孙建华

军魂永驻

孙建华，这个曾在军营里当过代理排长的企业家，正跨着雄健的步伐，向着中国"封头王"的目标冲刺。1992年，他投资2000多万元，生产直径6.5米的大型封头，成为中国之最；1994年，他和日本国北海铁工所合资，总投资2500万美元，筹建了宜兴北海封头有限公司。中国锻协封头成形委员会理事长汪涛教授说，这个合资项目标志着我国封头的生产和世界先进水平缩短了几十年的差距。

不怕摔跟头

孙建华的"封头王"之路，是从糊信封开始、从摔跟头起步的。

1975年，在素有"钢铁部队"美誉的某部穿了6年军装的孙建华，退伍回到家乡，走上乡文化站长的岗位。他在这个岗位上干得很出色，但他却不满足初步的成功。他发现，封头这个钢铁锻压的庞然大物，在石油化工、动力锅炉、铁路运输、核能发电、航天航空等国民经济重要部门有着广泛的用途，便决心抢占这个市场。很快，他组织资金购置500吨液压机，开始生产1.5米直径的封头。谁知，第一次试产封头样品不合格，压机模具报废，损失近100万元。有人编了"孙建华造封头，本想出风头，结果触霉头"的顺口溜。这当口，孙建华想起了连队指导员对他说过的"当失败不可避免时，那么这种失败是伟大的失败"的话，心里亮堂起来。他拿笔写下了"不怕摔跟头，就怕你缩头，只要不低头，曙光在前头"20个字，勉励自己迎难而上。他只身踏上东去的列车，到上海求助封头锻造专家会诊，并请回了一位"星期天工程师"，很快找到了设计错误导致质量不过关的症结。孙建华又马不停蹄奔波于合肥、天津、沈阳等地调查市场，筹措资金，洽谈联营事宜。经过13个月的艰苦拼搏，第二次试产成功。当第一只大封头顺利落地、各项指标达到设计要求时，全厂100多名职工高兴得放开鞭炮。第二年，该厂实现产值2500万元、利税320万元，一跃成为无锡市明星企业。孙建华获得无锡市劳动模范、无锡市优秀企业家光荣称号。在优秀厂长经理座谈会上，他诙谐地说，有人夸我为文人企业家，也有人夸我是农民企业家，我自豪地告诉大家，如果我算企业家的话，那么我是军营里走出来的企业家！

三年三次飞跃

失败后崛起的经历，使孙建华进一步领略了企业生存和发展的真谛：舍不得孩子打不得狼，不敢冒风险当不上王。在创业的道路上，孙建华有三次重大决策、三次冒险、三次飞跃，令人拍手叫绝。

1990年第一次飞跃，经济效益翻两番，跃居苏锡常地区几十个封头厂家前列。

1992年第二次飞跃，生产出我国最大直径的封头，被评为国家专利技术博览会金奖，为我国30万吨乙烯工程配套项目提供了直径6.8米的特大封头，一举名扬全国。

1993年底开始第三次飞跃。当时正是国家级星火项目、6.5米直径封头项目收尾阶段。这时拥有世界最先进封头生产技术的日本国北海铁工所到中国考察了30多家封头厂，寻找理想的合作伙伴，孙建华与广州、上海、天津、大连等封头厂家相比明显处于劣势，但孙建华决心一争。他一方面抓紧直径6.5米封头项目建设进度，提高自身硬件质量，同时以最快的速度组织代表团赴日访问，以表明自己的信心和决心。日方来华投资的天平明显偏向孙建华。在历时 5 个月的谈判过程中，孙建华闯过了语言、技术、法律等难关，表现了"退伍军人企业家"的大智大勇，终于在 1994 年 2 月份正式举行了合资签字仪式。开工典礼时，当时的日本首相亲自致电祝贺。

中日合资宜兴北海封头有限公司投产后，将成为我国封头行业中生产能力最大、技术水平最高的生产基地，国内厚壁、薄壁、异型、不锈钢、有色金属等封头领域的空白将被填补，特别是引进的冷冲压、热旋压厚壁封头生产设备技术，投产后将结束我国厚壁封头长期依靠进口的历史。

向世界第一冲刺

孙建华常说，人生道路有驿站，目标追求无止境。5 年前当他领导的宜兴封头厂经济效益跃居全乡第一，成为市明星企业时，有人劝他，你已经是乡企业的老大，在市里也小有名气，见好就收得了。孙建华却说，我当过"猛追团"的战士，连续作战，穷追不舍，是我们的作风。第二年他及时扩大投资规模，利税比上年又增长了 28%。这时市文化局领导要把他调到市直属文化单位当主官，离乡进城。孙建华说，哪儿都不去，准备吃一辈子封头饭。一批当今世界最先进的设备进厂后，孙建华又把目光瞄准了新的标杆：不仅要建设中国最大的封头生产基地，而且要使员工的素质达到中国最佳。他不惜代价，先后选派 10 名职工到东南大学、南京化工大学、西安交通大学等高等学府深造，并以优厚的待遇招聘了 8 名大学生和 6 名高级工程师，同时还将分批选送业务尖子东渡日本接受正规系统培训。

在沪宜公路旁占地 136 亩的现代化封头城，笔者问孙建华下一步的打算，他胸有成竹地表示：要用 5 年左右时间把公司建成亚洲最大的封头生产厂家，逐步向世界第一的目标冲刺。

（原载《解放军报》1995 年 10 月 17 日）

真情的歌喉献战友

"一到军营就来劲，一见战士便动情。"这是人们对北京军区战友歌舞团青年歌唱演员朱砂，坚持为兵服务方向，把真情的歌喉献给战友的褒扬和赞誉。她穿上绿军装虽然时间不长，但深入基层部队、边防部队慰问演出已达百余场次。那甜润美妙的歌声，一次次倾倒了三军将士，她那对兵的深情厚谊，已经深深地融汇在基层指战员的心里。

朱砂兵龄虽短，但"艺龄"已经十几载。自14岁考入四川省艺术学校，师从邓碧霞习艺开始，在艺术道路上走出了一条闪光的足迹。曾多次为西哈努克亲王等国际友人演出，还随团出访日本，演出160多场，创下场场爆满的记录，日本 NHK 广播电视台现场直播了她的节目；在国内还一次又一次捧得全国性奖杯。1989年获文化部全国曲艺比赛一等奖；1994年荣获全国民歌精英赛金奖。同时，过关斩将连续参加了1995年和1996年的春节联欢晚会演出。不仅演唱艺术造诣较深，而且具有扎实的表演功力。曾在电视剧《乱世惊梦》和电影《间谍战与女色无关》中担任主、配角，受到观众喜爱。

朱砂能圆"从军梦"，纯属偶然。1992年，北京军区重排《长城组歌》，第三曲领唱一直没有找到合适人选。当时在中国音乐学院进修大专班的朱砂前去应试，当场录用，从此，她便穿上了绿军装。也许是对军人朴素的感情，朱砂把自己有幸成为一名军队文艺工作者感到无比神

183

圣。第一次到基层部队演出，面对纯情憨厚的脸庞，热烈真切的掌声，朱砂像孩子般激动得热泪盈眶。为了报答官兵这份真情，她选择用歌表达心声。下部队演出，总是唱了一首又一首，就是唱得嗓子冒了烟，还是坚持。有一次，朱砂连续独唱了七首歌，战士的手掌拍红了，她的喉咙也哑了，连句"谢谢"都没说出来。当得知基层官兵文化生活单调，非常珍惜亲临现场观看专业团体演出的机会，有一个连队为看演出，竟走了三十多里山路，提前两个小时起床，赶来观看节目时，朱砂受到强烈震动，心灵受到洗礼和升华。用她的话，强烈感受到了一名军队文艺工作者肩头的责任："军"字头的歌手，必须把部队作为实践艺术和人生价值的大舞台。从那以后，只要团里组织下部队演出，朱砂总是踊跃报名，一次不落。今年春节，团里决定组织演员到基层部队和官兵共度新春佳节。在此以前，四川电视台、重庆电视台的春节晚会剧组早和她联系好，让她春节回家乡参加演出，朱砂毫不犹豫地留在团里。大年初一到初四和京郊部队战士一起度过了快乐的节日。

为边防战士服务，为边防战友送去笑语歌声，这是朱砂当兵后的最大夙愿。机会终于来了——1995年6月，朱砂随战友歌舞团到内蒙古锡林浩特军分区。一路上，朱砂暗下决心，一定要好好露一手。谁料，天不依人愿，由于长途跋涉，过度疲劳，她病倒了。恶心、呕吐不止，"惨"不忍睹。团里同志都为她捏一把汗，劝她留下休息治疗。朱砂哪肯，愣是咬牙挤上了去边防连队的吉普车。短短十几天，行程千余里，足迹遍及边防数十个小散远单位。在某团再次唱起《老乡见老乡》时，朱砂真诚的泪水感动了台下的观众，激起一阵又一阵掌声。战友们感慨地说，战友情，胜过老乡情啊！

朱砂在我国演艺界虽然早已成名，但为了更好地为战士服务，赢得官兵喜爱，她把自己当作一名"文艺新兵"。平时总是见缝插针拜军队老文艺工作者为师，虚心听取战士对个人演唱风格的意见。在她下部队演出的行囊中，总忘不了带着一本笔记本。现在已密密麻麻记下她从军三年来，下部队演出的感受以及战友们的意见。她视官兵为"上帝"，对每一条建议和意见都认真对待。一次有人给朱砂写了个条子，说她舞台风采不够"军味"，学生味太浓。朱砂一阵脸红后立即改进，很快在战士心中树立了"兵姐姐"的形象；有的说她演出军歌唱得不多，她立马学唱了几十首部队官兵喜爱的军旅歌曲，并决定自己动笔写几首军旅歌曲，满足官兵需要。

为战士演唱，加深了朱砂对军人的理解，密切了她和基层官兵的真挚感情。离开舞台对战士依然像唱歌一样真情一片。战士们提出签名合影等要求她都一一满足，战友们来信提出的各种各样的问题，她都耐心解答，托办的事情每件都认真对待。有一位边防战士酷爱文艺，请朱砂买一套自学音乐的丛书。朱砂一大早骑自行车跑了四家书店才买齐，并立即寄往边防。那战士收到书后非常激动，来信说："我随便一说，真没想到您这样认真！"还有一次，朱砂坐地铁去八大处上班。一下士抱着一箱苹果因拥挤散满车厢一地，小战士弯腰捡苹果，周围少数乘客不帮忙反而用脚踢苹果。朱砂见状，挺身而出，一句"当兵的奉献了青春难道还要奉献人格"的责问，使刚才那些对战士无礼的人，个个呆若木鸡，自惭形秽。接着朱砂还帮助战士把苹果捡到箱里，提前下车送他上了公共汽车。受辱的战士激动不已，当得知朱砂是一名部队演员时，更是激动，声泪俱下：您才是我们战士追逐的"星"啊！

（原载《解放军报》1995 年 7 月 18 日）

真情的歌喉献战友

二、消 息

认清肩负历史使命
忠实履行神圣职责

本报讯 中共中央总书记、中央军委主席江泽民，今天接见了北京卫戍区、武警驻京部队和北京市公安干警团、处以上干部，要求广大指战员、武警官兵和公安干警，要认清自己肩负的历史使命，忠实地履行首都卫士的神圣职责。

11月6日至8日，江主席考察了北京市的工作。他驱车跋涉，风尘仆仆，深入农村、工厂、商店、学校、建设工地，同干部和群众亲切交谈，并看望了北京卫戍区、武警驻京部队的官兵和北京市的公安干警。

对北京卫戍区、武警驻京部队和北京市公安干警为保卫首都安全、维护社会稳定所做出的贡献，江主席给予了高度评价。江主席说，北京是祖国首都，是我国政治、文化中心。党的十一届三中全会以来，北京市的各项事业都有了很大发展，这是与北京卫戍区、武警驻京部队指战员和北京市公安干警的努力分不开的。你们坚守岗位，勤勤恳恳地工作，为改革、建设和对外交往的顺利进行，为首都人民的工作和生活，提供了有力的安全保证。特别是前不久，在北京举行的联合国第四次世界妇女大会取得圆满成功，你们为此做了出色的工作。我代表党中央、国务院、中央军委，向你们表示亲切的慰问。

江主席说，任何一个国家，首都的稳定都至关重要。只要首都稳定，就可稳住全局。他希望广大指战员、武警官兵、公安干警，要大力发扬我党我军的优良传统，牢记全心全意为人民服务的宗旨，保持人民军队的政治本色。要大力加强军事和专业技术训练，努力提高现代条件下警卫执勤的能力。要进一步加强军政军民团结，密切军民关系。要把保持首都的稳定作为神圣使命，为维护首都安定团结的政治局面，推动首都"两个文明"建设的发展，作出新的更大的贡献。

陪同江主席视察部队的有中共中央政治局委员、北京市委书记尉健行，中央军委委员、总政治部主任于永波，北京军区司令员李来柱，北京市市长李其炎，中央有关部门负责同志曾庆红、何椿霖、陈锦华、王忠禹、戴相龙、滕文生等。

11月6日至8日，江主席在北京市考察工作期间，接见了北京卫戍区、武警驻京部队、北京市公安干警团、处以上干部。

（原载《解放军报》1995年11月8日）

189

切实加强思想政治建设
履行卫戍首都神圣责任

　　本报讯　市委书记、卫戍区党委第一书记尉健行，7月14日下午，在卫戍区党委六届八次全体（扩大）会议上，要求全区部队切实加强思想政治建设，真正履行好卫戍首都的神圣责任。

　　这是尉健行同志担任市委书记、卫戍区党委第一书记以来，首次和卫戍区团以上干部见面。他首先对卫戍区新的领导班子团结协作、带领部队取得的成绩以及部队建设呈现的好形势，给予了充分肯定，并围绕加强部队思想政治建设讲了话。

　　尉健行说，近一个时期，军委主席江泽民反复强调："必须高度重视军队的思想政治建设，必须把它摆在全军各项建设的首位。"这一重要指示，指明了新时期军队建设的方向，对于增强部队凝聚力、战斗力，促进部队全面建设具有重要的指导意义。我们必须认真学习，加深理解，切实把这件关系全局的大事摆在首位，抓紧抓好。

　　尉健行指出，加强思想政治建设的内容是多方面的，但最重要的是保证党对军队的绝对领导，使部队在任何情况下都同以江泽民同志为核心的党中央、中央军委保持高度一致。对此，我们卫戍区部队各级领导干部态度更要鲜明，行动更要自觉。加强思想政治建设，不仅

190

要增强政治上的坚定性，还要增强思想道德的纯洁性，把抵御腐朽思想文化侵蚀，作为加强部队思想政治建设的突破口。要用邓小平同志建设有中国特色社会主义的理论武装官兵头脑。与此同时，还要用严明的纪律约束部队，用严格的管理引导官兵的行为。加强思想政治建设，领导干部和领导机关是关键。对我们领导干部来说，最重要的是牢记党的全心全意为人民服务的宗旨，牢记自己手中的权力是人民给的，必须用来为人民谋幸福，为国家作贡献。

尉健行强调，卫戍区直接担负着保卫党中央、国务院、中央军委和维护首都安全稳定的光荣任务，地位重要，责任重大。要真正履行好卫戍警卫部队的职能，必须认清形势，明确责任，紧紧围绕警卫值勤和维护首都稳定这个中心做工作，树立常备不懈的思想，高标准、高质量地做好各项工作。

尉健行还通报了北京市的经济建设形势和深入开展反腐败斗争的有关情况。他希望卫戍区广大官兵团结一致，振奋精神，努力工作，不断加强部队的革命化、现代化、正规化建设，为首都的改革和建设做出新的贡献。

这次卫戍区党委扩大会议历时两天。会议传达贯彻了全军思想政治建设座谈会精神，卫戍区党委书记杨惠川总结了上半年工作，市委常委、卫戍区党委副书记刘逢君就下半年工作作了部署。市委常委段柄仁、卫戍区黄伯诚、孙本胜、姜吉初、邵德龙、李文华等领导同志出席了会议。

（原载《北京日报》1995 年 7 月 15 日）

切实加强思想政治建设 履行卫戍首都神圣责任

当好忠诚卫士 让党绝对放心

北京卫戍区党委引导官兵把党和人民的需要作为崇高的人生追求

本报讯 北京卫戍区党委紧密联系部队的特殊地位，引导官兵牢记神圣使命，把人生坐标定在让党放心上。

卫戍区党委在研究如何搞好人生观教育时感到："忠诚党的警卫事业"是警卫战士最崇高的人生追求。为此，他们在准备教育材料时，专门安排了《继承发扬优良传统，忠诚党的警卫事业》一课，保证教育紧扣"为党和人民站好岗"这个主题。通过主要领导登台为官兵授课，组织官兵围绕"为谁站岗、为谁放哨"进行专题讨论等多种形式，重温卫戍区部队的光辉历史。大家普遍谈到，卫戍部队的光辉历史是几代人用鲜血和生命写成的，作为后来人，必须为卫戍部队增添新的光彩。他们还组织官兵剖析近几年在市场经济大潮中败下阵来的反面典型，长鸣警钟；收看《英雄人物话人生》等录像片，在对比教育中领悟人生真谛；大力宣扬全心全意为人民服务的模范警卫战士张思德、老英雄何学道，树立了何卫平等一批优秀干部，充分发挥典型的示范作用。官兵们表示，要像英雄模范那样工作、生活，做一个让党和人民放心的忠诚卫士。

（原载《战友报》1995 年 5 月 30 日）

首都军民欢送退伍战士

三总部和北京市领导等到车站送行

本报讯 今天是驻京部队退伍战士返乡的第一天。副总参谋长曹刚川、总政治部副主任周子玉、总后勤部副部长左建昌以及二炮、北京卫戍区和三总部有关部门领导到北京站为退伍战士送行，北京市副市长何鲁丽等也到车站送行。

今天上午，北京火车站二楼中央大厅新老兵候车室里，歌声嘹亮，掌声阵阵，气氛热烈。"祝退伍返乡的战友一路平安""不忘军队传统，永葆军人本色"等巨幅标语悬挂在大厅四周。总政歌舞团、话剧团、军乐团的演员们载歌载舞，为退伍战士演出了精彩的节目。

上午 10 时 40 分，三总部欢送退伍战士仪式开始举行。曹刚川、周子玉、左建昌等领导同志分别讲话。他们充分肯定了退伍战士在服役期间为国防建设，为保卫党中央，保卫首都人民作出的优异成绩；赞扬他们有功于国家、有功于人民、有功于军队；希望大家牢记党和人民的嘱托，讲文明、守纪律，在新的岗位上发挥退伍军人的优势，艰苦奋斗，努力进取，建立新的业绩。同时，他们对北京市、铁道部等有关部门为退伍战士顺利返乡所做的大量辛勤工作表示感谢。老战士代表表示，决不辜负部队首长的期望，做到退伍不褪色，为建设家乡做出新的成绩。何鲁丽副市长也在欢送会上讲了话。

三总部的领导同志还走上站台，为乘 9 次列车返回四川的退伍战士送行。许多老战士握着领导同志的手热泪盈眶。在总政军乐团演奏的"欢送曲"中，驻京部队首批退伍战士带着首长的嘱托，带着首都人民的深情厚谊，恋恋不舍地乘坐 9 次特快列车，徐徐驶离北京站。

（原载《解放军报》1995 年 11 月 25 日）

再向国旗敬个礼

本报讯 12 月 1 日清晨，天还没亮，天安门广场已聚满来自全国各地观看升旗的人们，其中 500 余名胸戴大红花，排着整齐队伍的军人格外引人注目。他们是北京卫戍区的退伍战士，在即将脱下戎装之际，到这里举行向国旗敬最后一个军礼活动。

这批退伍战士里有 70 多名是站完最后一班岗匆匆赶到天安门广场参加仪式的。安徽籍战士代召宝凌晨 3 点半才下哨，他说，站在国旗下心情特别激动。某团 8 连在香山脚下值勤，有 4 名刚下哨的老兵没赶上车，连队干部叫了一辆出租车把他们送到广场。

7 时 13 分，国旗卫士们迈着整齐的步伐，从金水桥畔向广场走来。老战士们个个凝神屏息，深情的目光随着国旗卫士的步伐缓缓移动。当军乐队奏响《义勇军进行曲》时，500 多只右手齐刷刷地举起，庄严地向国旗敬礼。一位名叫胡宇的老兵，向国旗敬礼后激动地说，在摘下领章帽徽前向国旗敬最后一个军礼，胜过千言万语！

短暂的升旗仪式结束后，退伍战士向国旗庄严宣誓："永远忠于党，永远忠于人民，永远忠于祖国，为军旗添彩，为国旗增辉，用青春和热血再造辉煌，为祖国再立新功……"

（原载《解放军报》1995 年 12 月 3 日）

中央国家机关今年将
接收 600 余转业干部

本报讯 由国务院军转办举办的中央国家机关接收军队转业干部协商分配会,今天在京举行。

据了解,自 1987 年以来,按照"控制数量,保证质量"的要求,中央国家机关 7 年来共接收安置军队转业干部 7500 余名,对加强中央国家机关干部队伍的建设,起到了积极的作用。去年,中央国家机关各部门在进行机构改革、精简人员的情况下,积极采取措施,接收军队转业干部 885 名。

据介绍,今年中央国家机关计划接收 600 余名转业干部。将采取计划分配、供需见面、双向选择、考核选调和考试录用相结合的办法进行。由卫戍区和武警总部转业办、驻京军队各大单位的联络员向中央国家机关推荐介绍今年转业进京干部的情况,中央国家机关及所属的企事业单位到会进行选调。对在部队服役时间较长、职务较高、贡献较大的干部和女干部,将给予照顾安置。

国务院军队转业干部安置工作小组组长、人事部部长宋德福,总政治部主任助理唐天标等有关领导到会与部队、用人单位及转业干部交谈情况。

(原载《解放军报》1995 年 3 月 22 日)

北京卫戍区举行
预备役军官授衔仪式

本报讯 今天，北京卫戍区隆重举行预备役军官首次授衔仪式。中共中央政治局委员、北京市委书记、北京卫戍区党委第一书记尉健行，总政治部副主任唐天标，北京军区政委谷善庆等出席。

授衔仪式上，北京军区政委谷善庆宣读了江泽民主席签署授予孙康林等预备役大校军衔的命令，北京卫戍区政委李文华宣读了由北京军区首长签署的授予郑国本等预备役上校军衔的命令，并向他们颁发了军衔军装。

唐天标代表三总部向首批被授予预备役军官军衔的预备役军官表示祝贺。他说，为全国的预备役军官评定授予军衔，是中央军委为加强新时期预备役军官队伍建设作出的又一重要举措。预备役军官军衔制度的正式实施，对于深入贯彻邓小平新时期军队建设思想和军委新时期军事战略方针，进一步健全军官军衔制度和预备役军官制度，提高预备役军官质量，加强国防后备力量建设，具有十分重要的意义。他希望广大预备役军官被授予军衔后，既要看到荣誉，更要看到责任，不辜负党和人民的厚爱与重托，牢记我军的宗旨，牢记自己的职责，更加严格地要求自己，认真履行兵役义务，努力为党和人民、为军队

197

建设做出更大的贡献。

　　授衔仪式由北京卫戍区司令员刘逢君主持。北京市委常委、组织部长杨朝仕代表市委、市政府向首批被授衔的预备役军官表示热烈的祝贺。北京某预备役团政委、预备役上校军官、北京市西城区区委书记李炳华代表授衔的预备役军官讲了话。三总部有关部门及北京军区和北京市委、市政府的有关领导也参加了授衔仪式。

　　　　　　　　　　　　（原载《解放军报》1996 年 7 月 25 日）

军魂永驻

首都驻军表彰
军风军纪交通安全先进

本报讯 首都驻军昨天召开表彰大会，表彰在 1994 年度军风、军纪、军车交通安全工作中做出优异成绩的先进单位和个人。总参通信兵部等 40 个单位和王建国等 47 名个人受到表彰。副总参谋长曹刚川、总后勤部副部长左建昌等领导同志和驻京各大单位负责同志出席了大会。曹副总长在讲话中要求驻京部队坚持依法从严治军的方针，在抓管理上下功夫，狠抓条令条例的落实，进一步做好北京地区的卫戍勤务工作。他特别强调要做好"两会"期间的军风军纪管理和交通安全工作，确保"两会"的顺利召开。

（原载《解放军报》1995 年 2 月 25 日）

《共和国仪仗兵》
一书出版发行

本报讯 由中央军委委员、国防部长迟浩田题写书名，中央文献研究室、军事科学院、北京军区政治部等编纂的长篇报告文学《共和国仪仗兵》一书，今天出版发行。

该书以翔实的材料披露了我国三军仪仗队成立40多年来的历史，记述了以毛泽东、邓小平、江泽民为核心的共和国三代领导人对仪仗官兵的关怀和期望；实录了我国仪仗健儿"献身仪仗，为国争光"的动人事迹。

（原载《解放军报》1994年12月10日）

首都各界欢送新兵入伍

本报讯 今天下午，北京火车站鲜花挥舞，彩旗猎猎，洋溢着一派节日的气氛。首都各界在这里举行仪式，隆重欢送1995年新兵入伍。热烈的场面吸引了南来北往的旅客，近万名群众驻足观看。

来自北京东城区的400名小学生组成的花束队、鼓乐队和海军战士军乐队早早地来到站台上，迎着凛冽的寒风等待着新战士的到来。下午2时，数百名佩带大红花、排着整齐队伍的新战士步入站台，北京站所有彩色电子屏幕同时推出标语："热烈欢送新战友光荣入伍""祝新战友一路平安"。北京市有关领导代表首都1000多万人民向新战士致了欢送词。

（原载《解放军报》1995年12月12日）

运用学术研究成果指导训练

某高炮团年终考核击落4个拖靶
取得历史最好成绩

本报讯 近日，某高炮团在一年一度的年终高炮分队实弹射击比武中，一举击落4个拖靶，取得了本次比武的最好成绩。宋团长对笔者说，取得这样的成绩，与注意运用学术研究成果指导训练分不开。

这个团过去连续5年只击落一个拖靶，训练成绩没有新的突破。团党委年初分析原因时认为，关键在于基础训练没有打牢，快速反应速度没有提高。为此，他们从未来战争对高炮的要求出发，在全团开展了"向学术研究、技术革新要战斗力"的活动，依据"快反"要求确立了30个改革训练方法和器材等攻关课题，制订和公布了学术研究奖励办法，鼓励官兵投身学术研究活动。此外，他们还请炮兵专家来队讲学，解决疑难问题。这一系列措施，调动了指战员钻研军事科学技术的积极性。

今年以来，该团有6项器材革新成果被上级推广，3项成果获得军区科技成果鼓励奖。这些技术成果经过推广交流，转化为现实战斗力。仅"均衡法班协同操作"一项就比过去训练的速度提高了3倍；红外线捕捉目标替代人工观察后，准确率大为提高。

（原载《解放军报》1991年11月28日）

以体育训练经验指导军事训练

某团多次取得比武考核优异成绩

本报讯 某团借鉴体育训练经验指导部队军事训练，尝到了甜头，多次在上级举行的比武考核中取得优异成绩。

1990 年，这个团官兵参加第十一届亚运会团体操《体坛英姿》表演后，就与体育结下了不解之缘。团党委在参与体育运动的实践中发现，体育训练和军事训练有许多相同之处，运动员的拼搏精神、先进的训练方法，都值得借鉴。今年以来，他们先后十多次从国家体委训练局请来教练给该团讲授运动理论和操作示范，并把学到的体育训练理论及时运用于军事训练实践，推广了"人体肌能和生物钟"相结合的施训思想。笔者仔细翻阅《周训练计划表》，与众不同的是，这些表全都是按时间单位安排训练内容。参谋长告诉笔者，"人体生物钟"高潮时搞强化训练，提高成绩；"生物钟"处于低潮时，进行简单动作操练，便于恢复兴奋。实践证明，这样安排遵循自然规律，科学合理，有助于训练水平的提高。

（原载《战友报》1992 年 9 月 19 日）

借鉴外军经验 提高训练水平

军魂永驻

　　本报讯 某师利用对外开放的有利条件，借鉴外军管理和训练经验，创造了该师训练史上 12 项新纪录，被北京军区评为训练先进师。

　　这个师平均每年要接待世界五大洲来访的贵宾几十批。4月19日，他们为某军事代表团作了第 556 次迎外表演。在打开营门"给人看"的同时，他们自觉利用这个"窗口"学别人。师成立由师主官参加的"学习外军指导小组"，指定了 8 名训练管理内行并具有一定外语基础的军官为"交流学习小组"成员，负责收集外军资料，研究外军优长，并指导部队学习。在外军代表团来访前，师"学习外军指导小组"先向部队介绍来访军队的特点和长处，增强交流的针对性；外军参观后整理他们的留言和谈话，并将外军的建议列出条目，供决策参考。

　　对外军科学的治军经验，凡是符合我军建设客观规律的，这个师便大胆实行"拿来主义"。比如，不少来访军队实行按级负责的管理做法，符合管理工作的客观规律，他们便借鉴过来，制定出适合自身特点的目标管理责任制，从而使管理工作得到了加强。

　　在实施训练改革过程中，这个师党委还借鉴了外军"训练野战化"的经验。司、政、后、技四大部围绕"训练野战化"改革训练内容，成功地组织了一场30多年从未搞过，"火药味"、"现代味"很强的实兵实弹演练。演练运用了全军最先进的"快反"系统、最新型的装甲车辆，还参照外军最新资料，研练了新的战法，受到了总部、军区领导的肯定和赞扬。

（原载《解放军报》1994年6月11日）

找准问题 攻克难点

攻关训练成效显著

本报讯 不久前一天，某师领导带领机关干部来到燕山脚下的某团训练场，了解难点课目的攻关情况。官兵们在狂风裹着黄沙、视度不良且毫无准备的情况下上阵，结果班用机枪射击二练习、冲锋枪点射均取得了近年来从未有过的好成绩。

今年开训后，这个师根据历年训练的难点和去年训练中暴露的问题，确定了冲锋枪点射、班用机枪射击二练习、四〇火箭筒修偏等 11 个攻关课题，并抽调 20 余名训练尖子组成"攻关指导组"解难释疑，对 11 块"硬骨头"一块一块地啃。班用机枪射击二练习是个老大难问题，他们在组织集训时，把摄像机镜头对准参训骨干，录下全套操作动作，让每个官兵对照规范动作，自己找差距。部队攻关小组检查一个，过关一个，升级一个。在实弹射击场，笔者看到射击时不再是一枪定音，二十人打一次体验射击，验一次靶，总结一次，交流一次，再继续打。一上午，笔者查验了 4 次成绩，一次比一次好。

两天后，师里验收 11 个难点课目的攻关成果。上午尖子比武成绩比较理想，中午天空飘起雪花，为下午的点将比武增加了难度。但出乎意料，50 名比武者成绩全部合格，总评优秀。

（原载《战友报》1992 年 5 月 2 日）

军魂永驻

从突破训练难点入手抓质量

本报讯 3月18日，今春的京郊刮起了第一场大风。某师领导带领机关干部来到燕山脚下的某团训练场，了解难点课目的攻关情况。一个营的部队在狂风裹着黄沙、视度不良且毫无准备的情况下上阵，结果班用机枪射击二练习、冲锋枪点射均取得了近年来从未有过的好成绩。

去年的年度训练任务完成后，预备期复训抓什么？这个师的领导认为，重点应放在突破去年的训练难点和弱项上，为提高新年年度训练质量创造条件。为此，他们根据历年训练的难点和去年训练中暴露的问题，确定了冲锋枪点射、班用机枪射击二练习、四〇火箭筒修偏等11个攻关课题，并抽调20余名训练尖子组成"攻关指导组"解难释疑，对11块"硬骨头"一块一块地啃。班用机枪射击二练习是个老大难问题，他们在组织集训时，把摄像机镜头对准参训骨干，录下全套操作动作，并变成慢镜头播放，让每个官兵对照规范动作，自己找原因。部队攻关训练全面铺开后，攻关小组的成员检查一个，过关一个，升级一个。在实弹射击场，笔者看到射击时不再是一枪定音，而是打一次体验射击，验一次靶，总结一次，交流一次，再继续打。一上午，笔者查验了4次成绩，一次比一次好。

3月20日，师里验收11个难点课目的攻关成果。上午尖子比武成绩比较理想，中午天空飘起雪花，为下午的点将比武增加了难度。出乎意料的是50名参加点将比武的成绩全部及格、总评成绩达到优秀。

(原载《解放军报》1992年4月8日)

平战结合 训用一致

"核化救援"训练走进演兵场

本报讯 某防化团发挥专业特长，把"核化事故救援"纳入训练内容，走出了一条"平战结合"的训练之路。这一做法最近受到总参兵种部的肯定。

这个团把"核化救援"正式纳入训练内容始于两年前。他们分析国内外发生的几起核化事故后感到：随着国家核化工业的飞速发展和核能、化学能的广泛应用，发生核化泄露、火灾等事故的危险增大。"核化救援"训练不仅是战时的需要，还是充分发挥防化兵职能，提高战斗力的有效途径。

"核化救援"不同于一般的抗自然灾害，救援难度大，技术要求精，危险系数高。这个团成立了以团长为组长的"训练改革攻关小组"，确定了改革试点分队，经过反复论证制定了《核化救援训练纲目》。团派出"核化危险源调研组"，走访了近百个单位，了解核化危险源的分布、种类、数量、特性等情况，并输入"核化救援"数据库。在此基础上，定下了各种应急行动的具体方案。笔者看到，方案上人员数量、装备种类、开进路线、救援方法等都写得十分细致。

为增强"核化救援"训练的针对性，该团每年还把部队拉到驻地附近的一个石油化工公司，和公司安全人员一道进行联合演练。"核化救援"训练搞了两年，虽没经过实战检验，但此举好处确实不少。倪团长稍加思索就列出了两点：一是丰富了训练内容，激发了训练热情；二是扩展了和平时期部队支援地方建设的内涵。

（原载《战友报》1994 年 10 月 7 日）

新老装备有机结合成果喜人

某炮兵团 11 个课目创造历史最好成绩；8 个射击课目命中率达 100%，快速反应能力较前提高 12 倍

本报讯 "八一"前夕，某炮兵团传出喜讯：该团新型炮兵指挥射击自动化系统投入训练一年，新老装备实现了有机结合，快速反应能力显著增强。

去年 7 月，该团在上级机关的帮助下，装备了全军最先进的快速反应系统，但在训练过程中一度快不起来。作训部门经过认真分析感到：只有实现新老装备的最佳结合，才能真正快起来，生成战斗力。于是，他们把新老装备衔接作为训练的重点，有意识地把指挥训练和阵地操作训练放到一块进行，共同探索新老装备达到最佳结合的规律。针对新旧装备性能上的明显差距，他们千方百计挖掘老装备的潜力，先后研制出了"送弹加速器"等 12 种新型器材，使传了几代人的旧装备焕发了青春，从而较好地适应了指挥系统快速、准确运转的要求。前不久，该团进行实装实弹演练，实施 5 次效力射，次次首群覆盖目标。

（原载《战友报》1994 年 7 月 30 日）

炊事班战斗班都应刻苦训练

某团"红五连"追求全员军事过硬

本报讯 北京卫戍区某团"红五连"全面加强军事训练,对战斗班、炊事班一样下功夫锤炼,对一线兵、勤杂兵一样严格要求。他们不满足于培养少数技术尖子,而追求全连全员军事过硬。如今,"红五连"的官兵全都能担任迎外表演任务,司务长能充当仪仗方队长,军械员充当了军旗手,基准兵有两名是炊事员。

训练不行的当不了勤杂兵。五连挑选勤杂人员首先考虑训练基础,明文规定:炊事班正副班长必须是战斗班的训练骨干。据了解,现任司务长是全师训练尖子,5公里越野成绩名列前茅;炊事班长王小虎原是战斗班骨干,战术表演多次获得外宾称赞。

训练跟不上趟的坚决"回炉"。训练不行到炊事班去,这是一些单位提高连队考核成绩的"惯招"。红五连炊事人员、勤杂人员训练跟不上趟的,则再回战斗班磨练。战士赵金勇到炊事班后,渐渐训练跟不上趟,连队及时将他放回到战斗班"回炉"。不出三个月,小赵不仅训练赶上了队,而且跨入了先进行列。去年这个连队把炊事班人员几乎换了一遍,从而保证了后勤人员的训练水平。连队在师建制连全员考核中,成绩居全师前列。

敢让炊事兵、勤杂兵唱主角。在执行军事表演、考核等重大任务

210

中，他们优先挑选炊事、勤杂人员，多给他们创造锻炼的机会。去年师尖子兵比武，要求五连出 5 名代表。战斗班刘永平和炊事班吴少波因训练成绩旗鼓相当同时进入了候选人名单，最后连队毫不犹豫地确定吴少波入选。

不让一名炊事、勤杂人员掉队，促进了五连整体训练水平提高。去年师里组织训练尖子比武，五连在 5 公里越野、单兵战术两个项目上一举夺魁，还获得了参加比武尖子最多、夺牌最多两个第一。

（原载《战友报》1995 年 4 月 25 日）

炊事班战斗班都应刻苦训练

老战士实弹射击唱主角

某团 400 多名老战士为完成年度训练任务挑大梁

本报讯 入冬以来,京郊北部山区寒风习习,气温骤降。到这里驻训的某炮团却热气腾腾,龙腾虎跃。在现场组织训练的一位团领导告诉笔者,退伍临近,全团 416 名服役期满及超期服役的老战士,依然活跃在训练第一线,为完成年度训练任务继续挑大梁。

退伍工作改成冬季进行后,这个团党委进行了分析研究,根据部队专业性强,技术兵多,老战士大多是训练骨干,年终实弹射击演习这一幕戏还要靠老战士去唱主角的实际,及时制定了发挥老战士积极因素的各种措施。他们在全团开展了以正面宣传老战士业绩为内容的"宣传老兵习武精神,展示临退老兵风采"活动;通过自上而下评选的方法,评选出全团老兵"十佳训练标兵",且为他们披红戴花照相立传;举行老战士事迹报告会,并将先进事迹材料,以部队党委名义向地方政府推荐。这一系列活动的开展,在老战士中引起了强烈反响,许多老战士表示,要珍惜军旅生涯,为部队实弹演习打好最后一炮。老战士冯会在部队驻训开进当天突然发烧,领导让他留营看病,他去卫生队打了针退烧针,硬是跟随部队踏上了野营驻训的征程。老战士、班长宋九伟,平时带领全班刻苦训练,这次实弹射击,严格按实战要求,认真组织指挥,取得首发命中的好成绩。

(原载《解放军报》1990 年 12 月 21 日)

兵马未动 主官先行

某师利用训练转换期抓好军事主官训练

本报讯 数九寒天，古长城脚下的某训练场一派热火朝天的练兵景象。某师四级军事主官，正在这里亮弱项、训难点，趁春节前年度训练转换的间隙，实行强化训练，为部队开训打下基础。

这个师担负着全训任务，师党委在研究如何提高今年军事训练质量时深切感到：指挥员的素质，决定着全员训练质量的高低。在这个思想指导下，他们克服春节前工作头绪多的困难，定下了集中四级军事主官进行强化训练的决心。

这个师依据训练大纲，在开训的头一天便把参训主官拉到训练场，一个一个地过，一项一项亮相，为确定以教学法为重点的强化训练指导思想提供了依据。

这个师要求指挥员在高标准达到大纲规定的训练能力上下功夫，训一项，考一项，过关一项，张榜一项。过不了关，就吃"小灶"。在训练场，笔者看到4名少校、5名中尉，在一天内连续接受了3次射击教学法考核。3名个人素质较差的连长在比武中多次被指名上场，较好地达到了以考促训，用比促训的目的。

一位主管军事训练的领导，看了尖子对抗赛后，又从干部集训队中随意点了十几个"将"，当场进行同样课目的表演，结果和尖子难分高低。

（原载《解放军报》1992年1月28日）

训练质量要提高 主官本领须过硬

某师集训各级军事主官

本报讯 雪花飞舞，寒气袭人。某师百余名各级军事主官在恶劣的气候条件下摸爬滚打，苦练过硬本领。

这个师党委在回顾分析去年军事训练形势时深深感到，虽然去年训练取得了大面积丰收，但也暴露了许多薄弱环节。指挥员军事素质不很过硬，直接影响了训练质量。为此，党委叫响了"训练质量要提高，指挥员素质先提高"的口号，并在年终岁首工作头绪很多的情况下，定下了集中培训各级军事主官的决心。

为使培训做到有的放矢，学到更多的东西，这个师在认真进行摸底分析的基础上，确定了以正规化训练为主线、教学法为重点、全面提高个人军事素质的集训指导思想。他们将考核和比武贯穿于训练全过程，以考促训，用比促训，做到训一项，考一项，过关一项，张榜一项。某单位的军事主官，过去对轻武器射击、军体、队列教学法训练比较生疏，动作不上路，第一次考核落在了其他单位的后面。他们没有气馁，互相鼓励，铆足劲练，成绩很快上升。在训练场，一位连长谈起了集训的感受：当兵以来参加过多次集训，这次记忆最深，受益最多。

（原载《战友报》1992 年 2 月 13 日）

214

强化指导员军事训练

本报讯 某师开训伊始，将百余名基层政治主官拉到训练场，摸爬滚打，努力提高军事技能。

这个师针对部分政工干部长时间疏于训练、动作走样或不够熟练的实际，从军体、队列教学法、步兵战术等弱项入手，下功夫提高他们的素质。他们还将考核贯穿于训练的全程，既考分解动作，也考连续动作，既考简单课目，又考难度大的课目。指导员孙云恕，经过强化训练，嘴和手同时"硬"了起来。他把教技术、教方法和说理三者有机结合，增强了思想工作的说服力。战士们反映，孙指导员动作标准，说得在理，听起来入耳，让人服气。

目前，这个师的政治指导员活跃在教育训练第一线，投身于"争当军事训练尖子兵，争做思想工作专家"的热潮之中。

（原载《战友报》1993 年 3 月 20 日）

一靠制度 二靠训练

某团着力培养快速反应能力

本报讯 训练场、营院内、菜地、伙房，到处都是正常操课工作的官兵。一声警报响过，部队在毫无准备的情况下紧急战备拉动演练开始了，启动车辆、拿武器、打背包，全团仅用 25 分钟就从平时状态将人员、车辆集结完毕，进入战备机动阶段。这是 10 月上旬，笔者在北京军区某团目睹的一个场景。

笔者查看了官兵们携带的装备物资，全部符合预案要求。团长邓健康告诉记者："尽管现在不喊'狼'来了，但打'狼'的功夫不可一日不练，部队的战备训练不可一日松懈。"正是基于这一指导思想，该团的战备训练和建设实现了"八有"：有完善的制度规定、有检查考核标准、有配套的战备预案、有规范的战备指挥设施、有完好的武器装备器材等。这个团还从提高每个指挥员、每个士兵的快速反应能力入手，一个环节、一个程序地推演改进，扎实练好基本功。今年 6 月，总参和军区不打招呼对该团实施紧急拉动检验，全团用了 27 分钟即从平时状态转入战备机动状态。

（原载《解放军报》1994 年 11 月 10 日）

训练水平高 训练质量优

官兵素质过硬全师跨入先进

本报讯 某师继半年训练考核取得项项全优后，年终验收又以15个优秀、5个良好的佳绩，交出了"全面过硬"的答卷。该师坚持正确的指导思想，实行正规系统训练，扎扎实实提高训练质量，一年就跨入先进行列。

建制连训练是部队训练的主体。为杜绝训练中偏训、漏训、粗训现象，师在试点基础上，召开了正规化训练现场会，向全师展示了正规化训练的程序、内容，统一了正规化训练的步骤和方法，从而使训练工作走上了正轨。为保证分队训练落实，师、团机关严把参训关、质量考评关和登记统计关，维护计划的严肃性。步兵连夜间实弹进攻战斗是分队战术训练的最高层次。有的分队怕出问题，打算象征性地搞一搞，师机关提前在某团进行试点摸索经验，及时向全师推广。从而确保建制连年度训练完成了由基础到合成、简单到复杂、低级到高级的系统循环。

师、团领导一手抓分队训练落实，一手抓干部训练质量。为使全师的干部会指导部队训练，通晓本级专业，师机关对师、团、营、连主官进行集训，师领导全部参加，既当教员，又当学员，对训练法规进行了全面学习。师、团首长机关和分队干部对本级的战术课题——

进行演练，从师长到参谋、排长，按不同层次要求，一一进行考核。他们在充分掌握全体干部军事素质的基础上，区分不同类型、不同层次、不同素质的干部进行在职"补差"训练，提高干部队伍的整体训练水平。

系统正规训练使这个师整体素质显著增强。全师涌现了52个训练先进连，1500余名训练尖子。据考核，86%的军官熟悉本职专业，80%的连队主官达到四会教练员水平。不久前，在卫戍区组织的全员比武中，这个师参加全部70个项目的角逐，53人次荣登榜首，展示了较强的整体实力。

（原载《解放军报》1992年12月1日）

闪光的数字

"红四连"迎外表演记录册上记载——表演 250 场，场场圆满成功；发射枪炮弹 27.5 万发，命中率 99.9%。

本报讯 表演 250 场，场场圆满成功；发射枪炮弹 27.5 万发，命中率 99.9%。这是某团四连自 1975 年担负迎外表演任务以来，接待 100 多个国家和地区的宾客时创下的记录。五洲宾朋称赞四连是支"技术精湛、作风顽强、纪律严明、举止文明"的队伍。

这个连是一个具有光荣传统的红军连队。战争年代曾获得"攻的勇猛、打的顽强、首占敌峰"的殊荣。担负迎外表演任务后，全连先后涌现出百余名"神射手"、"神投手"及一大批"全天候"军事技术尖子，并练就了"抓钩上"、"单绳速滑"、"左右开弓"、"凌空飞燕"等十多种绝活。

官兵们感到一枪一弹、一举一动，都关系到祖国的荣誉、军队的威望。因此，苦练过硬技术，争当全能射手，为祖国、为军队争光的意识在连队深深地扎下了根。

十几年来，四连作为我军对外开放的"窗口"，展示了我军的精神风貌，为国争了光。全连先后荣立一次集体一等功、十次集体三等功。1982 年连队被军区评为"建设社会主义精神文明标兵单位"，1989 年军区授予该连"卫国先锋连"荣誉称号。今年"七一"前夕，党支部又被总政治部树为"支部建设的一面红旗"。

（原载《战友报》1991 年 8 月 24 日）

迎外表演展新采

本报讯 干部 7 种武器多能射击、牵引车 1 分 20 秒内原地 180 度调头、400 人杀声震天的刺杀操、上百人腾挪跃跳的捕俘格斗……8 月下旬，燕山脚下某团军事训练这些全新项目，令前来参观的一批批外国军事代表团成员赞不绝口。

作为周总理当年亲自批准的我军迎外表演部队之一，这个团始终把自身训练素质提高和训练成果显示，当作展示我军现代化建设的窗口。迎外表演 16 年来曾创造过数百场表演场场成功，数十万发枪、炮弹弹无虚发的好成绩。改革潮中，团党委换脑筋、走新路，以全新的训练成果和面貌迎接 90 年代的五洲宾朋。他们对传统的表演模式、项目，逐条分析论证，把原来的 54 个项目，砍掉 37 项，保留 7 项，改造 10 项，同时增加了 17 项新项目。经改革的迎外训练表演人员增多，场面增大，兵种增加，由过去的单一步兵分队表演变为多兵种协同演练，更好地显示了新时期我军的风采。

为了改革成功，团党委"一班人"深入训练现场，从每一个新项目的确立到实施出台，无不倾心尽力。仅新增加的"加强步兵班实弹进攻"和"干部多能射击"两项表演，就分别推演修改了 41 次和 27 次。

（原载《解放军报》1992 年 10 月 2 日）

军魂永驻

后勤兵迎外表演展风采

　　本报讯　某团"红五连"的官兵全都走上了迎外表演场，司务长担任了仪仗方队队长，军械员充当了军旗手，基准兵中有两名是"伙头军"。"炊事班战斗班同样过硬，后勤兵一线兵都是排头兵。"这是上级训练部门对五连的评价。

　　五连有一条坚持多年的规定，训练不过关当不了后勤兵，炊事班正副班长必须是战斗班的训练骨干。据了解，现任司务长是全师训练尖子，5公里越野成绩名列前茅；炊事班长王小虎原是战斗班骨干。

（原载《解放军报》1995年4月6日）

后勤兵迎外表演展风采

使命感激发责任感

北京卫戍区人生观教育讲究针对性

本报讯 北京卫戍区党委紧密联系部队的特殊地位、特殊岗位、特殊作用，引导官兵将卫戍首都的神圣使命感激发成为党和人民站岗的责任感，有效地增强了人生观教育的针对性。

在人生观教育中，严格岗位责任制，是这个部队党委加强教育效果的一个重要措施。他们把人生观教育的成果落实在"忠诚党的警卫事业"上，保证教育紧紧扣住"为党和人民站好岗"这个主题。

教育中，卫戍区通过主要领导登台为官兵授课，请军区领导到部队讲传统，组织官兵围绕"为谁站岗"、"为谁放哨"进行专题讨论等多种形式，重温卫戍部队的光辉历史，宣讲首都卫士的神圣使命。大家普遍谈到，卫戍部队使命崇高、岗位光荣，直接关系到党和国家及人民群众的最高利益，光有一般的人生追求不行，必须具有把青春和生命全部献给党的警卫事业的崇高追求。

他们还组织官兵剖析近几年在市场经济大潮中败下阵来的反面典型，在对比教育中领悟人生真谛。他们在大力宣扬全心全意为人民服务的模范警卫战士张思德和为人民服务到生命最后一息的老英雄何学道的同时，又树立了一批优秀干部典型。目前，一个"学英雄事迹、走英雄道路"的热潮，已在全区部队掀起。1-4月份担负人大、政协重要会议等警卫保障任务，次次万无一失。

（原载《解放军报》1996年5月7日）

当好首都一个兵
北京卫戍区开展增强首都意识教育

本报讯 "我是首都一个兵"，目前已在北京卫戍区广大官兵中叫响。这是该部深入开展"增强首都意识"教育带来的新气象。

去年11月，江泽民总书记在北京市考察工作时提出了"中央机关和军队驻京单位都要自觉增强首都意识"的要求。北京卫戍区立即行动，开展专题教育。他们组织人员编写了教育提纲，围绕首都的重要地位和卫戍部队的特殊地位、特殊岗位、特殊作用，进行授课讨论。官兵们深有感触地说，在外国人面前我们是中国公民，在老百姓面前我们是解放军，在外地人面前我们是首都人。大家纷纷表示要争做维护国家形象、维护军队形象、维护首都形象的模范。

今年以来，直接担负仪仗司礼、迎外表演的官兵，把为国争光、为军争辉化作实际行动，处处展示威武之师、文明之师的良好形象，受到中外宾朋的赞扬；担负警卫值勤和军容军车纠察的干部战士，不管是烈日当头，还是风雨扑面，都以端正的仪表、威武的军姿给人留下良好印象。他们还积极投身首都的两个文明建设，为首都清理垃圾、义务植树及修理自行车、电器等。同时广大干部战士以首都主人的姿态自觉为地方献计献策，73条合理化建议被有关部门采纳。

（原载《解放军报》1996年6月12日）

教育要深化 必须经常化

某师继续抓好坚持党对军队绝对领导教育

本报讯 坚持党对军队绝对领导教育在部队全面铺开之后，怎样把教育进一步引向深入？某师的体会是：教育要深入，必须经常化。

教育要深入，首先认识要深化。这个师对集中提及但没有很好解决的理论性较强的问题，开办了专题讲座。重点讲解《为什么党指挥枪是我军建军的根本原则》、《新时期坚持党指挥枪的重大意义》等。师机关专门组织人员，帮助官兵从理论的高度深刻理解我军的建军原则，树立人民军队永远忠于党的坚定信念。

教育要深入，还须把教育渗透到经常性思想工作中去。他们从分析教育中干部战士出现的种种模糊认识感到，干部战士提出疑问，很大程度与官兵的世界观、人生观、价值观取向有关。为从根本上解决教育中提出的这些问题，他们先后开展了"人生观"、"荣辱观"、"苦乐观"等有关人生哲理、信念方面的系列讲座和讨论，大大强化了官兵为党的事业而奋斗的意识。

教育要深入，还必须与集中抓、经常抓及其他各项工作结合起来。如结合学雷锋活动，他们引导干部战士像雷锋那样红心永向党，发起了让"雷锋精神在本职岗位上闪光"和"爱军习武，做党的好战士"等活动，有效地调动了官兵在环境艰苦、训练强度大的条件下，苦练精兵的积极性。

深入教育，大大提高了官兵的思想觉悟，促进了该师的全面建设。今年以来，这个师军事训练、政治教育、后勤管理，都取得显著成绩。半年总结时，受到了上级机关的表彰。

（原载《战友报》1991年8月22日）

卫戍首都岁岁续写新篇

某"老虎团"用光荣传统激励官兵艰苦砺剑

本报讯 56 面锦旗、200 余张奖状，记载了某团用光荣传统激励官兵保卫首都 37 年的闪光历程；厚厚一本留言簿，洋溢着各级首长对其艰苦砺剑成果的褒扬。前不久，军委领导同志观看该团军事表演后给予肯定：士气旺盛，表演精彩。

这个团是一支拥有 10 个红军连队的光荣部队，战争年代功勋卓著，曾被誉为"攻无不克的老虎团"。进驻北京担负卫戍首都的光荣使命后，"老虎团"官兵发扬当年的优良传统，胜利完成了卫戍警卫和百余次重大突击任务。几十年来，团党委"一班人"率先垂范，坚持和指战员一道摔打训练，一同接受考核验收。笔者观看了年初开训动员的录像，一小时的动员只有一项议程，就是团领导说了一句"照我们的样子练"。在作战值班室墙上贴着一张"常委训练到课登记表"和一张"干部训练成绩表"。笔者看到，今年 1 至 8 月份常委成员平均每月和部队一块训练达 30 课时；实弹射击考核 7 名常委 6 人优秀，1 人良好；百米障碍 1 人优秀，5 人良好，1 人及格；投弹 7 人全优。

去年以来，这个团党委认真贯彻新的军事训练法规，在提高部队训练质量上下功夫。他们采取了"达标升级训练法"，凡考核验收没达标的，必须重新"回炉"，否则不能进入下阶段训练。日前，卫戍区有关部门到该团检查工作看了团队的"尖子比武"、"干部比武"、"点将比武"，称赞他们"指挥果断，运转自如，反应快速，成绩过硬"。

（原载《战友报》1991 年 10 月 3 日）

军魂永驻

牢记抗战历史 志在强我中华

首都近万名军民参观焦庄户地道战旧址

　　本报讯　5 月 27 日，有"人民第一堡垒"美称的京郊顺义县焦庄户"地道战旧址"人声鼎沸，热闹非凡，首都各界代表近万人为纪念中国人民抗日战争和世界反法西斯战争胜利 50 周年到这里参观。北京卫戍区领导机关和所属炮兵团的官兵高举着"牢记抗战历史，弘扬爱国精神"等横幅，格外引人注目。

　　在"北京市爱国主义教育基地"牌下，指战员们聆听了关于焦庄户人民以地道战为主要斗争形式，和侵略者进行艰苦卓绝斗争的情况介绍。焦庄户人民在抗日战争中修建"地下长城"、伏击日伪军、"端炮楼"、"二月激战"等可歌可泣的战斗故事，使官兵们深受教育。

　　近万名参观者看到地道四通八达，上下纵横交错，单人掩体、射击孔、指挥所、会议室应有尽有。面对这曾令日本侵略军闻风丧胆的"地下长城"，北京卫戍区杨政委感慨地说，地道战旧址，给我们上了一堂生动的爱国主义和毛泽东人民战争思想教育课。虽然我们现有武器装备和一些发达国家比还处于劣势，但在以江泽民同志为核心的党中央、中央军委正确领导下，有全国人民的支持，牢固树立以劣胜优、敢打必胜的信心，再强大的敌人都将败在我们的手下。

（原载《解放军报》1995 年 6 月 9 日）

知连历史 爱连荣誉 为连争光

"泰兴登城英雄连"
用"登城"精神鼓励官兵争先创优

本报讯 某团"红一连"官兵，发扬老前辈打先锋、争上游的传统，连队建设不断创出优异成绩。

这个连是诞生在湘赣苏区的红军连队，曾在解放战争中攻打泰兴城的战斗中首先突破城防，被华东野战军授予"泰兴登城英雄连"荣誉称号。前几年，连里有些同志曾一度认为，光荣传统不必整天挂在嘴上、放在心上，导致传统教育也随之滑坡。在经验教训的启迪下，党支部将"泰兴登城英雄连"等13面锦旗重新挂到荣誉室，并在连里坚持不懈地开展"知连历史，爱连荣誉，为连争光"的活动。每年的登城纪念日，全连指战员都要在"泰兴登城英雄连"的锦旗下握拳宣誓。

发扬传统，连队巨变。近3年来，该连在各级组织的训练考核中共夺得74个第一，并连续3年被北京卫戍区评为达标先进连。

（原载《战友报》1992年12月26日）

228

学题词 赞英模 见成效

某团开展学习活动推动部队建设

本报讯 "以题词精神建设部队,像英模那样做人做事"成为广大官兵的自觉行动,这是某团积极开展"学题词、学英模"教育活动带来的新气象。

党的三代领导核心题词和6位英模画像印发后,这个团把英模事迹整理汇编成册,组织力量编写了教育提纲,统一进行讲课辅导,帮助官兵明确题词产生的时代背景和精神实质,熟悉6位英模成长进步的过程、主要事迹和崇高思想,认清印发题词和英模画像的重大意义。在此基础上,他们还组织了"学题词、赞英模"演讲,有70多名干部战士登台谈体会、讲收获;开展了"以英模为榜样树立正确人生观"的讨论,启发官兵主动查找在对待金钱、苦乐、生死等问题上的差距和不足,明确努力方向。

8月底,笔者到这个团采访,强烈感受到一种"人人学题词、学英模,个个争先进、见行动"的良好氛围。黑板报、墙报上写满了"学题词、学英模"的有关内容;广播里播送着"学题词、学英模"的心得体会和好人好事。在十一连,笔者随便翻阅了几个战士的笔记本,扉页上工工整整写着题词内容和英模的格言警句。8 月上旬，北京地区连降暴雨，房山区长沟镇的一堤坝突然决口，严重威胁着周围人民群众的生命财产安全。在此驻训的警侦连 80 余名官兵闻讯后火速赶到现场，与洪水搏斗 7 个多小时，终于堵住了大坝，确保了人民生命财产的安全，受到了当地政府和群众的赞誉。

（原载《解放军报》1996 年 9 月 19 日）

做张思德传人 甘当无名英雄

某师重温《为人民服务》，深化人生观教育

本报讯 "做张思德传人，甘当无名英雄"的口号，激励一大批张思德式的无名英雄默默奉献在警卫执勤第一线。这是某师重温《为人民服务》，深化人生观教育带来的新气象。

这个师是张思德生前所在部队。从6月中旬开始，他们针对部队的现实思想，在全师范围内开展了"做张思德传人，甘当无名英雄"教育活动。师组织人员编写了"热爱警卫事业，甘当无名英雄"、"永葆政治本色，做张思德传人"两课教育提纲，对部队进行集中教育。官兵们重温毛泽东同志《为人民服务》光辉篇章和江主席有关为人民服务的论述，边学边对照检查，反思在为人民服务方面的差距，增强为人民服务的政治责任感。教育中，他们邀请张思德生前战友杜泽洲来部队讲述张思德故事和他忠诚党的警卫事业的亲身经历。尔后组织"我身边的无名英雄"故事会和"忠诚警卫事业，甘当无名英雄"演讲会，干部战士纷纷登台讲英雄、赞模范。这个师还开展了百名"张思德式好战士、好干部"的评选活动，鼓励广大官兵争做张思德传人。师团两级领导干部联系参加革命为什么，掌握权力干什么，人生追求是什么等问题，把《为人民服务》当作树立正确的人生观、价值观的教科

书来带头学习；联系党对领导干部的要求和标准，把《为人民服务》作为共产党人的"道德经"带头念，当作人生镜子带头照；联系本部队的特殊岗位、特殊任务和领导干部肩负的神圣使命，带头投入到为人民服务的实践中去。领导干部的模范行动带动了基层干部战士。教育中，有32名干部战士主动收回了请调报告，安心本职干工作，9名机关干部主动要求下到基层接受锻炼，涌现出一批忠于职守、甘当无名英雄的先进典型。

（原载《解放军报》1996年9月1日）

以身边事教育身边人

某师运用驻地农村建设成就
进行社会主义信念教育

本报讯 "顺义县的腾飞，使我们看到了建设有中国特色社会主义的光辉前景。"这是某师运用驻地建设的巨大成就，对官兵进行社会主义信念教育中取得的共识。

这个师驻地顺义县，基本实现了城乡建设规范化、工业生产集团化、农业耕作机械化。昔日的贫困县一跃成为全国有名的富裕县。

顺义县的变迁深深触动着官兵，师领导首先请县委副书记张凤福给官兵介绍顺义人民取得的辉煌成就，畅谈党的改革开放政策的正确性。接着，他们组织官兵参观产品远销五大洲的顺美服装厂，到被誉为"京郊一枝花"的白各庄村，和农民座谈 10 年改革开放带来的喜人变化。

在此基础上，他们举办"建设中国特色社会主义大家谈"征文演讲活动。大家写所见所闻，讲观后感受，表达坚决走社会主义道路的决心。

（原载《解放军报》1991 年 8 月 8 日）

二连有位名誉指导员

　　本报讯　当某通信二连指导员将烫金的聘书送到满头银发的韩顺通老人手中时，二连会议室内响起了经久不息的掌声。

　　韩顺通是一位"三八式"军队离休干部，戎马生涯几十年，对部队感情很深，离休后，一有空就来到二连，和战士拉家常，给大家讲战斗故事，帮助连里开展思想工作。在战士的提议下，二连党支部决定聘请韩顺通同志为连队"名誉指导员"。

（原载《战友报》1991 年 8 月 3 日）

军魂永驻

认清特殊使命 增强安全意识

某团开展国家安全法教育

　　本报讯　某团组织官兵学习贯彻新颁发的国家安全法，认清部队在维护首都稳定和国家安全中的特殊使命，进一步增强了国家安全意识。

　　这个团针对当前国际斗争的形势、国家安全战线对敌斗争的特点和我军的职能，提高干部战士的国家安全意识。他们请来国家安全部门领导介绍当前有关安全工作的形势，认清遵守国家安全法的极端重要性；通过分析一些危害国家安全的典型案例，认清违犯国家安全法规的危害性。这个团还组织部队观看有关录像教育片，教育官兵保持高度警惕，绷紧维护国家安全这根弦。教育中，干部战士查找部队中存在的有悖于国家安全法的问题和苗头，联系"与军外人员交往谈吐随便、无所顾忌"等表现展开讨论，使大家明确哪些是危害国家安全的行为，怎样履行公民维护国家安全的义务和权利。团里还编印了有关保守国家和军队机密的规定发给官兵对照学习。

（原载《解放军报》1994 年 3 月 8 日）

"流动法制教育室"受欢迎

本报讯 9月20日一大早，某师大操场热闹非凡，利用星期天来这里的"流动法制教育室"接受教育的官兵络绎不绝。"流动法制教育室"开展3个月来，受到官兵普遍欢迎。

为了把法制教育不断引向深入，该师在帮助各团建起固定法制教育场所的基础上，针对部队驻地分散、"小散远"单位多、教育形式单调等具体问题，今年初筹建了一个不受场地限制、随时可搞教育的"流动法制教育室"。教育室由30块图文并茂的法制板报、200余盘复制的法制教育录像带、10余盘自制的录像教育片和一套自编的法制教材组成。该室共设4个专栏，既有法律知识介绍，又有典型案例剖析，还有守法人物剪影。

（原载《解放军报》1992年9月28日）

既直观又形象

某高炮团电化教学效果好

本报讯 这天是某高炮团党教育日,与往日不同的是大礼堂空无一人,各营、连集中在各自的会议室内,通过电视屏幕收看团电视演播室转播辅导课的实况。

这个团在研究如何提高政治教育质量时形成共识:政治教育也要走改革之路。为此,他们拿出近万元钱,建起闭路电视系统,并派人到北京电视台学习电视教学技术。教育中,他们每讲授一课,根据有关内容适时播放录像。通过生动形象的直观教学,提高了学习效果。他们拍摄的《圆明园在诉说》、《腾飞的亚运村》、《沉思的卢沟桥》等专题片播放后,在干部战士心中留下很深的印象,从而提高了教育质量,受到上级的好评。

(原载《战友报》1993 年 3 月 7 日)

既讲以情带兵 又讲严格要求

北京卫戍区开展尊干爱兵教育

本报讯 "尊干爱兵和严格纪律紧密结合起来，教育效果明显了。"这是北京卫戍区尊干爱兵教育中，基层官兵的切身感受。

北京卫戍区党委在开展尊干爱兵教育时感到，教育每年都搞，但官兵关系上的一些问题仍时有发生，一个重要的原因是过去只片面强调要关心爱护战士，并且多注重在生活上、身体上体贴，而教育干部和骨干从执行纪律的高度认识尊干爱兵问题不够。这样，往往形成强调以情带兵，忽视严格管理；强调严格管理，又出现打骂体罚战士的行为。为此，他们组织力量专门编写了"强化纪律观念，密切官兵关系"的教育提纲，并组织工作组深入基层连队具体帮助指导，增强教育效果。

教育中，卫戍区各级党委和机关干部同基层官兵一道学习《三大纪律，八项注意》、总政颁发的"八不准"和条令条例中有关尊干爱兵的规定，团以上领导干部纷纷登台，结合自己带兵实践谈体会，围绕遵守纪律和尊干爱兵的关系，开展"加强纪律性，做尊干爱兵模范"的大讨论，剖析部队在官兵关系上存在问题的根源和教训，使大家提高了认识，澄清了是非，牢固树立了尊干爱兵就要遵守纪律和严格规定的观念，学会了用口令、手势、示范训管部队的正确方法，形成按纪律要求搞好官兵关系的良好氛围。

　　日前，笔者来到某团了解情况，深深感到通过教育，官兵团结有了明显进步，各部队按条令条例训练部队的多了，土办法、土政策少了；干部骨干文明带兵的多了，简单粗暴的少了；官兵之间互相理解、互相尊重、互相关心蔚然成风。排长程平说，前几天，战士小郭在训练中反应迟钝，我本来想给他点颜色看看，但一想这是违反纪律的行为，就马上打消了这个念头。

（原载《战友报》1995 年 8 月 17 日）

既讲以情带兵 又讲严格要求

不是兵难带 要看怎么带

某团从解决干部对战士的根本态度入手，
建立良好的官兵关系

本报讯 某团从分析近几年官兵关系存在的问题中形成共识：在新形势下进一步密切官兵关系，必须引导干部从"兵难带"是方法问题的误区中跳出来，端正对士兵的根本态度。

端正对士兵的根本态度，干部要有高姿态。他们引导干部自觉查找自身不足，勇于开展自我批评。团营连分别召开党委会、支委会和军人大会，让干部查找出了不尊重战士的民主权利、侵占士兵利益和工作简单粗暴等20多个问题。然后，根据各自的问题，该检查的检查，该在公开场合向士兵赔礼的赔礼。

团党委把战士"高兴不高兴，欢迎不欢迎，满意不满意"作为衡量干部爱兵的标准，组织干部广泛开展"向战士献爱心"活动。由于干部端正了对士兵的根本态度，官兵关系得到进一步密切。在笔者抽查的120名战士中，对干部满意率达到了98%。

（原载《解放军报》1994年9月21日）

靠尖子带群体

某团鼓励官兵岗位成才

本报讯 某防化团通过培养冒尖人才，带动了官兵岗位成才。近3年，该团有3名战士的作品获全军画展大奖；还有3名干部分别被吸收为中国硬笔书法研究会会员、考入解放军艺术学院文学系、获得总部文艺汇演二等奖。

这个团形成了一套发现、培养、使用、保留人才的制度和尊重人才、爱惜人才、激励成才的良好氛围。电影组战士李文新结合本职工作，刻苦钻研绘画技艺，具有培养潜力，党委出资把他送到中央美术学院学习两年，使小李的绘画水平有了很大提高。这个团靠冒尖人才发挥"种子"作用，大力培养人才群体。据不完全统计，近几年该团100余人次被上级评为"岗位标兵"和"专业能手"。

（原载《解放军报》1994年7月31日）

科学带兵步入良性循环

某团在管理中坚持张弛有度，
促进了部队战斗力提高

　　本报讯　某团本着从严治军、科学带兵的指导思想抓部队管理教育工作，近几年来部队建设取得丰硕成果，团司政后技机关先后被上级评为先进单位；团队接受各级紧急拉动百余次，次次出色完成任务。

　　这个部队担负着繁重的警卫任务，部队管理工作要求高，带兵人责任重大。团党委在研究加强部队管理工作时发现，有的干部骨干有不按科学规律办事、不按科学方法带兵的现象。他们在全团开展"从严治军与科学带兵"的讨论，帮助干部骨干明确严格管理必须建立在科学的基础上，严得合情合理，部队的各项规章制度才能落到实处。全团各级带兵人主动查找不按科学规律管理部队和带兵的具体问题，清理了"层层加码"、"以罚代管"等"土办法"，强化了干部骨干科学带兵的意识。

　　用科学方法武装带兵人，提高新时期带兵艺术。这个团定期培训带兵人，注重在随时发现和解决问题中提高带兵艺术。他们建立了一整套论证科学带兵的机制，完善了首长机关与营连定点挂钩责任制，及时掌握官兵的现实思想，组织有针对性的教育和培训。前不久，团里发现有的基层干部在管理部队时要么严得过火，要么缩手缩脚，便及时组织干部骨干学习有关条令条例，请标兵连长张兮介绍"管教结合，张弛有度"的带兵方法，开展科学带兵研讨活动，编写了科学带兵百题问答。今年以来，这个团围绕"如何严得有度"等问题，进行20多次"小培训"、"小交流"，有效地提高了干部骨干的素质。

科学带兵使这个团的管理工作进入良性循环。全团涌现出一大批科学带兵的干部和骨干，官兵关系密切，上下团结，先后有100多名战士家长给部队领导来信，表示对孩子在部队当兵一百个放心。上半年，上级在不打招呼的情况下紧急战备拉动该团十多次，他们次次完成任务，部队战斗力有了新的提高。

（原载《解放军报》1996年8月23日）

科学带兵步入良性循环

官兵友爱好八连

本报讯 日前，某团八连官兵在燕山深处的《大进军》拍摄现场，续演了该连当年在上甘岭战役中的动人一幕：指战员经过一天的紧张拍摄，尽管饥渴难忍，但通信员为连长、指导员准备的一壶水却在全连40多名干部战士中传来传去，谁也不肯喝。连长只好下令：每人喝一口。这一场面令在场的演职员十分感动："官兵团结模范连"真是名不虚传！

官兵友爱是八连的老传统。为继承和发扬这一光荣传统，连队制定了新时期《爱兵细则八条》，修订了《加强干部骨干爱兵责任感的措施》。同时，还建立了一套尊重和爱护战士的监督奖惩制度。

制度保证爱兵在八连真正落到了实处。干部视战士为亲兄弟，把爱心献给战士的故事感人肺腑。战士吕学刚裆部溃烂，非常苦恼。连长安慧峰知道后，每天晚上熄灯后把小吕叫到连部亲自用药水帮他清洗，连续一个多月，终于解除了小吕的"难言之隐"。战士张迎春头上长了黄水疮，久治不愈。指导员张海荣四处找偏方，并亲自上山采草药、熬药，使困扰小张两年多的顽症半个月就得到治愈。

（原载《解放军报》1993 年 11 月 8 日）

献上慈母心　送去兄长情

某炮团开展"为新战友送温暖"活动

本报讯 12 月 11 日，某炮团红旗飘舞，锣鼓喧天，干部战士夹道欢迎今年首批跨入军营的 100 多名新战友。一位操着浓重的湖北口音的新战友告诉笔者："走进军营好比进入了温暖的家，心里热乎乎的。"

为了使新战友尽快适应军营生活，迈好军旅第一步，这个团开展了"为新战友送温暖"活动。许多老战士提出了为新战友"搬一次行李，打一盆洗脸水，沏一杯热茶，做好第一顿饭，叠好第一次被子"的倡议；带新兵的干部战士还提出了"与新战友拉一次家常，给新战友家中发一封平安信，每周征求新战友一次意见"的计划。

刚刚成立不久的新兵营的干部战士，为新战友腾出了最好的住房，并利用课余时间进行了卫生清整和桌椅门窗的修缮。新战友一进军营，他们从问候一声"一路辛苦啦"开始，从接过行李包、代买信纸信封等小事做起，用满腔热情实现他们"让新战友安心，使家长放心，保领导满意"的诺言。

（原载《解放军报》1990 年 12 月 12 日）

把好新兵文化质量关

本报讯 各级领导要站在军队现代化建设的高度，把好新兵文化质量关，向部队输送更多名副其实的中学毕业生。这是北京市今年征兵工作会议形成的共识。

北京市今年在严格执行征兵各项政策规定的基础上，强调把好兵员的文化质量关。他们充分发挥居委会、村委会等基层组织作用，在兵员摸底中，对文化水平进行专门调查，掌握可靠的第一手材料，并填入适龄青年登记卡。预定新兵确定后，及时会同教育部门逐人查验毕业证，防止假文凭、假学历。对文化程度有疑点的新兵，区县将组织文化测试，保证每个新兵具有实在的中学文化水平。

（原载《解放军报》1994 年 10 月 25 日）

手中有钱 不忘节俭

某师教育新兵勤俭节约

本报讯 前不久的一个星期天,某师储蓄所内人头攒动,热闹非凡。前来存款的新战士络绎不绝。仅江苏张家港市的新兵存款就超过了 10 万元。这是部队进行"手中有钱,不忘节俭"教育带来的新风尚。

张家港市是全国十大"财神县"之一。该市 100 名新战友跨入军营后,立即引起了师党委的重视,他们及时引导富裕地区的新兵养成艰苦朴素、勤俭节约的作风。为此,他们请部队艰苦奋斗的标兵,给新战士谈参军十几年如一日,坚持部队发什么穿什么,不乱花一分钱的体会;组织新战友参观部队陈列室,帮助他们了解先辈们艰苦创业的历史;并开展了"议一议朴素节俭的作风要不要,摆一摆铺张浪费的害处有多少,比一比谁勤俭节约做得好"的活动,使新战友们在活动中深受教育。

(原载《人民日报》1992 年 2 月 28 日)

议作风 摆害处 比节约

某团教育新兵树立节俭新风

本报讯 不久前的一个星期天，某团储蓄所内热闹异常，前来存款的新战士络绎不绝。仅江苏张家港市的新兵存款就超过了 10 万元，打破了历年新兵存款的记录。这是该部队进行"手中有钱，不忘节俭"教育带来的新风。

张家港市是全国较大的对外开放港口，列全国十大财神县第四。该市 100 名新战士跨入军营后，立即引起了部队的重视。他们认为，及时引导富裕地区的新兵养成艰苦朴素、勤俭节约的作风，不仅利于他们的健康成长，而且对其他地区入伍的新战士也能起到示范教育的作用。为此他们组织新战士参观了团史陈列室，帮助他们了解先辈们艰苦创业的历史，并开展了"议一议朴素节俭的作风要不要，摆一摆铺张浪费的害处有多少，比一比谁勤俭节约做得好"活动，使新战士深受教育。新战士顾云平入伍前是个体运输户，一年能挣近十万元，平时抽的是中华烟，吃在大饭店。入伍时带了 2000 元备用。通过艰苦奋斗教育，思想发生了深刻变化，主动将钱存入了储蓄所。他深有感触地说：钱多未必是好事，过分的物质享受能涣散人的斗志。曾在中外合资企业工作月薪 500 多元的杨志斌，听了英模报告后触动很大，他认为一分钱掰成两半花，不是小气，这是一个革命战士的本色。

（原载《中国消费者报》1992 年 2 月 20 日）

请客送礼行不通
一千元钱无处用

本报讯 1 月 19 日，某师又有数十名新战士趁星期天休息来到驻地邮局，把从家里带来的钱寄回家中。在邮局，笔者看到一江苏籍新战士在汇款单附言栏中写道：请客送礼行不通，1000 元钱无处用。

这个师党委在摸底调查中了解到，新战士带钱现象比较普遍，且数目可观。一些新战士想通过送礼找出路："当兵几年免不了办事，不意思意思，谁给你使劲。"

为此，师党委在全师进行"自觉抵制庸俗关系影响，争做堂堂正正革命军人"的专题教育。此外，为发挥带兵人的示范作用及新战士的监督作用，师党委制定了"廉洁带兵十不准"，开展了"廉洁带兵标兵评选"等活动。

及时地引导教育和党委抓廉政建设的事实，使新战士们提高了认识，许多人在日记本扉页上端端正正地写下了"要进步勤练武"作为自勉。新战士罗瑞把 2000 元寄回家中，还写信对父亲说："要成事，走正路，不能送钱送物搞庸俗关系。"

（原载《解放军报》1992 年 2 月 3 日）

正反对比 启发觉悟

某团引导官兵自觉抵制拜金主义侵蚀

本报讯 "淡泊金钱，人生充实，前途光明；迷恋金钱，人生空虚，前途渺茫。"这是某团官兵围绕两个典型事例开展民主讨论得出的最后结论。

这个团在艰苦奋斗教育中，注意把增强官兵抵御拜金主义思想侵蚀的能力，树立革命军人应有的金钱观作为突破口，广泛开展群众性自我教育。他们将高薪聘请不动心、安心军营搞科研的军区学雷锋标兵张爱萍和私自离队做买卖，最后被开除党籍、撤销干部职务的某连排长作为正反两面镜子，启发大家分析对比，看他们各自的追求是什么，结果又得到了什么、失去了什么。在此基础上，他们发动官兵自我解剖思想深处的错误认识；使广大官兵认清了拜金主义的危害，端正了对金钱的态度，树立了正确的人生追求。3名原来有"早脱军装奔小康"想法的干部主动打消了"向后转"的念头。全团干部人人制定了抵制拜金主义的行为规范，90%的战士建立了自己的存款折，300多名官兵主动戒了烟，6个连队成了无烟连，76名战士主动退回家中汇款共计 21500 元。

（原载《战友报》1996 年 11 月 26 日）

落榜不失志 建功在本职

某师引导落榜战士在本职岗位上建功立业

本报讯 今年军校招生工作结束后，某师 230 多名落榜战士全部活跃在训练第一线，挑大梁、当主角。

及时做好落榜战士的思想工作，直接关系到部队的稳定和他们的健康成长。为此该师各级领导深入班排和落榜战士促膝谈心，引导他们树立正确的成才观，立足本职建功立业。针对一些落榜战士思想包袱沉重，对前途失去信心问题，该师请往年的落榜战士介绍"跳出落榜阴影，扬起理想风帆"的经历，这一系列活动的开展，及时解除了落榜战士的思想负担，重新点燃了他们的希望之火，许多同志纷纷表示要振作精神，努力工作，在本职岗位上实现人生的价值。

（原载《战友报》1993 年 10 月 14 日）

工作起点高 才能效果好

某师党委联系实际学《邓选》，提高决策水平

本报讯 某师党委联系实际学《邓选》，在进入思想、进入工作上下功夫，发挥了革命理论的指导作用。今年上半年，部队的执勤训练、政治建设、后勤改革等13项大的工作起点高、效果好。日前，总政领导同志视察该部队后，给予了充分的肯定。

今年，这个师担负了全军新时期带兵试点任务。在研究制定试点方案时，师党委联系这次试点的任务和要求，结合部队的实际，认真学习了《邓选》的有关章节，对照小平同志建设有中国特色社会主义理论和新时期军队建设思想，查找了工作决策中思想不够解放、眼界不够开阔、求稳有余、创新不足等问题。经反复统一思想、提高认识后，他们对试点方案进行了12次修改论证，改动了120处之多，增加了大量有助于部队打基础、管长远的新内容。这个试点方案受到了各方面的好评。

论证试点方案的成功，为该师自觉运用小平同志的理论和思想解决现实问题开了个好头。他们举一反三，对部队建设中已经做出的决策，进行系统梳理，查找存在问题。今年初，他们为贯彻突出抓干部的工作思想，出台了一系列加强干部队伍的建设方案，经过反复论证，发现原方案起点较低，办法老套，改进力度不大，就毫不犹豫地重新进行修改。并派出了由师领导带队的取经小组，向兄弟部队学习干部

管理经验；请来石家庄陆军学院教学和管理专家上门交流探讨管好干部的招法；开办了《现代管理》、《高科技知识》讲座，请军事科学院、国防大学专家教授授课；调整了干部训练内容，加大了培养力度，增强了发展后劲。

决策观念的转变带来了决策水平的提高。今年部队建设呈现很好的形势，军事训练在上级机关组织的共同课目考察验收中取得总评优秀成绩，"两防"工作扎扎实实，形势喜人；"深入开展'双四一'活动，确保两个经常落实"等 5 个方面的做法和经验，分别被军区和总参推广。

（原载《战友报》1994 年 7 月 23 日）

工作起点高 才能效果好

基层支部要抓好 正副书记最重要

某炮兵团党委采取多种措施，增强连队党支部正副书记的责任心和领导能力

本报讯 某炮兵团在加强基层党支部建设中，引导基层党支部正副书记挑大梁、唱主角，收到了明显效果。这个部队党委认为，正副书记是党支部建设的"领头雁"，发挥他们的主观能动性，不但有利于解决党支部眼前存在的问题，而且还能为长远建设打下扎实的基础。为此，这个部队积极引导正副书记自觉争当党支部建设的主人。团领导作了"抓好党支部建设，正副书记责任重"的辅导讲话，例举了该团二连党支部依靠自身力量由后进变先进的事实，帮助支部正副书记克服依赖思想，增强革命事业心和提高领导能力。同时，他们有意识地给正副书记压担子。前不久，上级机关在这个部队进行教育试点，工作组和部队政治机关作一些原则指导后，从计划拟定、组织实施、活动配合、经验总结几个环节，全部放手让连队正副书记"独立作战"，使他们在实践中增长才干。

根据党支部正副书记成分新、经验少的实际，炮兵团成立了"业余党校"，并依托这个阵地对他们进行传帮带。"业余党校"先后开办了"怎样当好党支部正副书记"、"如何上好政治课"等专题讲座，举

办了"在党支部正副书记岗位上"的演讲比赛。正副书记纷纷登台现身说法，交流经验，总结教训。政治处主动为正副书记排忧解难，他们派工作组深入连队跟踪指导服务，及时发现问题就地解决。

通过这一系列措施，书记、副书记履职能力普遍有了提高，党支部建设出现了可喜势头，促进了其他各项工作的协调发展。

（原载《战友报》1991 年 4 月 11 日 ）

基层支部要抓好　正副书记最重要

打铁还得自身硬

做训练中思想工作先领"合格证"

本报讯 3月初，笔者在黄沙弥漫的训练场看到，4个体形较胖的指导员单杠四练习连考3次都不合格，第四次过关后感慨地说，这下真有了亲身感受了。集训队墙上的训练成绩登记表显示，80%的学员训练成绩长了一大截。他们确定了从军体、队列教学法、步兵战术等5个项目来培训指导员。

今年开训伊始，北京军区某部就将百余名基层政治主官拉到训练场，摸爬滚打，努力提高军事技能，使往日集训常见的"开始搞动员、关门学文件、讨论加讲演、讲评就完事"的惯例被打破。

一位在训练中被评为"训练标兵"的指导员颇有感慨地说：强化训练使我们重新体味了士兵训练生活，懂得了做好训练中政治思想工作必须因人施教、循序渐进的道理。过去那种对少数反应慢、动作差的战士一味指责埋怨的做法，就是因为不懂得训练规律造成的。指导员孙云恕经过强化训练后，把教技术、教方法和说理有机结合起来，增强了思想工作的说服力。战士们反映，他做思想工作在理、入耳、让人服。

（原载《解放军报》1993年3月30日）

256

批评和自我批评的武器不能丢

某团党组织严格落实党内生活制度

本报讯 某团党组织坚持在党内生活中注重解决党员的人生观问题。

这个团各级党组织严格落实党内生活各项制度，健全了"党内生活考评制度"；对个别党内生活不经常、走过场的单位和无故不参加组织生活的党员给予通报批评。两名党员干部无故不参加党组织生活会，团党委查明情况后，在指名道姓批评这两名党员干部错误的同时，还追究了所在党小组、党支部领导的责任，使全团党员受到震动。

该团党委规定每月最后一周的党日活动，为党员汇报当月的现实思想问题及党组织开展批评和自我批评的时间。某营有个党员干部腰挂 BP 机，没有把主要心思用在工作上。所在营党委利用党日活动机会，开展思想帮助，使这位同志认识有了提高，摘下了 BP 机。

该团党委还聘请了 10 名老党员、老干部为党内义务督查员，重点监督领导和干部的问题。据统计，今年这些义务监督员向团党委反映的一些领导和干部多吃多占、贪图享乐等涉及人生观价值观的问题，均通过党内批评的形式得到了较好的纠正。人生观教育和党内生活结合起来抓，一举两得，既保证了人生观教育的经常化，又促进了党组织生活制度的落实。今年以来，该团没发生严重的违纪问题。

（原载《解放军报》1995 年 7 月 22 日 ）

各个部门合力 各级干部合拍

某师党委努力增强经常性思想工作的效果

本报讯 某师为了增强经常性思想工作的效果，要求机关各部门形成合力，各级干部做到合拍，都想、都做、都管经常性思想工作。

这个师党委对各级干部都来做经常性思想工作十分重视。今年共召开党委扩大会、干部会 6 次，军政主官次次都讲经常性思想工作的地位和经常性思想工作人人都应该做的道理，使大家逐步树立起开展经常性思想工作各部门责无旁贷，人人有责的思想。

这个师在总结经常性思想工作经验教训的基础上，制定和完善了各级干部做经常性思想工作的细则，并以此为尺子，统一大家做经常性思想工作的行动，从而保证了经常性思想工作全心、合力、合拍。

（原载《战友报》1991 年 10 月 27 日）

把握时机准 联系实际紧

某团七连政治教育及时有效

    本报讯 某团七连党支部牢牢把握政治教育的契机，有的放矢地进行政治教育。今年上半年，针对一些干部战士对社会主义前程存有的某些疑虑，党支部及时进行了认清形势、坚定社会主义信念教育。他们用马克思主义的立场、观点、方法，深刻剖析资本主义内在的固有矛盾，得出了社会主义的旗帜永远不会倒的结论。今年以来，这个连队联系实际进行了艰苦奋斗教育、革命人生观教育、国防观念教育和形势教育 20 余次，举办各种讨论会、演讲会十余场，干部战士从中吸取了许多政治营养。

(原载《战友报》1990 年 10 月 4 日)

259

身在"灯"下巧借"光"

本报讯 "灯下黑"这个令人头痛的顽症，如今在某团三连找到一付治愈良方：借助机关"光"，照亮连队"路"。去年 12 月 7 日，在连队和官兵实行"五同"的北京卫戍区杨政委感慨地说，三连生活在高级机关的"灯"下，工作照样闪闪发光！

三连常年担负总部机关的警卫任务。机关的领导干部大都是指导部队建设的行家里手。三连身在"灯"下巧借"光"，每当碰到棘手问题时，总是主动请来机关同志解难释疑。国际形势教育难度较大，连队干部便把宣传部的同志请来，一堂教育课使战士们茅塞顿开。涉法问题困扰着许多战士，连队请来军事法院的同志现场答疑，并为官兵出谋划策，使战士家庭宅基地纠纷、拖欠债务等 11 个连队干部感到力不从心的问题，得到了圆满解决。频繁的往来，使连队和机关加深了感情，机关许多部门主动登门送信息、教方法、解疙瘩，由过去的连队"借光"发展到机关主动"给光"。仅今年以来，总部机关到连队进行学《邓选》辅导、法律咨询、组织文艺活动就达十余次。

（原载《解放军报》1995 年 2 月 7 日）

蹲在基层几十天
连队受益好几年

北京卫戍区领导深入基层解决问题三百个

本报讯　"蹲在基层几十天，连队受益好几年。"这是北京卫戍区官兵对卫戍区党委成员率72人工作组下基层的评价。

5月初，北京卫戍区司令员张志坚率领13人的工作组来到某团，针对基层在教育训练、日常工作和生活中存在的一些共性问题，对照条令，进行了系统梳理调整。连队周进度表是正规化训练和管理的基础，是减少忙乱的有效手段，但是一些连队课目穿插搭配不当、课间和机动时间活动内容安排不够合理以及随意改变计划的情况较为普遍。

工作组人员先后和基层主官一起座谈研究十余次，重新规范了内容，统一了方法，有效地克服了基层的忙乱现象，使连队走上了用条令和制度规范各项活动的正规化轨道。

北京卫戍区政委张宝康带领工作组到某团蹲点后，把提高干部骨干素质这个艰难又不易立竿见影的工作当作一件大事来抓，他和工作组人员一道，同全团干部普遍谈了一次心，集训了351名干部骨干，指导党支部正副书记分析了支部现状，提出了具体的改进措施；还针

261

对市场经济条件下官兵思想活跃的特点，有的放矢地为党员骨干上了一堂"爱军习武、忠于职守"为主题的党课，都收到了良好的效果。

据统计，今年卫戍区党委成员在基层蹲点的一个多月中，帮助连队解决组织建设、军事训练、行政管理等有碍于基层发展的 300 余个问题，为部队长远建设打下了良好的基础。

（原载《人民日报》1993 年 7 月 11 日）

沉到连队边查边帮

某师党委针对问题做工作，薄弱之处下功夫

本报讯 8 月 16 日凌晨，某师部队长李润和率 7 名机关干部驱车直奔数十公里外的所属部队，逐个连队、逐个哨所检查，天亮后把所发现的"坐岗现象"、"哨兵警惕性不高"等 17 个问题告知被查单位干部，并一一告诉他们如何解决这些问题，这些干部听后都很受感动。

这个师党委"一班人"经常不打招呼，不要陪同，自带碗筷下部队，连节假日也常直扑连队，随查随帮。记者翻阅师党委常委与所属单位主官集体谈心的记录发现，抓落实中一经发现问题，领导必定当面锣鼓当面敲，指名道姓搞讲评，板子打到具体人身上。党委还把上半年工作综合情况当场公布，将所属单位主官当众亮相，使一些排名靠后、工作不实的主官脸发烧，额冒汗，下决心把工作搞上去。

师政委盛兆明告诉笔者，党委"一班人"学习贯彻邓小平同志南巡谈话后深深体会到：对基层建设就是要真抓实干，把工作落到实处。今年以来，党委"一班人"下部队帮助基层解决了 100 多个问题，使十多个后进连队面貌变了样。

目前，部队军事训练、安全防事故等任务完成出色。建制营军事比武在军区一举夺得 10 项第一。

（原载《解放军报》1992 年 9 月 14 日）

不忘"走麦城" 头脑方清醒

某师认真吸取教训促进部队工作

本报讯 某师把百余名基层主官请到一块，召开了别开生面的"教训交流会"。该师一名主要领导一语道破用意：不忘"走麦城"，头脑方清醒。

这个师党委重视吸取教训，促进工作。党委"一班人"感到，教训虽然讲着别扭，听来刺耳，但容易产生震动效应，吸取工作中的教训就可以保持清醒头脑。在这个思想指导下，他们做出了召开"教训交流会"的安排。

为了使"教训交流会"真正达到"一人吃堑，大家长智；过去吃堑，现在长智"的目的，该师对近几年部队发生的问题进行了分析梳理，重点选择了最容易发生的问题和典型性较强的实例进行解剖。笔者仔细旁听"教训交流会"，发现登台者既介绍事情经过，又剖析原因，教训谈得诚恳，改进办法也讲得实在管用。

在讲教训中，他们还注重引导大家"对号入座"，举一反三，从过去的教训中引出借鉴。各级干部趁热打铁，开展了以"查找薄弱环节、更上新的台阶"为内容的"照镜子"活动，从分队到机关，上上下下全面反思存在的问题，限期提出改进措施。在此基础上，师领导又发

军魂永驻

264

动各单位官兵针对目前部队普遍存在的 7 个带有倾向性的问题进行专题讨论，研究解决的办法，并将讨论成果整理下发各单位作参考。

"教训交流"这一招，使发生问题的单位更加痛定思痛，给没出问题的单位也敲了警钟。大家纷纷表示，要牢记前车之鉴，努力把工作做细做实，尽量少发生或不发生问题。

（原载《战友报》1993 年 7 月 10 日）

不忘「走麦城」头脑方清醒

问题主动亮 根源上下查
措施大家订

某师开展安全无事故 "警钟日" 活动

本报讯 通过两部录像片、24 块板报把所属部队 12 年来发生的刑事案件、行政责任事故活生生地暴露在上级机关领导和基层官兵面前，这是不久前某师举行 "警钟日" 活动的项目之一。

连续三年实现无刑事案件、无亡人事故的某师，今年初发生了几起事故，师党委决定：全部队过一次以 "曝光、解剖 1980 年以来部队发生的刑事案件、等级责任事故，促进管理和预防工作全面落实" 为内容的 "警钟日" 活动。在活动中，他们 "老皇历" 仔细翻，老问题新问题主动查，事故案件根源上下找，预防措施大家订，使指战员看到了工作中的不足，明确了努力方向。发生事故的单位增强了干好工作的信心和干劲，无事故单位从中汲取了教训，克服了自满情绪。

（原载《战友报》1992 年 7 月 4 日）

扎实解决随意占用兵员问题

某师认真做好清退超占兵员工作

本报讯 长期存在的随意超占用兵员问题，在某师得到了根本解决。现在，该师连队满编率达到 91.5%，人员在位率保持 95.5% 以上。

从年初开始，这个师由师领导亲自带领兵员清理小组，对全师超占兵员进行全面清理整顿。在清查中，查处师团机关超占兵员 300 多人，非编单位占用 100 余人，在外单位出公差 170 多人，他们及时把这些人员列出名单，张榜公布，接受群众监督。

谁占用兵员谁送回，谁放的人谁负责召回。该师团以上领导机关一次性清退了 64 名公勤人员，为部队带了好头。清理小组先后 21 次深入到全师 119 个单位，清退兵员 407 人，从外单位召回兵员 169 人。

为防止"你清我走，你走我回"的现象发生，他们在对兵员进行清理的同时，建立健全了"士兵借用登记卡"、"士兵调动申报、审批"及"士兵档案统一管理"等五项制度。对机关、非编生产单位使用兵员的原则、数量、时间做了具体规定，从根本上堵塞了兵员管理的漏洞。6 月初，军区机关任意抽查了该师 2 个团、17 个连队的兵员管理情况，非常满意，称赞他们：超占兵员清理彻底，落实制度不走样。

（原载《战友报》1994 年 7 月 14 日）

267

抓好菜篮子 丰富菜盘子

某师主官参与菜篮子工程建设

本报讯 9月下旬，北京卫戍区某师师长带领所属部队的团长驱车数百公里，逐个单位检查日光温室质量，当场拍板解决资金、物资等具体困难，使陪同检查的后勤部（处）长增强了解决冬天吃菜难的信心。

这个师的主官十分重视"菜篮子"工程建设。他们把"抓好菜篮子"、"丰富菜盘子"列入了今年师5个重点项目之一。为了从根本上解决吃菜难，师的两位主要领导亲自出马抓"菜篮子"建设，他们拍板拆掉了全师所有连队冬种简易菜棚，统一建造制式的日光温室；某团盖温室资金不足，师长主动协调筹措，某团驻在长城风口处气候寒冷，他们又出面请来全国有名的日光温室建造专家研究具体建造方案。为使"菜篮子"获得最佳效益，师主要领导解放思想，从全国各地高薪聘请了八名蔬菜种植专家、农艺师和腌制能手。目前，这个师已建成日光温室70个，总面积达到50多亩，设施规模质量在军区范围名列前茅。今年部队冬天鲜菜自给率可望达到50%，小菜自给率达到100%。

（原载《解放军报》1992年10月12日）

268

后勤改革成果多

某师冬种冬养全部实现规模化生产

本报讯 8月中旬，某炮兵团拆除几十个简易菜棚，统一建起规范、制式的塑料大棚，从而结束了冬种依靠连队简易菜棚的历史；某坦克团也推倒连队的破旧猪圈，建起了整齐统一的保温猪圈，由过去的各连分散饲养改为团统一饲养。至此，某师冬种冬养全部实现规模化生产。

这个师的后勤工作改革近几年一直没有间断，但却仅限于试点单位，不敢全面推开。学习了邓小平同志南巡谈话后，师党委一班人受到启迪：部队后勤改革，只要有利于提高后勤保障能力，有利于提高军事经济效益，有利于提高部队战斗力，就要敢闯、敢试。连队养猪几十年来一直是以连为单位分散饲养，不仅占用兵员多，而且经济效益较差，去年该师在某团进行团集中饲养试点，结果用兵由16人减少到4人，存栏猪由200头增加到600头。他们果断在全师推广了这一做法。截至7月，全师存栏猪超过4800头，比去年同期增长21%，今年可望创收50万元。

连队伙食管理历来以连为单位分散保障。今年，该师在某团进行连队伙食集中管理试点取得成功的基础上，在全师推行了以团为单位统一管理的"四统一"模式：统一采购、统一供应、统一加工、统一核算，有效地克服了分散保障的弊端，提高了伙食保障水平。

改革带来了活力。这个师"业余生产规模化"、"后勤保障集约化"、"蔬菜冬种大棚化"等十多项改革成果受到军区、总后有关部门的重视，后勤学院先后 6 次组织学员到该师现场教学，上半年该师后勤工作有 6 项受到军区以上表彰。

（原载《解放军报》1992 年 9 月 7 日）

改革措施配套 单位主官竞选

某师后勤保障能力显著提高

本报讯 某师遵循市场经济规律，变革后勤工作思路，努力提高保障能力。

在改革开放的新形势下，军队后勤如何实现"保障有力"？这个师首先在农业生产、生活保障、物质供应等方面，进行一系列改革。部队伙食由于受供给标准限制，保障难度大。去年下半年，该师依托服务中心，建立了"供应和经营相结合"的保障新体系，使"死钱"变成了"活钱"。他们一方面把购成品改为购原料自行加工，低价供应连队，捡回商业利润；另一方面扩大服务中心服务规模，与驻地厂商联合加工产品投放市场，获取商业利润，补偿加工费用。这一进一出就使伙食标准增值30%左右，提高了伙食保障水平。

为了实现更高的保障效益，他们还将竞争机制、经济杠杆引入后勤领域并贯穿全程：任命经营性单位主官，一律实行竞选，不论头衔，量才录用；部队建设的工程项目采取公开招标，平等竞争；物质保障统一实施一次性经费供应。两位志愿兵通过公开招标担任农场场长职务半年后，就扭转了落后局面跨入先进行列；营房整治、家属工厂技术改造等九个工程项目，由于采用招标制，工程耗资比预算降低五分

271

之一还多；油料供应实行下拨经费，持款购油，超支自负等措施，增强了官兵惜油节油的自觉性，大大减少了油料消耗。

思路的转变给这个师的后勤工作注入了活力，后勤管理步入了"勤政高效"的良性循环：去年生产经营效益突破了年初规定的指标，创造了历史最高水平，增强了自补能力；全师投入500余万元，较好地解决了训练、管理、生活设施等方面多年没有解决的难题；冬种冬养、服务中心建设、营房整治等十几项工作跨入了军区先进行列。

（原载《战友报》1993年2月2日）

军魂永驻

272

在落实中坚持改革
在改革中狠抓落实

某师基层后勤管理工作成绩显著

编者按：《中国人民解放军基层后勤管理条例》10月5日正式颁发部队执行。这个《条例》是在部队试行《军队基层后勤管理暂行规定》的基础上修订而成的。北京卫戍区某师在《暂行规定》试行的一年多时间里，在落实中坚持改革，在改革中狠抓落实，使全师基层后勤管理工作跨上了新台阶。他们的做法对贯彻执行新颁布的《基层后勤管理条例》有很好的借鉴作用。

本报讯 近年来，北京卫戍区某师以总后颁发的《军队基层后勤管理暂行规定》为准绳，在落实中坚持改革，在改革中狠抓落实，基层后勤管理工作出现了勃勃生机，促进了全师的后勤建设，为贯彻执行新颁布的《基层后勤管理条例》提供了经验。

这个师在运用《规定》加强基层后勤管理时，率先在管理机制、管理形式、管理手段等方面进行大刀阔斧的改革。变过去单纯靠行政干预为行政、经济手段并举的"双轨"管理机制；变过去分散管理为集约管理；变过去经验管理为科学管理。在一年半的时间里，他们先后推出了"伙食管理标准化"、"物资管理计价化"、"经营管理包干化"、

"业余生产规模化"、"人才培训基地化"等改革举措,有效地促进了《规定》的落实。

改革的目的是为了更好地促进落实。这个师在实行改革的同时,狠抓《规定》的具体落实。他们扶正压邪解决敢管的问题,奖优罚劣解决愿管的问题,提高素质解决会管的问题,不断净化后勤管理工作的"小气候"。今年以来,全师先后树立了22名敢抓敢管的典型;提拔了10多名管理成绩突出的后勤骨干;举办了12期后勤干部培训班、42期骨干培训班,真正使后勤管理者达到了理直气壮地管、自觉自愿地管、得心应手地管,努力管出成效。

把改革和落实捆在一起抓,使这个师的后勤管理充满活力。他们连续两年实现了军械、车辆、卫生、营房等正规化达标;在上级组织的比武考核中夺得26项第一;审计决算、冬种冬养、财务管理、装备管理等十几项工作走到了军区前列;卫生队建设、服务中心建设、营房整治,受到了总后的肯定和表彰。

《中国人民解放军基层后勤管理条例》颁发后,这个师组织全体官兵认真学习,总结经验,制订了新的措施,决心按新条例的各项要求,紧密结合部队的实际,进一步加强部队的基层后勤管理,使后勤建设再上一个新台阶。

(原载《战友报》1992年11月17日)

转变观念 服务官兵

某师生活服务中心越办越红火

本报讯 把服务中心真正办成连队信赖的"市场"，某师生活服务中心越办越红火。

这个师建立生活服务中心比较早，但一度曾单纯追求经济效益，用行政手段干涉商品交易，使"中心"背离了为连队服务的宗旨。痛定思痛，该师在完善服务中心内外监控的同时，在"服务"上狠下功夫。首先转变观念，视连队为"上帝"，明确规定给连队买菜拉粮、维修设备等都由师拨出专款，不计入"中心"服务项目的成本，坚持做到不赚连队一分钱，不揩连队一滴油。他们把连队司务长请到服务中心轮流值班全程监督；节假日、送老迎新、训练强度较大等需要加菜会餐时，邀请连队人员到市场一道采购，并送货上门，当场验收；每月征求一次服务质量意见，核对往来账目公布于众，接受官兵监督；强化为连队服务的意识，做到连队需要啥就供应啥，什么时候要就什么时候送。这个师还想方设法开发服务中心功能，不断增加服务项目，现在"中心"不仅供应主副食，还提供日常生活和办公用品；副食品加工已达到 10 多个项目，腌制小菜 100 余种。基层官兵说，司务长不出营房门，伙食调剂不发愁。

（原载《解放军报》1994 年 5 月 13 日）

奖优罚劣 与绩挂钩

某师后勤管理环境大幅改善

本报讯 "不敢管、不愿管、不会管"这个长期围绕基层后勤管理的老大难问题,在某师已得到较好解决。

这个师改善基层后勤管理环境,率先在"敢"字上突破。针对管理人员"一怕得罪人,二怕出力不讨好,三怕枪打出头鸟"的思想顾虑,党委"一班人"在以身作则的同时,旗帜鲜明地为敢管者撑腰壮胆。连队主副食采购改为服务中心统一供应后,管理人员坚持原则,堵住了伙食漏洞。但有些人却不满意,接二连三上书指责服务中心沾了连队的光,揩了基层的油。师团机关及时进行调查,结果发现告状的人正是贪占便宜者。师党委对这些人作了严肃处理。

这个师解决愿管问题的主要措施是奖优罚劣。他们实行后勤管理工作与单位工作实绩挂钩、单位管理工作好坏与管理者个人实绩挂钩的双挂钩机制。某团三连去年军事训练、政治教育成绩突出,但后勤管理没有上去,年终无可争议地被挤出了达标行列。某特务连副连长平时大胆管理,敢于较真,因而得罪了一些人,评奖时得票较少,但照样立三等功。今年全师大张旗鼓奖励100余名"红管家",40余名后勤管理者领到重奖,24名后勤管理干部得到提前晋职晋衔。

为了解决会管的问题,师团建起"后勤训练中心",完善了后勤管理人员考评机制。前不久，该师又有两名志愿兵取代了团农场场长职务，13 名后勤管理人员被优化下岗"回炉"。目前，这个师的后勤干部经院校培训的占 51%，所属连队司务长全部达到"三熟"、"四会"要求。

后勤管理环境的不断改善，给这个师后勤工作注入了生机和活力。该师后勤十几项工作走在军区前列，卫生队建设、服务中心管理、营房整治跨入全军先进行列。日前，北京军区转发了该师抓好后勤管理的经验。

（原载《解放军报》1992 年 10 月 7 日）

奖优罚劣 与绩挂钩

改善物质条件 解决疑难问题

某师着力为基层办实事

本报讯 某师热心为基层办实事、解难题，使部队基层面貌发生可喜变化。

基层是部队的基础。基础建设怎样，直接影响到部队高标准高质量建设的完成。近几年来，他们首先从改善基层物质条件入手，积极为基层多办实事。营房破旧，设施老化，是这个师长期没有根本解决的老大难问题。师党委狠下决心，一次性投资500多万元，为连队翻建楼房，更换连队各种设施，使一半以上的连队住上了宽敞明亮的多功能宿舍楼，战士们睡上了新铁床，用上了新桌椅。基层基础设施改善后，他们又把精力、财力、物力转移到提高保障水平上。师团两级又拿出近300万元为连队统一盖起了样式漂亮的塑料大棚、保温猪圈，从而使冬天吃菜难的问题得到了解决。

这个师不仅在改善基层物质条件上舍得投资，而且注意在解决基层疑难问题上狠下功夫。师党委一班人经常带领工作组深入连队，发现问题及时解决。他们采取"谁家的孩子谁抱走"的办法，属于哪个部门的事能当场解决的就地拍板，不能推诿，做到问题不解决不转点，解决不好不撒手。今年8月，师教导队搬迁，困难多，矛盾突出。师长、政委带领司政后三个部门的领导，坐镇教导队现场办公，一项一项抓落实。前后 20 多天，连星期天也不回家休息，以最快的速度恢复了那里的正常工作秩序、训练秩序和生活秩序。

今年以来，该师在军区建制营对抗比武中一举夺得 10 项第一，在军区上半年军事训练考核验收中，取得了项项全优的佳绩。

（原载《人民日报》1992 年 9 月 22 日）

改善物质条件　解决疑难问题

以小医院的条件
创大医院的水平
292 医院挖掘潜力苦练内功横向联合显示生机

本报讯 最近，292 医院传出振奋人心的消息：该院五官科、外科和麻醉科通力合作，为患者李振兴成功地进行了双侧颈廓清除、全下咽切除、全喉切除、全食道切除、左侧甲状腺切除、胃代食道下咽功能重建等六大疑难手术，这是该医院挖掘潜力、苦练内功、横向联合，创造大医院医疗水平带来的可喜成果。

地方医疗体制改革实现大病统筹后，给军队中小医院带来了巨大的冲击。292 医院新的领导班子一上任，及时实施了以"深挖潜力、苦练内功、横向联合、提高档次"为内容的创"名牌医院"工程。"不拒绝任何一个病人"，是该医院向社会作出的承诺。为此，他们把医治疑难危重病人作为提高医疗水平、塑造医院形象的突破口。

为了让每个病人"抱着希望来，带着微笑回"，他们打破科室间各自为战的习惯做法，树立全院一盘棋思想，明确了各科室协同作战的具体方案；制订了"简化程序、快速衔接、及早诊治"的周密措施；成立了由学科带头人组成的联合医疗攻关小组，保证病人得到本医院最好水平的治疗。

"借鸡生蛋"使这个医院的治疗水平得到极大提高。他们借助于首都大医院密集的优势，和阜外医院、同仁医院、解放军总医院、军区总医院等医疗水平较高的单位建立了横向联合机制，开设了联合病房。利用这些医院先进的设备、丰富的经验，成功地施行了心动过速射频手术等多例高于三等乙级医院要求的手术。一患者因大面积心肌梗死生命垂危，只有立即安装心脏临时起搏器才能转危为安。医院在一无设备、二无仪器、三无经验的情况下，求助北京医科大学附属人民医院。这个医院以最快的速度送来了手术需要的心脏临时起搏器和起搏电极导管，并派来了高水平的医疗专家，指导他们完成了建院以来第一例心脏临时起搏器安装手术。据了解，该院去年第四季度在高难度手术上就有六项实现了零的突破。

医疗水平的提高带来了知名度的提高，给医院注入了生机和活力，慕名而来的患者络绎不绝。这个医院去年第四季度日均门诊量比上年同期增加百余人次，门诊工作量比上年增加百分之三十，床位周转使用率也出现了回升的势头。

（原载《战友报》1996 年 1 月 13 日）

以小医院的条件 创大医院的水平

中益药厂经济效益成倍递增

本报讯 中益制药厂既引进先进工艺设备，又重视提高职工素质，较好地发挥了先进工艺设备的效能。建厂 3 年，实现了年创利税由 10 万元到 400 万元的跨越。

这个厂是中国医药总公司和北京卫戍区某师合资兴建的股份制企业。为赶上世界制药先进水平，该厂引进了一套代表现代国际水准的自动化制药流水线。但该设备投产后经常停产且质量不稳定，直接影响了经济效益，距离设计要求相差甚远。这一严酷的事实，给厂领导敲响了警钟：先进设备离不开先进人才，引进先进工艺设备同时要提高职工素质，否则就难以达到人和设备的最佳结合，创造最佳经济效益。为此，他们推出了一整套提高职工素质的人才培养计划：请教授、专家及有经验的师傅为职工进行专题讲座，从最简单的药理学起，从最基本的规程开始，提高职工的文化水平；建立严格的职工培训制度，新工人进厂必须经过一个月的强化学习和教育，树立质量意识，熟悉设备性能，了解工艺特点，掌握操作规程。此外，这个厂还积极吸引人才，充实生产第一线，发挥人才的种子作用，带动职工素质的提高。据统计，该厂 3 年来已有 20 名工程技术骨干、应届大学毕业生到该厂安了家。

先进的工艺设备，较高的职工素质，给该厂插上了发展的翅膀，经济效益成倍增长。

（原载《解放军报》1994 年 5 月 12 日）

军医王文远创立新学科

他的平衡针灸学使人类医学学科又多一个新分支，
引发了中国针灸学一次新的革命

本报讯 一位军医创立了一门医学新学科——中国平衡针灸学。"八一"前夕，国家有关部门正式批准成立"中国平衡针灸学专业委员会"，它的创立者王文远任主任委员。

50 岁的王文远现任北京军区 292 医院中西医结合科主任、主任医师。他研究的平衡针灸学对 136 种疾病都具有神奇疗效，而且治疗中 11% 为一针见效。据对 38 万人次的临床验证，临床治愈率达 86%，有效率 99%。

王文远将其创立的学科称为"平衡针"，基于一种新的针灸假说。他认为人体健康具有内在的机体平衡性，生病即是平衡遭到破坏。平衡针的治疗，并不直接"扎病"，而是选取相应的神经点刺激大脑中枢完成对不平衡机体的调节。由此，传统针灸学理论被赋予崭新的意义，海内外学术界称其引发了有千年历史的中国针灸学一次新的革命。

尽管平衡针灸学的学术理论仍在深入探讨中，但其显著的临床疗效已为国内外广泛关注。中国针灸最高学府——中国中医研究院为王文远平衡针灸学办了 26 期学习班，全国将平衡针灸用于临床的医院已达 2000 多家。

我国目前有国家批准的各学科专业委员百余个。平衡针灸学的创立，使人类医学学科又多了一个新的分支。据了解，在所有新学科中，

283

由一个学者、而且是一个军人学者单独创立的，尚属首次。

平衡针灸学在王文远工作的 292 医院已进入注重实用的开发阶段。在这一学科理论指导下出现的"平衡药疗学"、"平衡膳疗学"、"平衡罐疗学"等辅助学科相继用于临床。不久前全国首届中国平衡针灸学学术大会在北京召开，200 余名中外专家交流了 350 项新技术成果，为中国平衡针灸学的广泛应用展示了更良好的前景。

（原载《解放军报》1995 年 8 月 6 日）

军魂永驻

老虎团官兵爱岗敬业

本报讯 "人人都爱岗，个个争第一"，如今已成为某"老虎团"全体官兵的自觉行动。

这个团的干部战士最先在人民大会堂聆听了"模范团长"李国安的先进事迹报告，李国安爱岗敬业的精神深深打动了全团官兵。

学英模，见行动。在李国安精神感召下，全团官兵竞相爱岗敬业，争当模范，用实际行动学习李国安的事例不胜枚举。春节期间有5名机关干部主动放弃休假下到连队代职；营、连主官坚持与战士同吃、同住、同娱乐，密切了官兵关系，离兵现象明显减少。装甲三连代理排长李广宏，以英模为榜样，刻苦训练，力争新春"开门红"，在2月下旬团组织的冲锋枪射击练习考核中，他带领的排优秀率82%；贵州籍战士张德强，在姐姐上山打柴不幸失足而亡、母亲精神失常的情况下，强忍悲痛，始终坚守在战备执勤的岗位上。

这个团的新战士也不甘落后，他们学习李国安，在训练中掀起了"戴百朵红花，当训练标兵"的竞赛活动，整个训练场上龙腾虎跃。上级机关到这个团检查工作时，看到官兵的训练、工作热情如此高涨，夸赞说："这个团无愧于'老虎团'的光荣称号。"

（原载《战友报》1996年3月21日）

总机班六名女战士光荣立功

　　本报讯　日前，某师爆出一条新闻，向来被认为是"弱不禁风女儿国"的通信连总机班竟有6人光荣立功。

　　这6名女兵平均年龄只有19岁。不久前，她们接受了某军事演习攀登架设通信线路的表演任务。爬杆架线历来是男兵的训练科目，强度大，要求高。接受任务后，她们克服身体耐力差等困难，苦练攀登架线技术，胶鞋蹬破了一双又一双，老茧起了一层又一层。经过35个昼夜的艰苦训练，六姐妹全部掌握了攀登架线的过硬技术。表演那天，她们配合默契，动作娴熟，仅用23秒钟就利索地完成了全套攀登架线动作。

（原载《解放军报》1991年12月10日）

黄国彪抢救群众荣立三等功

本报讯 某师直属队党委 12 月 12 日作出决定，给该师指挥连战士黄国彪记三等功一次，褒奖他抢救地方群众的突出事迹。

今年 8 月 22 日上午，在武汉市探亲的黄国彪，准备去医院看病。他行至一个路口时，突然听到一声巨响，一辆面包车被迎面而来的一辆东风卡车撞得四轮朝天。离车 30 米远的黄国彪像离弦之箭冲到出事现场，钻进烟雾弥漫的车厢内，用手推肩扛，先后救出了 3 名伤员，他的身上被烧伤多处。黄国彪的英勇行为，在武汉市群众中引起强烈反响。

(原载《战友报》1992 年 12 月 22 日)

黄国彪抢救群众荣立三等功

来自雷锋故乡 争学雷锋榜样

湖南望城籍战士决心学雷锋做雷锋

本报讯 不久前的一个星期天，北京郊外北风呼啸、滴水成冰。某团一批来自雷锋故乡湖南望城县的新战士，打着"来自雷锋故乡，争做雷锋传人"的横幅，来到驻地车站、工厂和学校，开展为民服务活动。

这些来自雷锋故乡的 39 名新战士平均年龄才 18 岁，但他们训练中刻苦认真，工作中处处带头，刚到部队就利用星期天、节假日为群众做好事。年仅 16 岁的小战士吕愈兴，是揣着《雷锋日记》来到部队的，他说："我和雷锋来自同一方土地，雷锋把自己锻炼成了一名光荣的共产主义战士，我也要像他一样，在部队锻炼成长。"新战士文建和刘伟入伍前就住在离雷锋老家十多里路的地方，入伍的前几天，他们还冒着小雨到雷锋纪念馆参观，决心来部队后，大力发扬雷锋精神，做雷锋的传人。

目前，在这些雷锋"故乡人"的带动下，一个广泛深入地学雷锋的热潮，正在他们所在新兵连中形成。

（原载《战友报》1991 年 1 月 26 日）

军魂永驻

首都警卫战士争当文明卫士

数十名官兵见义勇为、助人为乐被嘉奖

新华社电 首都警卫战士在进行革命人生观教育中，广泛开展争当文明卫士活动，展现文明之师的形象。今年以来，有数十名官兵在执勤中见义勇为、助人为乐被记功或嘉奖。

北京卫戍区部队把革命人生观教育同履行部队的职责联系起来，促进警卫任务的圆满完成。他们大力宣扬全心全意为人民服务的老一代警卫战士张思德的崇高品质，大讲身边的先进人物让青春在警卫岗位上闪光的模范事迹。广大警卫战士从这些榜样身上明确了自己奋斗的目标，提高了为首都人民站好岗，为维护社会稳定做贡献的精神境界。纠察队在街头巡逻中，不管是烈日当头，还是风雨扑面，都以端庄的仪表、威武的军姿给人留下良好印象。在交通要道执勤的警卫战士不辞辛劳地疏导人流，维持秩序，扶老携幼。遇到行人突发疾病时，他们像对待自己的亲人一样热心救助。拾到物品，想方设法寻找失主或上交。警卫战士把维护首都安定和人民群众的生命财产安全视为神圣职责，以凛然正气威震邪恶。今年2月的一天深夜，两名战士在平安里一带巡逻时，发现两个黑影在一辆面包车前鬼鬼祟祟，行迹可疑，即将其抓获，经派出所审讯，确认是窃车犯。

（原载《解放军报》1996年6月4日）

肇事者逃之夭夭
众战友纷献爱心

本报讯 近来，北京连续发生几起交通肇事逃逸案。11 月 22 日，家境贫寒的驻京某部干部李虎山又成了一起交通肇事逃逸案的受害者。在众人声讨肇事者的同时，战友们纷纷解囊相助，一天之内为李虎山一家老小捐款 12400 多元。

这天凌晨，李虎山骑自行车行至高碑店车站附近时，被一辆飞驶的汽车撞出十多米。为逃避责任，肇事者不顾受伤者死活，驾车逃跑。一个多小时后，李被交警发现，送往医院，因时间耽误太久，抢救无效死亡。

李虎山家十多口人挤在几间房子里，仅有一个青壮劳动力，而李虎山又突然逝去，这个家失去了"顶梁柱"。

看着李虎山留下的一家老小，在愤怒谴责肇事逃逸这种卑劣行径的同时，战友们伸出了援助之手，自发为他的遗属捐款。部队领导带头捐出了工资；刚因车祸失去了弟弟的助理员白俊杰捐出了 100 元；刚把工资邮回家的排长王刚，听到这不幸的消息后，借 100 多元捐了出来；老战士刘小平是个孤儿，家中只有一个 70 多岁的奶奶，离队

290

之前也捐出了 10 元。父母卧床、妹患血癌、家中欠债近万元的老战士李国良也拿出了 5 元钱。指导员深知其家境困难，让他留给家人治病。李国良含着热泪说："5 元钱不多，但是我的一点心愿，只有收下，我才安心。"

　　5 元、10 元、100 元，干部、战士、新兵、老兵，一股股战友深情从四面八方涌向李虎山的家门。

（原载《法制日报》1995 年 12 月 5 日）

肇事者逃之夭夭　众战友纷献爱心

一人有难大家帮

军魂永驻

本报讯 初春的一天，某团为一家遭不幸的战士举行捐赠仪式。当中校政委马占业将五千多元捐款送到丁颜喜手中时，他感动得热泪盈眶。

丁颜喜是某团修理所专业军士。父母虽然给他取了个吉祥的名字，但生活的磨难，家庭的不幸，沉重的经济负担常常使他脸上布满愁云。当兵的三年母亲因病离开了人间。由于两个弟弟年幼，他稚嫩的双肩上过早地承担了全家生活的重荷。祸不单行，结婚不久，他妻子又患了绝症——"星形胶质细胞瘤"。这对于饱经磨难的丁颜喜来说，无疑是雪上加霜。为了给爱人治病，他节衣缩食，变卖了所有家产，四处寻医求药。但无情的病魔最终还是夺走了他爱妻二十八岁的年轻生命，留下了一个四岁的女儿和一张一万二千元的欠账单。

丁颜喜的不幸遭遇牵动了团首长的心。邱团长、马政委代表组织立即送去了一百元救济款，并鼓励他挺起腰杆做生活的强者；高副团长跑到商店买来漂亮的童装，亲自为小丁的孩子穿上；其他领导也纷纷送钱送物。

团领导们率先垂范，大家也不甘落后，多的几十元，少的几元钱，捐款热潮持续了一个星期，几千个几元小数字汇成了一笔巨款，及时缓解了丁颜喜面临的沉重负担。

（原载《人民日报》海外版 1992 年 5 月 23 日）

官兵捐款挽救战友生命

  本报讯 今天，某师为挽救军医刘继芝的生命而发起的"献爱心"活动进入高潮。5.4 万元巨款分别从师所属单位送交师政治部并及时送往医院。病中的刘继芝激动地说："感谢组织的关怀，感谢战友的厚爱。"

  刘继芝是该师某炮团一名青年军医，因肾功能衰竭已到晚期，急需进行换肾手术和血液透析治疗。但此项医疗费用高达 30 余万元，靠本人家庭和部队负担困难很大。为了挽救战友的生命，在师党委成员带头捐款的感召下，全师上下迅速掀起了一个"伸出温暖之手，献出片片真情"的捐款热潮。

（原载《解放军报》1992 年 10 月 5 日）

驻京官兵勇扑山火

　　本报讯　4月23日，地处京郊北部山区的昌平、怀柔、顺义3县交汇处接连起火，山火借着五六级大风肆意蔓延，附近的油库、林带、村庄及人民群众的生命财产受到严重威胁。北京卫戍区部队闻讯后立即投入扑灭山火的战斗。卫戍区领导等机关首长亲自带领司政后机关人员，在接到报告后的40分钟内就赶到现场，察看火情，指挥扑救。所属某师3400余名官兵分乘150多台车辆紧急出动，与山火展开两个多小时的英勇搏斗，终于将火龙制服。据悉，首都民兵预备役部队6000多人和驻京其他部队也先后投入了扑灭山火的战斗。

（原载《人民日报》1992年4月26日）

动人心魄七小时

本报讯 这天上午9时整，京郊一个两岁多的小男孩掉进一口多年不用的枯井里。枯井的井口不足25公分，深达25米，抢救人员下不去。危急之时，某部副政委盛兆明带领500名官兵赶到现场。工兵营开来了掘土机，进行横向凿洞抢救。井底氧气不足，医院的同志又把氧气瓶搬来往里输氧。

当掘土机挖出了一个3米多深的土坑时，底下渗水，机井有倒塌危险。官兵们又改用挂钩在井底细细挂钩。"挂上了！"16时27分，经过7个多小时的紧张战斗，官兵们终于将这位叫李宁的小孩从井底救了出来。

（原载《战友报》1991年8月20日）

以实际行动高奏精神文明赞歌

——292医院抢救烧伤民工跟踪报道

292 医院职工捐款抢救深度烧伤民工

本报讯 连日来，北京军区第 292 医院医护人员以全力抢救一位少数民族农民的实际行动，奏出一曲社会主义精神文明的赞歌。

10 月 4 日凌晨，在京打工的蒙古族农民陆海林不慎被汽油烧伤，烧伤面积达 80%，其中Ⅲ度烧伤面积达 70%。陆海林被送进 292 医院，在没有办理住院手续的情况下，医院迅速为其进行了气管切开、抗休克等紧急处理。入院第 4 天患者家属才交了 3000 元钱，与手术治疗需要的费用相差甚远。患者家所在的河北省张北县，是全国贫困县，陆海林家无法拿出一二十万元医疗费。面对一个无钱治疗的普通农民，292 医院外科的医护人员纷纷伸出援助之手，不到一小时，全科 16 名同志就把 1230 元捐款交到了患者家属手中。

外科的举动，受到了院党委的肯定和重视。党委常委进行了专题研究并形成共识：一定要设法抢救这位蒙古族农民兄弟的生命。于是，一个为陆海林献爱心的活动迅速在全院展开。从党委"一班人"到普通医护人员，从地方在院进修的医护人员到从事清洁卫生的临时工，纷纷献出一颗颗爱心，短短几天捐款 11100 多元。292 医院的义举很快引起连锁反应，消息传到张北县，县委、县政府立即派记者驱车来京采访，并送来县委、县政府的首批捐款。兄弟医院的烧伤专家主动表示愿意免费为陆海林实施手术。

据介绍，目前陆海林已顺利度过休克关。292 医院田素杰院长介绍，虽然病人还没有脱离危险，但院方对救活陆海林充满信心。

（原载《解放军报》1996 年 10 月 20 日）

烧伤民工在 292 医院

本报讯　连日来，北京军区第 292 医院掀起了为病人陆海林捐款治疗"冲击波"。

本月 4 日凌晨，在京打工的 23 岁农民陆海林不慎被汽油烧焦全身、烧掉两耳，烧伤面积 80%、Ⅲ度烧伤面积 70%，住进了 292 医院。医院迅速进行了气管切开、抗休克等紧急处理。病人入院第四天才交来 3000 元押金，与手术治疗需要的约 20 万元费用相差甚远。

患者是河北省张北县农民。张北是革命老区、全国贫困县，就是把全村的房屋、牛羊全部卖掉也不值 10 万元。面对巨额医疗费用，患者家属悲痛地找到主管医生表示："不治了，死到家里去。"陆海林的遭遇牵动了外科医护人员的心。不到一小时，全科 15 名同志就把 1230 元捐款交到了患者家属手中。同时，他们以全科的名义，发出"救救这位挣扎在死亡线上的贫困农民，人人献上一份爱心"的呼吁。

"想一切办法抢救这个年轻的生命"，一个为陆海林献爱心的活动迅速在全院展开。从党委领导成员到清扫卫生的临时工，纷纷献出爱心，短短几天，全院收到捐款 11100 多元。当患者从院领导手中接

以实际行动高奏精神文明赞歌

过巨款时激动得泣不成声："做梦没有想到这飞来的横祸，更没有想到有这么多好心人。"消息传到张北县，县委、县政府立即派人来京，并送来县委、县政府的 2000 元捐款。目前，为陆海林捐款的讯息和行动继续着。全国著名的烧伤专家主动表示免费为陆海林实施手术，医院上级后勤部机关的同志也加入了献爱心的行列；到医院办事、看病的军人和地方患者，听到 292 医院的善举，二话没说，也慷慨解囊。

据介绍，病人已顺利度过了休克期。

（原载《北京晚报》1996 年 10 月 24 日）

陆海林尚未脱险

本报讯 11 日，解放军总医院、304 医院、北京军区总医院的著名专家、教授来到解放军 292 医院为蒙古族烧伤民工陆海林进行了联合会诊。这些专家在我军烧伤、呼吸、营养、普外等领域享有很高威望。全军烧伤中心主任郭振荣教授说，"292 医院把病人抢救到这个程度堪称奇迹"。

陆海林目前尚未脱离危险。本周要进行第四次大手术，专家们认为，这是一场硬仗，若手术成功，创面消失在 5% 以下，就可以向世人宣布患者完全脱离危险。

（原载《北京晚报》1996 年 10 月 26 日）

陆海林第四次大手术顺利

本报讯 蒙古族烧伤民工陆海林的第四次大手术，本月 15 日，经过 4 个小时的奋战顺利结束。这次手术若达预想效果，陆海林就可完全脱离危险。292 医院请了全军烧伤中心主任郭振荣教授坐镇指挥，由 304 医院高建川博士和医院最优秀的医生担任主刀，为患者先后进行了胸部消痂植皮、四肢残余创面请创植皮、头皮双下肢植皮等手术。陆海林已经清醒，现被观察治疗。北京军区 292 医院全力抢救蒙古族烧伤民工陆海林的动人事迹，在患者的家乡河北省张家口市引起强烈反响。本月 14 日，中共张家口市委、市人民政府、张家口军分区组成慰问团，带着全市 430 万人民对 292 医院官兵的深情厚谊和崇高敬意，专程来京慰问医院官兵。

又讯 近日，朝阳区副区长、红十字会会长谢郁带领区卫生局、红十字会的同志来到全力抢救蒙古族烧伤民工陆海林的 292 医院，向患者家属捐款一万元。292 医院所在的朝阳区麦子店街道，办事处工委、6 个居委会、办事处个体协会也分别向患者捐款并慰问义务人员。

（原载《北京晚报》1996 年 10 月 27 日）

烧伤民工陆海林脱离危险

本报讯 经北京军区 292 医院全力抢救，社会各界大力支持，蒙古族烧伤民工陆海林经过第五次手术，已经脱离危险。

本月 25 日，292 医院为陆海林进行了胸双肢残余创面、双手切痂植皮、头皮去皮手术。三天后打开创面检查，结果令人惊喜，植皮

299

成活情况良好，残余创面已消失在 1% 以下。该院院长介绍，现在病人命保住了，下一步功能恢复、整形整容的关口，依然不好闯。据悉，下周将为陆海林进行双眼睑切开松解植皮术，以后陆续进行嘴、颈部、耳廓、双手整容术。

（原载《北京晚报》1996 年 10 月 29 日）

把《爱的奉献》唱给奉献爱的人

本报讯　"这是心的呼唤，这是爱的奉献，这是人间的春风，这是生命的源泉……"随着优美动听的旋律，北京军区 292 医院的礼堂里爆发出雷鸣般的掌声，把解放军艺术学院音乐系慰问抢救烧伤病人陆海林的医务人员的演出推向了高潮。

10 月 4 日，292 医院收治了一名烧伤面积 70% 的 23 岁蒙古族烧伤民工陆海林。在得知病人家境贫寒，无力负担 20 万元的医疗费用，患者家属主动提出"回家等死"要求时，292 全院官兵伸出了友爱之手，掀起了捐款救人热潮。短短几天，捐款 11000 多元，有 9 名与陆海林血型相同的官兵还献出了自己的鲜血。

292 医院捐款、献血，全力抢救一位普通少数民族烧伤病人的动人事迹，深深打动了解放军艺术学院音乐系的师生们。在我国著名歌唱家、音乐系主任李双江和孟政委的带领下，利用休息日赶到医院，用歌声表达对 292 医院官兵的崇敬之情。

乌兹别克族歌唱家夏米力一上台就动情地说："我们是来向 292 医院的白衣战士学习的，你们把无私的爱献给了伤病员，我们要把最美的歌声献给你们！"他的一曲《花儿为什么这样红》激起了阵阵掌声。曾在去年中国 MTV 电视大赛中以一首《喜马拉雅》捧走铜奖的藏族

300

歌星韩红，一次又一次走下舞台，与观众握手交流。著名歌唱家李双江连唱了三首歌曲，美妙的歌喉使小小的礼堂成了掌声的海洋。唱完了歌，他真诚地对观众说："抓精神文明建设要见诸行动，你们292医院的医务人员为社会带了好头，我们文艺工作者要向你们学习，就是要把《爱的奉献》唱给你们这些奉献爱的人……"

演出结束，李双江和师生们顾不得卸装和休息，带着鲜花和2100元捐款来到病房慰问烧伤病人及其家属。

（原载《北京日报》1996年11月25日）

以实际行动高奏精神文明赞歌

首都军地联手打假

本报讯 途经北京西单路口，经常可以听见录音机里不停播放的叫卖声："中国人民解放军81187部队最新研制的防汗鞋垫……"这是不法商贩假冒军人行骗的一种伎俩。如今，它成了北京打击假冒军人违法犯罪活动的目标。今天首都驻军集会，一批"打假"有功的纠察战士受到表彰。记者会前驱车去一些繁华路口看到，"防汗鞋垫"等假"军字号"商业摊点多数被取缔。

近年来，一些不法分子利用军队在人民群众中的良好形象和声誉假冒军人行骗，获取不正当的经济利益，且越来越肆无忌惮。在一个被取缔的假冒"军办公司"中，曾发现了一张不法分子伪造的与军队领导人的合影照。去年北京市发生两起"军车撞人"逃逸事件，经查实均属假冒军车所为。

"神圣的人民军队绝不能让坏人泼污水"。去年，国务院办公厅和中央军委办公厅联合下发《关于开展严厉打击假冒军人违法犯罪活动的通知》后，北京市政府和驻军有关部门紧密配合，采取有力措施，"打假"工作取得了初步成效。去年以来，共抓获假冒军人的不法分子28人，查处假冒军车169辆。

今天，首都军容风纪交通安全委员会主任、北京卫戍区副司令员孙本胜披露：今年他们将协调北京市政府和地方有关部门，专门成立打击假冒军人的联合办公机构，建立包括值班、举报、监督、检查等一整套"打假"执法机制，把这项工作深入开展下去。

（原载《解放军报》1995年2月24日）

为首都交通安全作贡献

本报讯 党的十四大召开前夕，某师开展了"为首都交通安全做贡献"活动。师运输部门完善了安全行车措施，对所属车辆全面进行了检修和安全检查，并将部分旧车辆重新喷漆、洗刷一新。为把文明行车落到实处，他们运用墙报、黑板报、图片展览、文艺演出等形式宣传交通法规及驾驶人员的职业道德，还请来驻地交通安全部门的同志讲解交通法规，查找不安全因素。广大驾驶人员纷纷表示，要以整洁的车容、文明的举止，迎接党的十四大胜利召开。

（原载《解放军报》1992 年 10 月 5 日）

北京市区军风军纪好

本报讯 笔者今天从首都驻军军风军纪交通安全委员会获悉，7月上旬，总参军务部、总后交通运输部、北京卫戍区对北京市区军风军纪、军车运行秩序、纠察检查勤务的落实情况进行了全面检查。检查结果表明，首都军人的首都意识、文明意识、军人意识明显增强。

——营门卫兵认真履行职责。各单位普遍建立了外出人员、车辆控制管理制度，对进出营院的人员、车辆检查和验证严格，控制措施具体。营门卫兵军容严整，指挥规范。

——军风军纪纠察和军车检查勤务组织严密。各单位严密组织纠察人员上站值勤，很多单位对值勤人员专门进行了培训，值勤素质普遍提高。

——市区军风军纪和军车运行秩序明显改观。据统计，检查人员在北京地区相遇军人近万人次，92.8%的军人符合军风军纪规定。外出执行任务的军车车容普遍整洁，严重违章违纪车辆显著减少，受检的3000多台次军车，合格率达90%。

据介绍，这次检查也发现了一些问题，如个别单位营门哨兵把关不紧、个别军人纪律松懈、军车牌证管理不严等。

（原载《解放军报》1995年7月17日）

汗洒京华 建功首都

某团帮助驻地企业"啃骨头"、打硬仗，被誉为"保驾护航突击队"

本报讯 人民大会堂、十三陵水库、亚运会场馆……多年来，首都不少重点工程的建设中都有某团官兵洒下的汗水。9月26日，首都精神文明建设领导小组召开现场会，推广这个团自觉服务于经济建设这个大局，为北京大企业东方化工厂增产创收作贡献的经验。

东方化工厂是国家重点企业之一，也是目前国内唯一生产丙烯酸及酯类产品的基地。该厂设备检修需停产半月，停产一天国家就要损失75万元。部队干部战士冒着50℃的高温和化学气味的刺激，夜以继日协助工厂突击检修，每天工作十几个小时，提前三四天完成任务，为该厂增收数百万元。今年7月，1500吨煤炭急需卸车，为保证工厂正常运转，该团官兵冒着酷暑连夜抢卸，不收任何报酬。"东化"的职工们称赞他们是自觉为经济建设保驾护航的突击队。

为让工人集中精力搞好生产，该团还主动承担了工厂绿化、美化工作。官兵们利用星期天、节假日帮助工厂修建了1万平方米的水榭公园及花房、凉亭、假山等12处美化工程，并建起了5个风景小区。

（原载《解放军报》1992年10月8日）

军民共建结硕果

首都精神文明建设领导小组推广卫戌区 某团与东方化工厂等共建单位的经验

本报讯 首都军警民共建文明工厂之花结出的丰硕果实，在今天召开的首都军警民共建文明工厂现场会上得到充分展示。

现场会上介绍的北京东方化工厂和某团、北京葡萄酒厂和国防大学学员七队两个共建标兵对子的先进经验表明：军警民共建活动不仅使军地双方在精神文明建设方面取得可喜成果，而且在物质文明建设中也获得了丰收。

据了解，驻京部队紧紧围绕党的中心工作，探索部队与大中型企业开展共建活动的有效途径。他们在"窗口"部位开文明风气之先，使王府井、西单等地成为社会治安、社会风气、服务质量最好的地区。他们不断探索两个文明一起抓的做法，调动了官兵和职工投身改革的积极性，为首都的经济繁荣和现代化建设做出了贡献。

（原载《解放军报》1992 年 9 月 26 日）

306

西什库小学少年军校
系统培训学生获全国先进

本报讯 "鲜红的肩牌少年梦想，绿色的摇篮充满希望，队长教我拔正步，教官为我树理想……"我国第一首反映少年军校生活的校歌近日首次在北京西什库小学校园内唱响。该校少年军校前不久荣获了"全国先进少年军校"称号。

西什库小学是首都第一家少年军校。1991年，他们在某部三连的帮助下正式成立。该校创造的适合小学生特点的"雏鹰展翅"、"五自技能"等九个活动项目得到了全国少工委的肯定，吸引了许多省市代表团纷纷前来观摩取经。三连官兵主动放弃休息时间，编写了一套队列训练、品德教育、国防观念、自立能力等内容的少年军校教材；每星期派出15名辅导员到校授课；连队同学校一道，共同制定了校训校规，并协作校方扩大军校规模，将过去5个班扩大到15个班。

北京市十佳辅导员、西什库小学胡秀云老师深情地说："少年军校的今天，倾注了三连官兵的心血，我们取得的每一点成绩，都有战士们的汗水。"

（原载《北京日报》1994年12月19日）

共建同育结硕果

某团和牛栏山第一中学同育"四有"新人

本报讯 某团和驻地牛栏山第一中学充分发挥各自的优势,共建两所学校,同育"四有"新人,学校教育和部队建设都取得了显著成效。

这个团和牛栏山一中的共建活动是从 1983 年开始的。共建中学校把部队当作加强学生思想工作、提高学生政治素质的基地,部队把学校当作拓宽官兵知识的课堂。几年来,一中先后为部队举办了 4 期高中速成班,230 名干部战士拿到了地方承认的高中文凭。同时还开办了微机应用、美术、电工学等培训班,解决了部队的燃眉之急,促进了部队建设。在共建活动中,这个团充分发挥军队思想工作的优势,努力培养学生树立远大理想和正确的人生观。为搞好理想教育,培养学生高尚的情操,多次请战斗功臣到学校作报告、谈人生、讲理想,同时开展"四有"军人和"三好"学生评比竞赛活动。这几年,部队到学校召开座谈会、报告会,举办演讲会、诗歌朗诵会 30 余次,帮助学校军训 7 次,赠革命书籍 600 余册。行之有效的思想教育,丰富多彩的活动,陶冶了学生的情操,提高了他们的政治辨别能力,增强了他们为革命学习的自觉性。去年一中中考合格率达到 100%,优秀率达到 80.5%。学校还被驻地评为青少年教育综合治理先进单位。

(原载《战友报》1990 年 10 月 2 日)

北大新生瞻仰华北烈士陵园

本报讯 10 月 22 日，在石家庄陆军学院军训的 747 名北京大学新生，参观了华北烈士陵园。

这些新生结合所学到的历史知识和陵园工作人员一起回顾了华北人民艰苦卓绝的战斗历程，追忆了白求恩、柯棣华等烈士的丰功伟绩，并进行了宣誓仪式。他们表示：要以优良的成绩，告慰长眠于九泉之下的烈士英灵。

这次参观是北大新生到陆军学院以来组织的第一次校外活动，也是这个学院对新生进行革命传统教育和爱国主义教育的一项重要内容。在返校时，新生们徒步行军 10 公里，始终军容严整，步伐整齐，受到了市民和院首长的称赞。

（原载《石家庄晚报》1989 年 10 月 24 日）

大学生中的可喜变化

北大 89 级新生 150 多人递交入党申请书

本报讯 北京大学 89 级新生中目前已有 150 多人递交了入党申请书，占新生总数的五分之一。

北大 700 多名新生到石家庄陆军学院参加军政训练已两个多月。经过系统的政治理论学习和政治思想教育，许多学生加深了对共产主义的认识，自愿向党组织提出了入党申请。新生陈玉田说："我认为，广大党员的模范带头作用，在党的领导下汇集成整体的合力，这是个人的力量无法比拟的。"王少峰在申请书中写到："一个有理想有抱负的革命青年，只有加入党组织，才能更切实地、更好地为人民服务，从而实现人生的真正价值。无论今后发生多大的变化，紧紧跟党走，将是我毕生的追求。"

（原载《人民日报》1989 年 12 月 26 日）

六名大学生军嫂落户山沟

本报讯 4月11日，某防化团干事谢坚立的爱人、大学中文系毕业生桂杜从驻地派出所领到了正式居民簿。至此，这个团6名在天津、南京、石家庄等大中城市工作的具有大学文化程度的军嫂已全部落户山沟。

地处燕山脚下的某防化团远离城镇，环境非常艰苦。前几年，"扯后腿"的家属不少。为此，该团先后拿出百万元兴建了十多幢楼房，解决了全团官兵的住房问题；完善了生活服务中心、卫生队门诊楼、卡拉OK厅等一系列配套设施，较好地满足了干部战士的物质文化需要。

栽下"梧桐树"，引来"金凤凰"。原在铁路部门当干部、现在团家属工厂工作的团作训股长的妻子李燕萍告诉笔者，防化团虽然比较偏僻，但营区环境很美，人际关系好，部队风气又正，这里有大城市很难体验到的欢悦和情趣。

(原载《解放军报》1994年6月7日)

身在军营也能领略高雅艺术

某团军营文化品味高效果好

    本报讯 日前，军队部分文艺界名流到某防化团考察体验生活后，对该团坚持"与都市文化接轨，向高雅艺术拓展"的军营文化工作给予了热情肯定。

    这个团的基层文化工作有着光荣传统，但前几年，一向红火的文化活动一度遭到冷落，原因是文化活动的方式和器材跟不上九十年代官兵的需求。找到症结后，团里制订了《建设新型文化阵地三年规划》，先后从生产收益中拿出 60 多万元用于文化活动器材、场地的更新换代和建设，组建了业余军乐队和电声乐队。娱乐条件的改善，促进了文化活动升温。但他们没有就此打住，而是投入更多的精力，把官兵的娱乐情趣往高处引。团里经常开设书画、乐理、演唱技巧、音乐欣赏、文学欣赏、影视论评等培训班，由团文化活动骨干担任主讲，并请艺术院校、文艺团体的专家教授定期来团作辅导。经过不断引导，干部战士的文化品味和欣赏水平不断提高。前不久，某歌剧团到该团演出歌剧《梁祝》，受到了指战员的热烈欢迎。演员们非常惊讶，说防化团的欣赏品味这么高，真不愧是一流的观众。

    高格调、高品味的文化活动的开展，促进了团队全面建设。该团先后被评为全军先进俱乐部、文化器材建设先进单位及文化工作先进单位，还获得了"基层建设标兵团"的殊荣，同时还培养了一批军内外有影响的人才。战士洪刚的3幅油画被送往新加坡展出；干部黄洪拍摄的纪实片《士兵畅想曲》获全军大奖；协理员陈新自编自演的小品《雨夜情深》获总政文艺调演二等奖，他还受到了军委副主席刘华清的接见。

（原载《战友报》1994年5月24日）

身在军营也能领略高雅艺术

二连人人会唱百首歌

本报讯 5月4日，某炮团大礼堂正在进行歌咏比赛，该团二连自去年以来第11次夺得第1名。当团政委陈高丰宣布二连是本团歌咏比赛的冠军时，全场一片掌声。

二连不仅比赛得冠军，平时也不含糊。他们坚持"每周学一歌"，饭前、集合前、晚点名前、看电影前、行进路上，唱歌的习惯一直保持至今。班与班、排与排之间拉歌比赛也是经常进行。常学常唱，久而久之人人都会唱百首歌曲。二连每次代表团队参加地方的各类歌咏活动，总是不负众望，载誉归来。有一次，在慕田峪长城有好几个单位一起进行党团活动，二连官兵齐声放歌《我的中国心》，倾倒了在场许多外国友人，他们竖起大拇指连声称道："OK！OK！"

（原载《战友报》1991年8月27日）

人人会唱歌　个个能指挥

某团二连歌咏活动扎实有效

本报讯　日前，某团大礼堂在雄壮的进行曲中举行歌咏比赛发奖仪式，二连自去年以来第 11 次夺得了第一名。

近年来，二连坚持"每周学一歌"，从不间断。"四前一路"（饭前、集会前、晚点名前、放电影前、行进路上）唱歌的习惯，一直保持着。二连唱歌还有一大特点，那就是不仅人人能唱，而且人人能当指挥。人们看到，几乎每次歌咏比赛，站在二连前列指挥的都是新面孔，而且都显得镇定自若，潇洒自如，一招一式非常老练。这是连里开展"大家都来当指挥"活动的成果。这个连仅去年就向兄弟连队输送了 7 名教歌骨干。

由于二连在唱歌方面很有点"道道"，部队经常派他们做代表，参加地方的各类歌咏比赛，每次都能载誉而归。

（原载《北京日报》1991 年 8 月 27 日）

315

排长朱红彬集邮近万枚举办邮展

    本报讯 4月15日，某炮团干部战士兴致勃勃来到文化活动中心，参观三连排长朱红彬自办的"知党、爱党、跟党走"专题邮展。

    朱红彬是部队有名的"邮迷"。在坚定社会主义信念教育中，他琢磨着用自己多年积蓄的近万枚邮票，举办一个歌颂党的丰功伟绩，讴歌建国40多年巨大成就的专题邮展，为教育增添生动活泼的内容。朱红彬利用业余时间构思、选票、归类、粘贴、注释，经过精心的准备，将1000多张反映我国在工业、农业、国防科技、文教体育等方面成就的邮票和实寄封，分六大部分井然有序地挂到了展室。

    展出的邮票中既有珍贵的清朝"小龙"邮票，也有稀少的俄国在华"客邮"；不仅有珍贵的解放区"区票"，还有精美的"铜箔"邮票。一张张色彩斑斓的邮票，组成了一卷祖国的近代和现代发展史，使战友们从中受到了生动的教育。

（原载《解放军报》1990年12月2日）

316

三、散文

军校老师

军魂永驻

有人说您是"园丁"，为苗圃中的小苗辛勤耕耘；有人说您是"演员"，以独具的台词和风姿吸引着学生的耳目；也有人说您虽不曾拿枪，同样护卫着钢铁长城；还有人说您是雕塑家，塑造了一代又一代人的灵魂。

啊，老师。今天我要送你新的名字。

您是"哲人"，不仅能使我摆脱生活的悲痛，还能安逸我的心灵；您是"情人"，唤醒了我沉沦的心，激起了我对生活的憧憬和痴情；您是"导游"，让我不花分文就能做超时空的旅行，会见早已逝去的孙子、荀子和克劳塞维茨；您是"绿洲"，给我荒秃的大脑注进了知识的琼液，长出了有灵性的智慧之树。

啊，老师，您是智慧的化身，美的象征。……尽管给了您如此多美的名字，也表达不了我心中对您的赞誉，即使把我所有积蓄的词汇都遣调出来，也不能表达我对您的崇敬和眷恋。因为，您的命运已和人类的命运紧紧相系……

（原载《战友报》1989 年 9 月 10 日）

哨 兵

你怀揣祖国殷切叮咛，情系祖国的高山大川。

你像雄鹰落在巍峨的山峦，你似海鸥展翅翱翔在云霞蓝天。连绵的群山是支撑你的杠杆，茫茫的林海是你绿色的风屏。

雪山之巅，黄河之源，戈壁沙漠，海角天边，到处闪烁着你警惕的眼睛。为了人民的安宁，你夜以继日巡逻在祖国的前沿。

你将祖国、人民、责任装在心间，不辱使命；你把家庭、生命、荣誉丢在脑后，默默奉献；你用整个身心装点着大地绿色的风景线。

你有山一样崇高的使命，有海一样宽广的胸襟。

啊，哨兵。你是祖国的"瞭望窗"；人民的"消息树"；军营的"知更鸟"；是敏锐犀利和带来光明的星辰。你是祖国骄子和平卫士，你以火红的青春，守护着祖国母亲美丽而深情的容颜。

啊，哨兵！

（原载《战友报》1989 年 8 月 21 日）

钢 盔

你在南疆北疆扎寨，在边防哨卡安家。

无论在冬季春季，在战场操场，你从不计较骄阳、风雨对你的考验，你忠于职守，紧紧地护卫着战士。

你质地坚硬，韧性极好，经得住摔，经得住砸，侵略者疯狂的弹丸遇见你，也只能改变弹道。

人们为你神奇的本领拍手称好，你却笑着说，我不是什么特殊材料，不过经过熔炉之火罢了。

自从战士把你戴在头上，在各个时期都建立了众口称道的功劳。

在法卡山、扣林山，在老山、者阴山……今朝在祖国的首都，人们又一次看到了你身上"八一"星徽闪耀的风貌，人们又一次感觉到你的可贵和忠诚。

你是一顶普通的金属帽吗？不，你是一把巨伞，在你的萌荫下茁壮成长着绿色的花草，栖息着一对对依偎的情侣，一伙伙养鸟的老人，一群群嬉戏的儿童……

啊，钢盔，我为你骄傲！啊，钢盔，我为你自豪！

（原载《战友报》1990 年 1 月 14 日）

三角章

你在南疆北疆穿梭，在沿海内陆奔走。

虽然你形状同其他三角印章，但"义务兵免费信件"赋予了你使命的不同寻常。

你是"邮资总付"邮章，但你的荣光不是所有的人都能分享。只有战士的信札配插上你那奋飞的翅膀。

你的问世降低了邮票在战士中间的威望。

你把战士的憧憬、向往、理想、希望送到了前方后方，哨所边防；把战士的忧愁、烦恼、委屈、悲伤，带到高山大洋。

你是战士心灵的使者，你是战士交流的桥梁。你不同于一枚普通的邮票，你是战士心声的特别护照。

你的身上凝结了党对战士的关怀，人民的厚爱，民族的恩赐，国家的奖赏。

（原载《战友报》1989 年 12 月 10 日）

夕 阳

你是夕阳，又是朝阳。

你在苍茫的暮色中西下，次日你又在晨曦中冉冉升起。你带来了黄昏，黑夜也随之降临，次日你又带来了曙光。

你的西下也正是为着再一次的升起。

你无所谓朝夕。

当人们叹息你西下的时候，也正是你呼唤次日旭日的东升。

你是今天的结束，又是明天的开始。

你为今天鞠躬尽瘁，又为明天的到来扫清障碍。

你是一座继往开来的丰碑。

我爱你，黄昏的夕阳。你的身上闪烁着成熟、深沉的光芒。

我赞美你，黄昏的夕阳。在黄昏时分、在无限的苍穹你依然放射出诱人的霞光。

夕阳无限好，此时近黄昏。

呵，我明白了。黄昏的夕阳最动人，黄昏的夕阳最壮丽。

夕阳，请你接受年轻的阳光为你的歌唱！

（原载《电子报》1989 年 12 月 20 日）

绿　篱

无论在北方、南方；冬天、春天，你总是充满活力，豪情奔放。

就是在北方的冬天，你仍在呼唤春的希望。所到之处，你便把绿和美赐给土地，哪里有你哪里就充满阳光。

虽然你身躯瘦小，却把大自然装点得春意盎然、艳丽芬芳。

你热情、朴实无华，即使在悬崖峭壁，哪怕有一丝生的希望，你便会茁壮成长。

你团结向上，严整坚强，任凭寒雪冰霜。就是在秋风扫落叶的时候，你也像春天一样。

啊，绿篱！你犹如一道绿色长城，固若金汤。

（原载《战友报》1989 年 12 月 2 日）

牵 牛 花

　　你身背各色喇叭，尽情攀登在庭院屋角，阳台和棚架，还不知疲倦地顺着绳子爬满花窗前的屋檐下。你似乎要告诉人们：尽管我的身躯瘦小，但我的志向是奔向海角天涯！

　　你绽开的花朵虽是一种型号，但你特有的粉红色、紫蓝色、洁白色的身躯把大自然装点得缤纷盎然，如五彩云霞。

　　你攀绳拉枝，布局网络；穿针引线，编织图画。你占地不多，根基扎实，从不虚假。

　　从你身上我看到了你热情质朴的风姿，你庄重无华，从不挑剔生息的土地，始终如一地张着嘴巴，高唱那向上的劲歌，用顽强奋进的精神证明你生命的无价……

（原载《战友报》1992 年 9 月 1 日）

军魂永驻

理想不是梦

在儿时，我就非常羡慕上大学的姐姐，随着岁月的流逝，这一朴素的愿望变得愈来愈强烈。

九年前，我带着玫瑰色的幻梦走进了高校招生的考场。考完后，自我感觉良好。当得知成绩超过分数线的时候，我一蹦三尺高，那高兴劲甭提了。可是一天天过去了，同学们都美滋滋地拿到了录取通知书，我依然杳无音讯。原来我落榜了。我万万没有想到，一切来的那样突然，昨天的事简直像梦一样。

我不甘心这次意外的失败。经过补习，第二年我又一次向考场冲击，但是"考神"依然没有成全我。我又一次从考场上败了下来。

两次落榜犹如把我从高高的山顶扔到了万丈深渊。一个成年人，不仅不能给家庭创造财富，还要靠父母养活，真是太可怜了！于是我决心自立，毛遂自荐当了一所小学的代课老师。

1982 年，绿色的戎装包裹着希望，我成了一名战士。新兵下连，我被分到京郊某医院当了一名护理员。两年以后，我参加了军校招生考试，考上了，但不是医疗专业，而是后勤专业，我依依不舍地离开了护理员的岗位，开始了军校生活。1985 年我以全优成绩毕业分配到了部队，当了一名见习军官。正当我猛烧"三把火"的时候，精简整编开始了。我所学的专业改成专业军士而不能提干。我哽咽了。"人

325

生的道路虽然漫长，但紧要关头往往只有几步。"我深知不能提干对我一生的影响。这时，许多知心朋友劝我干脆退伍算了，妈妈也来信说："孩子，回来吧。这里有你的用武之地。"怎么办？一阵激烈的思想斗争后，我说服了亲人，在连队扎下了根。

希望的种子度过一阵似乎被埋没的痛苦之后，又开始破土发芽了。我在干好本职工作的同时，又开始自学大专课程，参加北京市的六门高等教育自学考试，均一次通过。当我拿到盖有"北大"、"人大"等大专院校公章的单科合格证书时，我忘情地哭了。

1987年，组织上又决定让我第二次参加军校考试。经过一番努力，这一年我被石家庄陆军学院大专队录取了。机会对于每一个人确实都是均等的，有了实现理想的契机，就要毫不犹豫地用整个身心去搏斗。

有追求的战士不应陶醉在成功中。进入军校后，在完成专业学习任务的同时，我又利用业余时间阅读了马列主义经典著作，并且积极写新闻报道，有的还得了奖。

我想，理想是人的精神支柱，是人生道路的灯塔。但只有经过实践考验和捶打的理想才是现实的，成熟的，任何力量也不能动摇的。我将为它的实现而继续努力。

（原载《解放军报》1990年3月1日）

永不消失的记忆

　　90年代的第一个春天，我作为石家庄陆军学院大专队学员，踏上了毕业前综合演练的征程。我们沿着弯弯曲曲、高低起伏的国防公路，向太行山挺进。公路旁盛开的油菜花把大自然装点得一片金黄，真是美不胜收。我心里暗暗想，外面的世界真精彩，这次毕业演练一定很痛快！头一天，大家兴致很浓，一路行军一路歌，不知不觉，就到达了宿营地。

　　3天过去，新的情况出现了。初出校园的新鲜感顷刻被劳累、脚泡折腾得一扫而光，取而代之的便是面对行军发怵、惧怕。到第四天，我双脚竟磨出了9个血泡。我凝视着手中的奔袭、强行军演练方案，愣了许久，自感明天迎接我的将是一场恶战。第二天强行军头10公里我没有掉队，可走完15公里时，被挤破的脚泡向我发难，袜子和破皮、嫩肉粘在一起，痛得钻心。

　　路在脚下慢慢延伸。血泡破裂的面积在鞋底和脚掌的摩擦力作用下渐渐扩大。我强撑着，一瘸一拐地朝前方走去。

　　夕阳的余辉照得大地朦朦胧胧。我拿出指北针粗略估算剩余下的路程。天哪！足足还有10公里！我差点喊出声来。10公里啊，平时抬脚就到，算不了什么，可此时对我来说简直是个高不可攀的天文数字！越想越怕，我开始怀疑自己的能力，身不由己地放慢了脚步，眼

327

巴巴看着大部队把我远远地抛在后面。当长长的队伍在我视线中消失时，我失去了信心，瘫坐在路边，盼望着收容车的到来。

春天的夜色好美。一阵晚风吹过，周身顿感惬意。我抬头望着亮晶晶的星星，骤然想到了许多：我想起了上路时自己立下的铮铮誓言；想起了头发花白的老校长始终以步代车，和我们并肩奔袭的情景；想起了身体素质比我差依然咬牙坚持的战友；还想到了"成功在最后坚持一下之中"的至理名言。

想着想着，我的脸一阵发热：你就这样认输了？你不是说别人行你也行吗？我反复质问自己。骤然间，我好像得到了一种力量。于是我命令自己：站起来，向前走。我忍着饥饿、疲劳、剧痛，又勇敢地迈出了本不该收住的双脚。当我喘着粗气，大汗淋漓地追上部队，按时到达目的地时，竟一下子栽倒在地上，尽管那形象很狼狈，但脸上却挂着一个胜利者的微笑。

这段经历给了我深深的启迪。我在行军日记本上端端正正写下了这样几句话：每个人都有着巨大的潜能，只要狠下决心，再大的困难也不在话下，要战胜困难首先要战胜自己。

转眼两年多过去了，我已由一个军校学员成长为一名军官。尽管岁月渐渐远去，但这一记忆总在我心头萦绕，赶都赶不走。其实，我也并不愿她从我的记忆深处消失。为了在我军现代化建设的宏伟工程中发挥一名普通军官的应有作用，我要让她在心中永驻！

（原载《解放军报》1992 年 10 月 5 日）

看　海

　　1986 年 8 月，身背军校毕业不能提干的沉重包袱，我踏上了回乡探亲的路途。在奔驰的列车上，我百无聊赖，根本无心欣赏车窗外美丽的山川风光。为掩饰心中紊乱的思绪，我拿出袖珍录音机，塞上耳机子，将《命运交响曲》音量调到最高位，闭上略带血丝的眼睛，试图把自己"封闭"起来。

　　列车"咣当"一声，停在了天津西站。猛睁开双眼，坐对面一位戴近视眼镜的中年妇女的目光和我发生了碰撞。她慈祥柔和地对我说："音乐很美吧。"我以笑作答，但笑得很尴尬。"小伙子，好像有心事？"问得很真切。"没有。"我连忙否定。"凭我直觉，你一定有。"语气矜持，充满自信。可能是这位斯斯文文的旅客敏锐的洞察力吊起了我和她一谈的胃口，话匣子马上打开了，政治、经济、天文、地理，可谓海阔天空。她姓李，是一名大学心理学讲师，出于对人类灵魂工程师的尊敬，我把当时的真实思想一古脑儿亮了相。从复习迎考的艰辛，谈到考上军校的喜悦，又讲到学成毕业由于精简整编所学专业改为军士长不能提干的困惑。我动了真情，她听得入神。待我把心中的不快、忧愁和盘托出后，我满以为她会安慰我一番，谁知她显得冷若冰霜，只是冷冷地掷给我一句："要是我，现在就去看海。""看海？看海有什么用？"我莫名其妙。她没有正面回答，而是神秘地讲了一串哲人赞美大海的誉辞。

329

火车沿着京沪线飞速疾驶。驶过德州后，我们的话题转到了"海"上。我对她说："您常去看海吗？"她摇摇头："心境不好时才想去。"说罢，露出一丝苦笑。

　　一阵沉默后，我鼓足勇气打破僵局："大姐，现在是去看海吗？"她点点头。"那干嘛不乘到海边的直达列车？"我纳闷地问。她告诉我，当日去青岛的车票已卖光。因看海心切，便取道济南换乘。听她这么一说，我的心顿感也被大海俘虏一般。

　　轰鸣的列车继续滚滚向前。快到济南站时，她与许多旅客忙碌着收拾行李。不知咋的我也如坐针毡起来，情不自禁地跟着她做着下车的准备。她诧异地睁大眼睛看着我说："离无锡还早呢，这站是济南。""我知道。""你在济南下车？"我边点头边回答："看海去。"她眼里闪烁着亮光，马上接过我的话茬："那我非常愿意为你免费导游。"

　　就这样，我跟着一个素昧平生的陌路人去了青岛。面对波澜壮阔、浩瀚无边的大海，我的心海也掀起了阵阵波澜，多少天来压在心头的阴影顷刻化为乌有，周身感到轻松惬意。

　　她见我看海着了迷，推推我的胳膊，指着汹涌澎湃的海浪，喊了一声："快看，涨潮了。"眼看着海水向海岸压来，我激动万分。她平静地说，它还会退下去的。"潮起潮落？"我仔细玩味这寓意隽永的四个字，恍然大悟：多像变幻的人生啊。"是啊，人生如同潮水，有高潮，也有低潮。低潮过去，高潮就不远了。"她的话深情而坚定……

　　看海后回到部队，我很快从"不能提干"的阴影中解脱了出来。1987 年 8 月，我终于第二次跨进了石家庄陆军学院的大门。

　　1987 年 7 月是我二次上军校迎来的第一个暑假，同学们都兴高采烈地踏上了回故乡的路途，而我却独自一人又坐上了去海边的列车……

（原载《解放军报》1994 年 2 月 19 日）

上班，新的战斗

回归之年，我脱下穿了十几年的军装回到地方，跨入了"上班族"的行列。家与单位相距十余公里，坐车不方便，单位的班车在家附近又不设站，骑车上班便成了唯一的选择。重新骑上单车，心里轻飘飘的。一路上，真是像走上了钢丝绳，脑子一片空白。从家到三环路 500 米的路程，骑骑停停耗费了一刻钟。上了三环，眼前的景象更让我惧怕，几乎产生了弃车"打的"的念头。自行车、三轮车、大小公共汽车竞相争道，好一副争分夺秒、你追我赶的激烈场面。

我又一次下车驻足，犹豫片刻，硬着头皮汇入了车流，全神贯注，用心蹬车。突然，一辆小公共汽车没发任何信号，猛打方向盘靠边，猝不及防的我猛捏闸。差点钻到汽车轮底下，顿时，我冷汗直冒，心跳剧烈。心境渐趋平静，才小心翼翼前行。"红灯停，绿灯行，没有把握不蹬脚。"我在心里默默告诫自己。不料应验了"大街上，你不碰他，他会碰你"的老话。一个留着长头发，头戴耳机，嘴里哼着小曲的青年，高速逆行向我冲来，说时迟那时快，我连忙躲闪，反应没感到慢，两车还是撞到一起，幸好车没撞坏，我只好自认倒霉，整了整车把匆匆上路。100 分钟后终于到达位于亚运村的化工部机关。

第一天上班的遭遇，使我老走神，总在考虑下班路上的"征战"。

五点钟，正是下班的高峰期，怀着各种心态往家赶的人们，似乎比上班时骑得更急切。我提心吊胆上了路。又到十字路口了，原本紧张的心一下子提到嗓子眼。

夏日热浪蒸人，加上胆怯造成的内热，单衣薄裳早已湿透，汗水从脸颊滴了下来，我不敢懈怠，腾出一只手擦擦汗，生怕擦汗的瞬间大祸降临。然而，更糟糕的事还是发生了。刚过中日友好医院，只听得"扑哧"一声，前轮胎立马瘫痪在地，动弹不得。我也像泄了气的轮胎一样蔫了，狼狈不堪寻找修车的摊点。修车生意挺火，足等了一个多小时，才把车修好。骑到家天空已一片漆黑，焦急的妻儿已站在门口等候多时。我顾不得安慰妻儿，像斗士吃了败仗一样，没了食欲，没了兴致，冲完澡就瘫到床上。摸着酸痛的躯体，心潮起伏，后悔双向选择时没找一个离家近一点的单位。又是一阵"烙饼"，我翻身下床，走向阳台。这时，一股凉风拂过我的全身，甚感惬意，懊恼的心情平静了许多。我想到了"万事开头难"的名言，想到了年近花甲的司局长照样骑车上班的情景，想到了比我距离远、身体比我差的同事每天在路上"战斗"半天的艰辛。

第二天早晨，心情像天空一样变得晴朗。我哼着小曲，把"战车"擦得铮亮，就毅然地踏上了征程。尽管路上险象环生，但不再感到恐慌。日复一日。我把骑车上班当作新的战斗。几个月来，我已适应了骑车上班这一方式，适应了大街上争先恐后的"火药"气氛，适应了在不违反交通法规的前提下抢过路口，与汽车挤先的"刺激"。骑车，使我尝到了前所未有的乐趣，体会了崭新的生活，领悟了生活就是战斗的人生真谛。

（原载《中国化工报》1997年6月7日）

军魂永驻

新闻可以不是"易碎品"

——《军魂永驻》编后记

一直以来，人们总是把新闻作品作为"易碎品"来看待，认为随着新鲜事件变成陈年旧事，其自身价值也会逐渐"蒸发"。因此，结集出版新闻作品，有价值的向来少之又少；在浩如烟海的图书中，让人称道的新闻集子更是寥若晨星。

拿到《军魂永驻》书稿时，得知是上世纪八九十年代作者军旅时期的新闻作品，说实话，对能否按要求编出一本精品图书，心中真是没底。但通读完全部书稿后，发现这种担心实在多余。尽管岁月无情，但时间长河并没有淘洗掉这些作品往日的光彩，它们历经风雨而魅力不减，犹如一幅新时期军营生活的丰富画卷，展现在读者面前。重读这些作品，感觉不仅没有"过时"，而且"别有一番滋味在心头"。

大凡优秀的新闻作品，从来都是特定时代的声音和色彩的深刻结晶，它们如实记录时代的重要事件和新生事物，准确而又鲜活地反映事件的本质和发展规律，充分表达时代精神和人民大众的呼声。这不仅考验作者的笔力，也考验作者的眼光、思想和智慧。选入本书的作品，就到处闪耀着知性和理性的双重光芒，不仅不是"易碎品"，而是经过精心打磨、刻有鲜明时代印痕、具有持久生命力和影响力的"艺术品"。

编完全书，有三个感受非常深刻：

一是敏于发现，工于思考。收入本书的新闻作品，凝聚着作者闪光的思想和深邃的思考，积淀着作者丰富的灵感，有血脉、有骨骼、有灵魂、有张力。其中，不乏一叶知秋、见微知著、穿透力很强的作品，像《"小节"关大事》、《看宠物如何成军犬》、《温暖送给新战友》，都是点滴生活折射大时代，些许小事衬托大背景，几枚棋子铺排大格局的精品。同时，也不难看出作者长于分析、善于说理、思路开阔、思维清晰的写作风格，小到三五百字的消息，如《不忘"走麦城"，头脑方清醒》、《教育要深化，必须经常化》、《不是兵难带，要看怎么带》，大到三五千字的通讯，如《爱心燃起生命之光》、《银针闪闪济苍生》、《军营文化的魅力》，既有真知又有灼见、既有洞察又有哲思，给人以强烈的心灵穿透力和视觉冲击力。

　　二是神韵厚重，品格刚直。上品文章，"能传神、能提气"。而传神提气的作品，必须饱蘸激情，富有良知，澄净健康，积极向上。作者紧紧把握时代弯弓上绷紧的弦，及时反映最能感染、鼓舞、激励广大官兵和人民群众的各种信息。书中不乏跳动时代脉搏，涌动变革大潮，神情气韵厚重而旷达之作。有的静立悬崖峭壁、任凭寒雪冰霜，如《本色未改写新篇》；有的身处庭院屋角、却志在海角天涯，如《生命不息，奋斗不止》。书中还融入浓重的军人气质，嘹亮军歌声声在耳，到处绽开青春之花、燃烧青春之火、闪烁青春之光，如《"铁兵"陈铁英》、《不松动的镙丝钉》，字里行间军人那种不服输、能奉献、勇攀登的豪迈气概和阳刚之气扑面而来。

　　三是文风朴实，构思巧妙。孔子说，"言而无文，行而不远"。本书作者在行文上十分讲究，努力把格式化的新闻体写成美文、妙文，文风朴素自然、庄重无华，敦厚内敛，毫不造作，像《季厂长善玩市场"魔方"》，文眼一出，读者就很难忘掉文章内容。在写作技法上，许多文章立意精致，构思巧妙，有的铁划如剑如钩如矛如戟，如《请客送礼行不通，一千元钱无处用》，有的神似行云流水似纤丝飞

334

线，滚滚而来，逶迤而去，如《献上慈母心，送去兄长情》。加之新闻体的生动、翔实、质感，更能激发读者想象力，把阅读变成一次次审美体验。

离开军旅十年，作者的军人情绪依然浓得化不开，也正是这份情结，直接催生了这部优秀作品集的问世。过去连接着现在，也昭示着未来。完全可以相信，借助作者独特的视角和灵动的笔触，透过火热的军营生活，读者一定会产生许多感悟和共鸣，从中汲取军营文化的独特营养，汇聚成奋然前行的无穷智慧和巨大力量。

编　者

2007年6月15日

新闻可以不是「易碎品」